Los tulipanes
son siempre
un buen
comienzo

Los tulipanes son siempre un buen comienzo

Maribel Montero

© Maribel Montero Muñoz

Primera edición: marzo de 2013

Segunda edición: diciembre de 2020

ISBN: 9798658815220

A mi madre, heroína anónima
que merece figurar en los libros.

Capítulo primero

Anton Chejov agonizaba en Badenweiler. El médico se apiadó de él
y accedió a que bebiera champán casi helado. Y Chejov dijo
en alemán: «*Ich sterbe*» [me muero]. Y luego dijo
en ruso: «Hacía mucho que no bebía champán».
Acto seguido, inclinó el cuerpo diezmado
por la tuberculosis y murió.

1

Hay un cuadro de Mantegna en el museo de Viena en el que el martirio adquiere asombrosos matices de sensualidad y nobleza. Es un retrato de San Sebastián atravesado por numerosas flechas. El rictus agónico de su cara, la cabeza con la aureola dorada, las piernas a punto de derrumbarse, el capitel jónico de mármol... Cuando don Augusto vio esta pintura tenía cuarenta años, un hijo varón y un gran porvenir como juez de la Audiencia Provincial de Barcelona. A pesar de ser una persona cauta, poco impresionable, y un profano en las expresiones del arte sacro, no lo olvidaría fácilmente, y pasado algún tiempo encontraría la explicación a este hecho. Más allá de la perfección clasicista, del naturalismo y el vigor de las emociones, latían en esa pintura los vestigios de una fatalidad invencible reforzada por los trazos firmes, la fusión cómplice de las luces y las sombras. Todo ello conformaba, en definitiva, la solemnidad de la aproximación a la muerte y la mitificación del sacrificio. Y es que ahí estaba, pequeña y dura como una gota de sangre reseca, la huella implacable de su propio destino.

Aquella tarde, mientras recorría la ciudad al encuentro de Lucía, pensaba en la responsabilidad de las apariencias, la pesada carga de ser consecuente con una única y particular propuesta, y en la dificultad de atenerse a una imagen estereotipada, más allá de la cual parecía asentarse el vasto terreno de la impostura. Pero, ¿qué hacer cuando resulta tan difícil ser fiel a uno mismo? Porque sin duda, es difícil y porque el temor a que algo intenso, violento o turbio sea al fin revelado hace caer en una libertad vigilada. Además, pensaba, vivir en la ciudad encoge la musculatura y destruye la inocencia. La mirada del campesino es amplia y sosegada, en armonía con el vasto territorio que habita, redondo como la misma tierra. El año anterior visitó por última vez el Ampurdán. También era primavera. Recuerdos de películas antiguas y horizontes lejanos acudían a su mente: *Qué verde era mi valle*. La campiña inglesa. La vida sencilla. Desnudez emocional. La luz, el mar y la vegetación que se extendía en ese momento ante sus ojos como un tapiz multicolor le proporcionaban un vigor renovado. Las lomas violeta que se recortaban en el horizonte con suaves ondulaciones parecían en la distancia animales prehistóricos o estatuas de sal. Las cautelosas campanillas brillaban entre las espigas de cebada como pequeños soles de raso. Su perfume dulzón traía a su memoria los bellos amaneceres pasados en compañía de jóvenes mujeres aseadas, hermosas y sencillas. Algunas olían a nardos, fragancia envolvente y cálida, voluptuosa, que perturbaba –decían– a las mujeres solteras y al descomponerse recuerdan al olor humano. ¡Cuántas sorpresas nos reserva aún la naturaleza! En cambio, el hombre de ciudad se asoma con vértigo a la amenaza vertical que le rodea y, encogido como un fardo, ve un horizonte desfigurado que le obliga a reinventarse. Sospecha, avanza, retrocede y, si finalmente se alza, es porque ha aprendido el arte del disimulo.

Esta última palabra provocó una pequeña revolución en su cuerpo. De repente empezó a picarle la cara, la barba recientemente afeitada, las axilas, las piernas. El picor es una conspiración de la piel, la señal de algo que brota e intenta fructificar fuera de estación o de lugar. Sólo que él no era hombre de picores y, si le atacaban, se rascaba como todo el mundo, desdeñando las preguntas que sugerían. Así pues, se rascó lo más discretamente que pudo y luego pensó en Lucía. Quería causarle una inmejorable impresión ¿Cómo se presentaría ante ella, como *El viejo que leía novelas de amor* o tal vez como un incorregible ligón, un Casanova madurito e interesante, nada de carne enlatada, de galán con olor a naftalina? «No sé, no sé», masculló entre dientes, inseguro, voluble y fatalista.

Se distrajo de sus cuitas observando al conductor. Era la primera semana que Aristide trabajaba para él como chófer particular, y rezumaba torpeza y nerviosismo. El magistrado estudiaba sus facciones a través del pequeño espejo, que le devolvía la imagen de la cara deformada en las mejillas por algún tipo de enfermedad dermatológica u ósea, un rostro que le recordaba vagamente a Francis Bacon y a los grotescos semblantes de los estudios que después se convertirían en retratos de su amante. Aunque no había ninguna norma escrita sobre la relación entre un rostro deforme y la manera de conducir, lo cierto es que esa tara genética o adquirida resultaba desagradable y su forma de conducir, un tanto inquietante. Intentó hacer contacto visual a través del espejo y cuando lo consiguió, su mirada le pareció salvaje, provocadora, los ojos marrones dotados de un brillo febril, y las gruesas cejas negras, rutilantes parachoques apostados al final de la amplia frente, en la que brillaban pequeñas gotas de sudor. Sus rasgos sugerían una fortaleza construida sobre los cimientos de la brutalidad o la desconsideración, aunque esta opinión podía ser totalmente inexacta, fruto de los prejuicios y de cierta animadversión hacia los extranjeros, prejuicios de los que, dicho sea de paso, no había sabido liberarse. Le preguntó si su origen era griego y el hombre le contestó en un perfecto castellano: «Usted lo dice por el nombre. No, el griego era mi padre.

Ambos guardaron silencio, y comprendió don Augusto que la aproximación era imposible, que el juego de las adivinanzas había terminado, y cualquier frase que intercambiaran sería convencional e inútil.

Alguien lo saludó desde la ventanilla de un taxi, y el magistrado se apresuró a responder con el mismo gesto cortés y nada efusivo, hasta que perdió de vista el coche en el siguiente cruce. Estaba seguro de que lo acababan de confundir con otra persona; de hecho, últimamente lo habían confundido con un profesor emérito universitario y con un agente comercial de la Volvo. Tal vez su fisonomía estaba mutando a un ritmo vertiginoso, tal vez la jubilación se anunciaba con un gozoso flirteo entre sus múltiples identidades, con la sorprendente aparición de sombras osadas como delitos de juventud, que acabarían por definir contornos precisos e ignorados hasta entonces de su persona.

Bajó un poco el cristal de la ventana, y su contacto con la realidad de la calle se hizo más vivo; la brisa de la tarde de mayo olía a carburante, a cloaca, a alquitrán, a levadura, al ambientador de las tiendas de Mango, de todas las tiendas de moda, que olían a perfume unisex, a medio camino entre el *aftershave* y los aromas florales con matiz marino. En el cielo, sobrevolando la estatua de Colón, las gaviotas pregonaban con sus graznidos que se aproximaba un cambio meteorológico.

La estatua de Colón siempre le pareció un tótem plagado de presagios. Cuando recorría la Rambla de pequeño, sus pasos se dirigían invariablemente al pedestal de la estatua como si un imán los atrajese hacia el punto en el que el navegante señalaba el final de un trayecto, que era a la vez el principio. El principio del oscuro y laberíntico océano y, en su caso particular, el comienzo de una rutina, la de recorrer la Rambla en dirección a la montaña y girar de vez en cuando la cabeza y mirar la mítica figura que parecía señalar: «Hay otros mundos, y están en éste». «Al menos, durante el próximo siglo», se decía don Augusto mientras observaba una vez más el mar de sus ancestros, aquel mar con playas de atraque para las flotas mercantes y de guerra que competían con las de Génova y Florencia, de industria manufacturera, de rutas y de piratas. De todo ese trajín, de su antiguo esplendor comercial, daba cuenta el edificio de la Aduana, por el que acababan de pasar, con los erectos leones alados situados de forma estratégica en varios puntos de la azotea. Un poco más lejano y envuelto en una perezosa bruma se encontraba el Port Vell, que recorrían nativos y turistas ansiosos de fotografías espectrales, y la ensenada envuelta en la luz de un crepúsculo dominado por el viento de poniente y un cielo suavemente anaranjado.

Puede que fuera el vuelo de las gaviotas con sus pesadas alas de greda, o su lenguaje histérico de aves mezquinas, pero el caso es que de pronto tuvo la corazonada de que no llegaría a ver el nuevo siglo. El impacto en su estado de ánimo fue tan grande que pidió al chófer que aminorara la marcha, aunque iban tan lentos a causa del tráfico denso, que veía a los camareros sirviendo en las terrazas, entregando la cuenta o comprobando las tarjetas de crédito con ese aire cansino y servicial de los que trabajan para que los demás se diviertan. Pensó de nuevo en Lucía, y se reafirmó en su intención de cometer una locura a conciencia. Una noche de amor desenfrenado: sin duda eso le salvaría de la lamentable costumbre de enzarzarse en los enigmas del siglo venidero.

Y como si ese nuevo siglo se hubiera propuesto asomarse prematuro y tímido a través de los que poseían fuerza y juventud para sostenerlo, y como si precisamente fuera su hijo el mejor representante de esa época futura, he aquí que el joven Augusto aparece con un escueto mensaje en el teléfono móvil de su padre: «¿Qué haces esta tarde?», preguntaba la pantalla iluminada. Don Augusto cerró la tapa del aparato como quien cierra la puerta a un intruso; acababa de decidir que no contestaría, que era innecesario añadir una mentira a la lista de agravios que estaba a punto de inaugurar. Se acomodó, cambiando de postura, liberando con el movimiento una burbuja de aire que propagó el olor a cuero de la tapicería de color arena por el interior del flamante Lexus. ¿Qué haces esta tarde? Era una pregunta inoportuna, sin duda; los hijos pueden resultar inoportunos si se compara uno con ellos. El hijo siempre es más alto, más guapo, tiene más energía sexual, más mujeres dispuestas a rendirse a sus pies, tiene más recursos aunque tenga menos dinero. Y en el supuesto de que no se cumplan algunas de estas cualidades, tiene toda una vida por delante. Competencia desleal, eso es un hijo.

El coche enfiló la vía Layetana. Las aceras estaban llenas de chicos y chicas de aspecto saludable, torsos atléticos, traseros neumáticos, rostros en los que la juventud asomaba en breves e intensos momentos de furia, de placer y de impaciencia. Giró un poco el cuello para continuar explorando. En su ojo izquierdo se alternaban las imágenes nítidas de la nuca de Aristide, del maletero de los coches que les precedían, de las empinadas escaleras de acceso al edificio de Correos, de la parte posterior de la catedral y del cuello de botella de una de las estrechas callejuelas del Barrio Gótico, con la aparición temporal de una neblina insidiosa, y entonces se dijo –con sorna, y cierto desasosiego– que una de las ventanas que daban a la gran plaza del mundo estaba ligeramente empañada. Recordaba las palabras del oftalmólogo a propósito de la opacidad del cristalino: «Esta es una de las pocas cosas precoces y reversibles que puede padecer a su edad». Y tenía razón, aunque no le sirviera de consuelo.

A pesar de todo, en sus trayectos por la ciudad nunca escapaba al vicio de mirar y comparar ese tiempo de opulencia con aquel otro cuyas sombras parecían planear sobre las torres góticas, las fachadas modernistas y los aromas reconocibles y ligeramente alterados por la benevolencia del recuerdo. La Barcelona que añoraba, la que recreaba su memoria con más o menos acierto, era la de los años cincuenta y sesenta. Si tuviera que elegir una banda sonora para esa época, elegiría *Tears in Heaven*, de Eric Clapton, sin menospreciar buena parte de la producción de Paul Anka o de Ray Charles, de Los Sirex o Juan Pardo. Las baladas de Los Panchos, o de Armando Manzanero también le gustaban, pese a que eran un tanto remilgadas, puritanas en algunos casos. Pero hablaban de lo que todo amante, correspondido o despechado, ha sentido alguna vez.

Él era un joven estudiante, una rata de biblioteca, obsesionado por la ausencia del padre y su escaso éxito con las chicas. Aún no había conseguido la beca Fulbright que le llevó a los Estados Unidos e ignoraba el futuro tan brillante en lo profesional como desastroso en lo personal que le esperaba. Por aquella época, la ciudad aún llevaba colgada a la espalda una extensa nota necrológica, y no había encontrado la forma de arrancarse el cuchillo sin sangrar o sin morir. Era una ciudad húmeda y salobre, que despertaba de las catacumbas y de la posguerra y curaba su aflicción en los oscuros tugurios del barrio chino, en los elegantes *meublés*, o en los bares de aperitivos, cava, vino con sifón y latas de berberechos. En las tabernas del puerto, cerca de los bazares en los que se vendían relojes suizos y joyas de oro de veinticuatro quilates, su mujer, Leonor, arrastraba el abrigo de visón empapando los bajos con los jugos viscosos y barriendo la ceniza de aquellos suelos de dibujos geométricos que nunca conocieron el brillo, mientras se concentraba en sacar con un palillo el cuerpo carnoso y negro de un caracol que se le resistía. También en ella, todo era cuestión de resistencia.

Volvió a mirar el teléfono móvil. Muy a su pesar, estaba pendiente de él, lo observaba con prevención como si fuera un objeto mágico que pudiera leer sus pensamientos. Finalmente, decidió apagarlo y ahorrarse las explicaciones que no harían sino empeorar las cosas entre él y su hijo más de lo que ya estaban.

«¿Decía algo, señor?», le interrogó el chófer, y entonces comprendió, con cierto malestar por lo que consideraba una falta de control imperdonable, que había estado pensando en voz alta.

Se sorprendió de esta nueva y desconocida faceta, la de pensar en voz alta; pensaba que este tipo de verborrea incontrolada era propia de seres solitarios, de desquiciados vejestorios que desplegaban todo un arsenal de muecas, sonrisas e imprecaciones mientras recitaban por las calles aburridos monólogos tratando de apaciguar a sus demonios interiores, o de viejas damas en zapatillas caminando por la acera tambaleantes y recelosas, que salían a comprar las patatas para la cena y a intentar pegar la hebra con el dueño del colmado. Pues bien, ya no se veía a nadie en zapatillas de andar por casa, y los "monologuistas" eran invisibles para la gente. Ahora había multitudes que transitaban y chocaban con las sillas de las terrazas que se enseñoreaban de la esquina, y sólo el fulgor de los escaparates era capaz de hacerlos detener, de eclipsarlos con el fascinante brillo de la fortuna. Los miró con atención mientras se iba alejando, y en un establecimiento de Vasari creyó ver a Lucía —en todo caso, a alguien que le recordaba a Lucía— concentrada en la visión de las joyas del escaparate, las manos haciendo visera sobre las mejillas y la frente, la cara pegada al cristal como una niña internándose en el reino de la felicidad.

Avanzaron con lentitud hasta el siguiente semáforo en rojo, donde el coche se detuvo, gracias a lo cual don Augusto vio el banco que ocupaba ahora el lugar de la vieja sastrería en la que confeccionaban antaño sus trajes a medida. Recordó la solemnidad con la que el sastre le tomaba las medidas, atento a las variaciones de su perímetro torácico o de su abdomen, apuntando datos en su libreta con una letra de aristocrática belleza, sopesándolos después como haría un especialista en medicina interna —con alfileres en la boca, el metro colgado del cuello, siempre dispuesto a cortar por lo sano.— El traje que llevaba puesto lo compró en unos grandes almacenes, donde lo habían arreglado para adaptarlo a su extrema delgadez, una delgadez que hacía del cuello de la camisa una especie de tronera por la que asomaba su propio cuello rugoso que sostenía la diminuta y sabia cabeza de tortuga. Mientras divagaba sobre aquellos años en los que viajaba con frecuencia a París, años en los que los campesinos le agradecían sus servicios llevándole gallinas vivas y pavas para celebrar el día de San Esteban, años de trajes impecables confeccionados en las antiguas y recargadas sastrerías, con estantes de madera llenos de pesados rollos de tejido que los empleados desenrollaban sobre el mostrador con delicadeza oriental, acariciaba con moroso placer la corbata, la misma que lució en el entierro de Leonor, la misma que hubiera deseado utilizar como arma homicida en algunas ocasiones, y cuya fibra de seda le recordaba la suavidad de los cabellos de sus amantes y el contacto casual con la piel de Lucía. ¡La piel de Lucía! «Si quieres volver a ser joven, comete las mismas locuras que cometías cuando eras joven», decía Oscar Wilde. Y eso pensaba hacer, en la medida de sus posibilidades. Un actor con método puede sacar provecho incluso de una corbata deslucida.

El chófer dejó pasar a una ambulancia en cuyo interior tal vez se libraba una batalla decisiva contra la muerte. El ulular de las sirenas le parecía siempre una agresión difícil de esquivar, una punta de lanza en el costado expuesto a la intemperie de su calma. Aristide agarró con toda la fuerza de sus manos peludas el volante y desvió la dirección del vehículo con un giro ciego, farfullando entre dientes una imprecación, transpirando adrenalina como un soldado que conduce un tanque y se ve atacado por las tropas enemigas; en ese momento, el coche se apartó bruscamente de la calzada rozando la acera de forma peligrosa. Don Augusto se removió en su asiento, se encorvó para protegerse mejor y anotó mentalmente la orden de despedir a aquel inepto. Tras el incidente con la ambulancia Aristide respiraba de forma fatigada, encerrándose cada vez más en su mundo de semáforos y pasos de cebra, con los que parecía mantener un pleito permanente. El magistrado hacía grandes esfuerzos para no bajarse allí mismo, y sólo le retenía el temor de llegar impuntual a la cita. Miraba la nuca rígida del conductor, que sobresalía por encima del reposacabezas como si estuviera colgada del extremo de una pica, las maniobras de sus manos fuertes sobre el volante, y estaba atento a los cambios continuos de postura que abombaban el respaldo del asiento y que tendrían como objeto estirar los músculos.

Llegaron al centro de la ciudad. Era un viernes de finales de mayo, todavía no había empezado la temporada de playa, y la gente remoloneaba por las calles cerradas al tráfico y estrenaba las primeras horas de libertad del fin de semana. El repunte de una primavera cálida que empezó con lluvias intermitentes, convertía Barcelona en una de las sucursales del imperio del consumo. Hombres y mujeres, como si obedecieran a una señal, se lanzaban en persecución de La Belleza y la Diversión; familias enteras sucumbían a esa llamada, y su mejor reclamo era la tentadora decoración de los templos de la modernidad, a donde recalaban tras la penosa odisea de cruzar en coche la selva de asfalto. Sensualidad y tarjetas de crédito, en eso consistía al parecer la primavera. Parejas jóvenes se prometían amor eterno, como si se tratara de un desafío, un deporte de riesgo al filo de lo imposible. D Augusto había observado que cuando los días son más largos y las ropas más ligeras, la maquinaria del amor se pone en marcha, o lo hace con mayor ímpetu que el resto del año, como si el calor o la primavera fueran los trajes con el que el amor renueva sus votos. Sin embargo, en un plano particular era bastante descreído, no esperaba mucho del amor a esas alturas, «No, gracias», decía, «ya he tenido bastante, mi corazón no está para esos trotes.» Y contemplaba los besos y los abrazos de unos y otras con la curiosidad del que pasea por una estación y ve pasar veloces trenes que no se detienen.

«Tenga cuidado con el ámbar», avisó a su chófer, más apurado de lo que recordaba haber estado nunca en los mullidos asientos del sedán. Sí, él era de los que pensaban que siempre había que tener cuidado con los colores neutrales en apariencia. La neutralidad no existía, tan sólo era la excusa para un cambio de ritmo. «Tranquilo, señor, yo domino», dijo Aristide con una seguridad en sí mismo que rozaba lo temerario, girando al mismo tiempo la cabeza para dirigirse a su jefe de la forma que él consideraba más educada. En ese momento se oyó un golpe seco, y don Augusto se agarró de forma desesperada a los hombros del conductor, que notó las manos presionando la carne como si fueran los brazos de hierro de una grúa. Don Augusto acababa de cerrar los ojos en un instintivo gesto de abandono, incluso el ojo ligeramente velado por los primeros síntomas de una vulgar catarata. Le horrorizaba morir y no poder asistir a su cita con Lucía. Bueno, le horrorizaba morir, a secas. En su vida había toda una serie de actos postergados –de semáforos en ámbar– a la espera de que las circunstancias le fueran propicias y ahora –a los sesenta y cuatro años– creía, tal vez de forma pueril, que había llegado el momento de poner remedio a esa dilación inexcusable.

El cristal lateral del coche al que acababan de embestir cayó hecho añicos: el estrépito de cristales con el que la materia se convierte en música y polvo de catástrofe. Se habían precipitado hacia el pequeño Smart de color amarillo limón tras atravesar la línea blanca pintada en la calzada y el triángulo de ceda el paso que, pese a la terquedad de Aristide, aconsejaba prudencia. Cuando bajaron, todavía estaban calientes los neumáticos y había en el aire un intenso olor a quemado procedente de los frenos que llenaba toda el área de colisión y aledaños, y era como una ofrenda hermosa y simbólica, el sacrificio pagano al dios de la automoción; uno de los faros delanteros del Lexus se había desprendido por el impacto, un insignificante efecto colateral de la desigual pelea entre David y Goliat en el que Goliat había perdido uno de sus ojos facetados. El magistrado observaba con resignación –la mano haciendo visera sobre los ojos para adaptarse a la nueva luz exterior– los restos del naufragio desde la pequeña isla urbana en la que había varado su nave, escuchando los primeros avisos de las bocinas y las protestas de los conductores que sorteaban con dificultad el obstáculo.

Consultó la hora en el reloj de pulsera y vio que eran las cuatro y media de la tarde, y supuso que Lucía estaría esperando en el hotel, joven e impaciente. En cuanto a él –reconoció con su humor más corrosivo mientras comprobaba las arrugas marcadas en su atuendo– parecía el conejo blanco del país de Alicia corriendo apurado a la fiesta de su no-cumpleaños.Se aproximó al conductor del pequeño automóvil que observaba en ese momento los efectos del choque en el maletero, y comprobó aliviado que no había sufrido ningún daño, aparte de un ligero tartamudeo provocado seguramente por el susto. Por suerte, se trataba de un hombre sereno, de pelo gris y tez curtida, que recordaba por su aspecto bondadoso a aquellos aficionados taurinos que se desplazaban desde sus aldeas a la ciudad cuando empezaba la temporada de toros de la Plaza Monumental. Aquellos hombres siempre parecían fuera de lugar; atosigados por las prisas, se dirigían con torpeza a los vendedores de reventa y luego pagaban con gratitud aldeana; él los contemplaba junto a su padre, lustrosa la cara, contando los billetes con sus manos estropeadas, en los labios un caliqueño torcido y reseco. Hombres sencillos en su mayoría, forzados a protegerse también ellos de la amenaza vertical, de los códigos inhumanos de la ciudad. Una impresión similar le causaba el dueño del utilitario siniestrado, que continuaba apoyado sobre el capó, pasando su mano por él con suavidad, igual que si acariciara el lomo noble de su mascota.

Temiendo que el incidente le entretuviera más de lo necesario, don Augusto le dijo: «Tengo prisa, y éste es un asunto que puede resolver perfectamente mi chófer. Intercambien los papeles que tengan que intercambiar y no tema, que todo saldrá bien». El hombre primero le miró, dubitativo y luego se encogió de hombros y giró las palmas de las manos hacia arriba para expresar su impotencia. Don Augusto alzaba ya la mano para pedir un taxi, cuando vio que Aristide acababa de recoger del suelo el faro del coche y lo contemplaba con una tensión dramática digna de Hamlet mientras sostenía la calavera del rey de Dinamarca, su padre.

Pisó la alfombra de entrada al vestíbulo del hotel con diez minutos de retraso, algo insólito e imperdonable en un hombre que practicaba la impecable liturgia del galanteo. Aún así, se tomó un respiro para reponerse del susto provocado por la impericia asesina del conductor. Vio que Lucía estaba esperando, menuda, pecosa, confiada. Tan bella y delicada como las cosas que se degradan con el roce de las manos. Vestía una falda negra que cubría sus piernas hasta medio muslo y unas medias a rayas blancas y negras, el *yin* y el *yan* en sus extremidades inferiores. Su postura era un tratado de códigos secretos, de indicios de una gracia interior que se transmitía a los músculos, a la mirada, a la melena rubia y rizada, a la transpiración –desde allí podía captar ligeramente su perfume, como un dulce veneno que provocaba una dulce locura. Voluptuosa, se encogía y se estiraba en el espacio como si estuviera desnuda con una flexibilidad en la que participaba todo su joven cuerpo expectante.

Mirar es dar sentido a lo que se contempla, crear ficciones a partir de una realidad. Por eso Lucía le sorprendía cada vez que la miraba. La luz del atardecer caía sobre la hebilla dorada de uno de sus zapatos, y realzaba y la línea ascendente del empeine, un tobogán por el que se deslizaban con suavidad la inocencia y la provocación. «Demasiado confiada», se dijo don Augusto, experimentando un placer furtivo y delicioso. La aparente docilidad del cordero despertaba la avidez del lobo, pues el mayor riesgo para lo tierno es su fácil manipulación y digestibilidad.

Distraído, tropezó con una jardinera donde crecía un ficus al borde de la tierra, un ficus medio deshojado. El dolor y la rabia le hicieron enrojecer, y al mismo tiempo aumentaron su deseo. Siguió avanzando como un furtivo hacia su particular Betsabé, pasándose la lengua por los labios, resecos por la emoción anticipada de la posesión, por un gozo íntimo y mezquino. Notó que las manos sudorosas temblaban, esclavas del atrabiliario impulso de tocar, de recorrer ese cuello que ahora refulgía como una llamita azul de pura lana virgen.

De pronto se detuvo. ¿Qué le había llevado hasta allí, cual era la génesis de su locura para presentarse con aquella esperanza absurda sin otro bagaje que su destartalada anatomía y el parentesco con el hombre al que ella amaba? Entre sus peculiaridades no se encontraba precisamente la de seductor: le faltaba alegría, encanto, le faltaban unos centímetros de altura, tal vez. Las relaciones que establecía con las mujeres a menudo estaban dominadas por la utilidad, el sexo y la necesidad de reconocimiento. Pero las sensaciones eran buenas. «Te amo con locura», «jamás te abandonaré». ¡Oh, el amor y sus sucedáneos! El hechizo de las palabras, las carnes firmes, las caderas ondulantes, los labios que se vengan de los amores infames entregándose a un amor fugaz y desesperado…el deleite, las lágrimas, las risas, los claros de luna. En resumen: sensualidad y tarjetas de crédito.

La tipología de sus mujeres iba cambiando, creando un confuso mapa del amor o mejor, un laberinto en el que perderse. Por esta razón, perder el norte era lo mejor que podía pasarle.

A los veinte años le atraían las mujeres con carácter fuerte, autónomas y algo autoritarias, como su propia madre; luego hubo una época en que se fijaba en todo tipo de mujeres, y la única condición que exigía a la hora de intimar con ellas era cierta delicadeza en las formas, aunque no era una condición obligatoria: también le gustaban las mujeres con agallas, las mujeres grandotas, gritonas o algo salvajes, con tal de que estuvieran entrenadas en el arte del coqueteo, que él relacionaba –de forma equivocada, a veces– con una intensa fogosidad sexual; a los cuarenta se convirtió en un solitario desamparado, y le atraían las mujeres preferentemente morenas, de ojos profundos y expresivos, que le recordaban a la gran Melina Mercuri, mujeres con vida interior y vena trágica. Y entretanto, llegó Leonor, una boda rápida, la hermética vida familiar que parecía demandar exclusividad. Después, en un proceso que no iba a analizar –entre otras cosas, porque no obedecía a ningún mecanismo racional– sucumbió al atractivo de algunas mujeres exóticas y sumisas, remedo de las que había conocido en Tailandia y, finalmente, cuando ya creía llegado el tiempo de la calma apareció Lucía, que escapaba a cualquier tipo de clasificación, y cuya fijación por ella le parecía a veces un leve y bufonesco parpadeo de su libido, o de la libido de una de las numerosas réplicas de sí mismo.

Dejó que pasaran unos minutos más. Un niño giraba la estantería redonda de las postales, y una señora le reñía en un perfecto inglés refinado. Un hombre con un pantalón bermudas que tenía un alza de unos quince centímetros en el zapato derecho pidió la cuenta al recepcionista, dejándose caer sobre el mostrador con actitud confiada; la pierna renga e hinchada parecía hundirse en aquella especie de plancha metálica, todo un superviviente de aguas fangosas y oscura intimidad; un botones portaba una gran maleta con ruedas en dirección al ascensor, seguido de dos nuevos clientes que conversaban entre sí mientras sostenían en sus manos sendas guías turísticas. Luego, de nuevo, el niño provocaba a la mujer, probablemente su madre, con aquellos giros repetidos y desquiciantes. Toda aquella actividad incesante alimentaba su propio anhelo; notó que le embargaba un entusiasmo sombrío, como si asistiera a una ceremonia de coronación y en el último momento comprobara, alarmado, que llevaba los zapatos sucios.

Echó otra ojeada al sofá que ocupaba Lucía. Era de cuero negro, apuesto en la medida en que puede serlo un objeto mullido, vacuno, un auténtico succionador de nalgas delicadas. En ese momento ella sacaba un pequeño libro del bolso que tenía las tapas de color tierra sucia; acarició el lomo, la portada, luego lo abrió por una página doblada como el ala de una pajarita de papel, y con la misma premura lo volvió a cerrar. Poco después acarició con sus hermosos dedos sin anillos las tapas desgastadas de la portada, cuyo título le era imposible leer desde allí; por último, lo guardó en el bolso, y don Augusto comprobó que había desplegado toda una serie de gestos encantadores y semiautomáticos, uno de esos recursos eficaces para entretener la espera. Abrió los ojos con fuerza, destensó los músculos orbitales intentando apoderarse de la imagen ya profanada de la chica. 'Catarata' –recordó don Augusto– derivaba del griego *kataráktes*: caída brusca del agua de una corriente importante en algún accidente del terreno. Cascada. Le preocupaba su excesiva preocupación por los síntomas. Se comportaba a veces como un hipocondríaco, como Jack Nicholson en *"Mejor... imposible".* Pero sabía retroceder si era necesario. No quería parecerse a algunos hombres de su edad, que renunciaban voluntariamente –aseguraban– a los placeres de la carne. Esa tendencia a llevar una vida espartana sin apenas caprichos –complicaciones, lo llamaban– la ejercían con convicción de libertos. A él le parecía una estupidez. Todos estos amigos acababan luciendo una cara de pasa arrugada, su piel se iba poniendo gris pálido, de desahuciado, se obsesionaban con las enfermedades y se volvían avaros, negligentes y miedosos.

Uno de los camareros salió de la barra y se acercó a Lucía. Era flaco, lírico, tenía figura de torero y acechaba como un palomo alrededor de la blancura luminosa de su paloma.

—¿Desea algo, señorita, puedo ayudarla en algo? Su voz meliflua tenía la cadencia vibratoria de un diapasón.

—No, gracias, estoy esperando —contestó ella, arreglándose como al descuido la lujuriosa melena rizada que brillaba con reflejos de camomila.

De pronto, sintió pánico de que ella marchara decepcionada por su impuntualidad, pero al mismo tiempo, deseaba continuar espiándola, vampirizando su energía y la suave laxitud que la envolvía en el instante en el que declinaba la luz de la tarde y gruesos pelotones de nubes oscuras avanzaban al otro lado de los ventanales, con ese sentido del ritmo que parece dominar el cielo en los instantes previos a la lluvia, y se encendían mecánicamente las lámparas sobre las mesas del *hall* del hotel.

Bizqueando con astucia y prevención, se aproximó para comprobar la paciencia de la chica, que contrastaba con su avidez; el deseo perverso de corromperla, el placer grosero del chantaje le excitaban y al mismo tiempo le daban la medida de su felonía. Instintivamente miró sus manos. Sus dedos cortos, avaros, esos dedos que habían firmado tantas sentencias inapelables, tenían la insolente consistencia de un puño o mejor, de una garra. Pero poseer garras, ¿era una elección?, y de ser así, ¿no era acaso una elección desesperada?

Lucía estrellaba un cigarrillo contra el cenicero —se había perdido el instante previo, el momento en que ella encendió el pitillo— cuando él decidió presentarse:

—Augusto Maldonado —saludó, alargando la mano—. ¿La hice esperar mucho?

En ese momento pasó delante de ellos la mujer inglesa que reprendía al niño. Sonrió con displicencia, como si pidiera disculpas en su nombre y, al hacerlo, mostró los dientes superiores sobre los que espejeaban con total impunidad reflejos de párvulo carmín.

—¿Y su hijo, dónde está Augusto? —preguntó, a su vez, Lucía.

«Ah, sí, mi hijo". Don Augusto sonrió de forma nerviosa. De repente, le pareció que la excusa que tenía preparada era muy torpe, así es que se limitó a decir: "No pudo venir, lo siento.

Lucía dio un paso al frente como si se dispusiera a salir. Su mirada se había ensombrecido. Observaba con atención al hombre que tenía delante, aunque no era la primera vez que lo veía. De nuevo le pareció una persona excéntrica, solitaria, que poseía una elegancia marchitada por el escepticismo y la impaciencia. Llevaba un traje gris claro y parecía refugiarse en la holgada chaqueta, navegar en las profundidades de las costuras y en la instantánea suavidad del forro, y de alguna forma su esqueleto se presentía a través del traje en una penosa intensificación de su flaca anatomía. Poseía un rostro enteco, anhelante y áspero que sugería una implacable actitud de avaricia. Un rostro algo feo, aunque con una fealdad interesante, al estilo de los feos del Hollywood de otra época, de un Belmondo, o un Anthony Queen.

—No se preocupe —la retuvo el magistrado—. Tengo toda su confianza, y le transmitiré lo que tenga que decirme.

Ella se quedó dudando, entre la puerta del vestíbulo y la mesita, con el discreto ramo de violetas en la mesa y el cigarrillo todavía humeante en el cenicero. No entendía por qué no llegaba Augusto. Le había dejado en el contestador del teléfono fijo varios mensajes en los que pedía ver a ambos, al padre y al hijo, y ahora asistía a la pantomima del padre que carga con la responsabilidad del hijo.

Don Augusto se percató de la vacilación de Lucía e intentó una rápida estrategia. Era consciente de que sus mundos estaban separados por valores, vivencias y por al menos una treintena de años. Pero ambos eran supervivientes de alguna clase de desastre, lo intuía. Y esta coincidencia, real o imaginaria, lo hacía sentirse más próximo, menos preocupado por el hecho de que podría ser su padre, de que sería tal vez su suegro en un futuro no muy lejano. Era consciente de que se agarraba a aquel momento con ferocidad, deseando retenerla aunque para ello tuviera que seguir mintiendo y comportándose como un hombre joven que sólo necesita abandonarse a la fuerza de la juventud. Lentamente, sin dejar de mirarla a los ojos acarició su brazo tratando de dar un sentido de amistosa naturalidad a la caricia. De cerca, el color de sus ojos era de un azul intenso, piscícola. El fondo de las piscinas se solía pintar de ese color, que sugería el placer de abandonarse a una fuerza flexible y líquida.

—Pues dígale que es un maleducado y un inmaduro y…nada más —calló de pronto, como si hubiera confesado bajo presión y estuviera arrepentida.

—Si quiere, podemos pasar a mi habitación —dijo el magistrado—. Allí tendremos más intimidad. —Y antes de que ella pudiera responder, matizó—: No tiene nada que temer. Un hijo siempre es un hijo.

Pese al esfuerzo de don Augusto por convencerla, el tono de sus palabras le parecía artificioso a Lucía. Desconfiaba de la expresión de aquella mirada, de su ojo derecho, ligeramente más pequeño que el izquierdo, y quizás algo más opaco. Y dedujo, con más o menos tino, que la opacidad era una de las cualidades esenciales de aquel hombre.

Sin embargo, no dio un solo paso para marcharse ¿Quién era en realidad aquel hombre que se comportaba con ardor y galantería, que, con sus cabellos lacios y teñidos, y su cara de rasgos afilados y sus manos de dedos cortos y finos como husos, provocaba su compasión y su rechazo? Sintió de nuevo que la ponían a prueba, que la experiencia no serviría porque el pasado nunca trajo respuestas, sino nuevas y complicadas preguntas. Y sintió miedo. Tenía una teoría acerca del miedo según la cual, los mecanismos de control del miedo se activan cuando estamos frente a alguien que nos recuerda una faceta de nuestra personalidad que nos inquieta. Volvió a estudiar con detenimiento al padre de su novio; se fijó en su porte, sus ademanes, y se dio cuenta de que el bien y el mal cabían, por así decirlo, dentro de la misma chaqueta holgada, y en las zonas oscuras por las que transitan el silencio y la locura. Lucía se puso muy seria; trataba de adivinar sus intenciones, sopesar los riesgos, avanzar o retroceder. Pero incluso un error, cualquier error, es un descubrimiento, pensó. Y la aspereza y la desconfianza se deshicieron del todo al ver brillar su sonrisa. Las flores parecieron entonces cobrar vida, hacerse presentes por primera vez para ella, porque cuando el corazón se alegra, todo lo que nos rodea se alegra también con él. Se dispuso a coger una flor del jarrón, pero don Augusto se adelantó a su deseo y ella se vio de pronto con una humilde violeta en su mano. ¡Cómo la comprendía! Él sabía mucho más de lo que mostraba, y con una expresión dulce, ávida y hechizante, le ofrecía un regalo.

—De acuerdo, vayamos —cedió, ya sin prejuicios, porque se dio cuenta de que ambos se parecían sospechosamente, como dos gotas de agua de distintos manantiales.

Don Augusto se quedó mirándola, todavía sorprendido de su buena suerte.

Sin embargo, por primera vez en mucho tiempo, se sintió torpe, turbado. Ese "sí" indirecto le hacía sentir eufórico y un tanto perplejo, como debió sentirse Dmitry Dmitrich Gurov ante aquella dama del perrito que paseaba por una avenida de Yalta y un día le dijo: «No muerde», refiriéndose, en apariencia, a su perro pomerania. «Vayamos», dijo ella. En su juventud las mujeres no aceptaban así como así subir a las habitaciones de los hoteles. En cambio, en algunos aspectos, sus coetáneas eran mucho más directas, no empleaban tantos circunloquios. Por ejemplo, no hablaban de caras asimétricas, sino que decían sencillamente que alguien era feo, ni hablaban de hombres marcados por la figura materna, sino que los llamaban calzonazos, a secas.

Pese a este desfase, o precisamente por eso, porque le atraían las chicas de aspecto desvalido, bonitas, con un toque entre cursi y distinguido, chicas evanescentes, que parece que en cualquier momento desplegarán sus alas para salir volando, es por lo que se había fijado en Lucía. Para bien o para mal, algo había comenzado, poniendo su mundo interior patas arriba. Ni siquiera sabía qué nombre poner a aquella sacudida. Sólo intuía que formaba parte de un caos fatigoso. ¡Qué paradoja!: él asociaba la madurez con la paz, el orden, la resignación, el tiempo libre, los viajes tranquilos, con una agradable y serena compañía femenina, con dulces caseros y con los nietos quitándole la pipa de la boca mientras disfrutaba de la siesta. Y ahora, al mirarse en el espejo de aquella columna pintada de gris plateado, se dio cuenta de que tenía cara de idiota.

El orden. El orden mental está muy relacionado con la sinceridad, y ésta a su vez con la nobleza. Pero él no era noble, ni ordenado. En el pantalón, las arrugas desmentían su apuesta por la elegancia, y en cuanto al sudor de las axilas, era un hecho inabordable. Su propio olor le resultaba mezquino, delator. Y no podía esconderlo o apagarlo, como hizo con el móvil esa misma tarde.

—Estarás más cómoda arriba —la tuteó a propósito, mientras recordaba la primera vez que la vio. Fue en la cafetería de la Audiencia Provincial. Augusto se presentó con ella para pedirle prestada cierta cantidad de dinero que necesitaba para su viaje. Él le firmó un cheque, como de costumbre, aunque esa vez fue mucho más generoso con el dinero prestado a fondo perdido. «Para que lo gastes con esta chica tan guapa», le guiñó un ojo, sin perder de vista el escote de Lucía. Su hijo le miró de forma hostil, seguramente ofendido, pero aún así, cogió el cheque y se lo guardó en el bolsillo de la chaqueta.

Ella, en cambio, no pareció extrañarse de nada. A sus veintiocho años, con sus labios de color frambuesa, sus ojos azules y su tierno aspecto de desterrada algo flaquita, parecía comprender muy bien que los mecanismos que rigen las relaciones familiares no deben ser cuestionados, por más que le resulten peculiares o estrafalarios a un observador externo. No sirve de nada cuestionarlos.

Tras haber firmado el cheque, se despidieron con sendos besos en las mejillas. Los de Lucía le supieron a poco.

A través de los cristales pudo después seguir los movimientos de ambos en la acera, camino de la parada de taxis. De pronto quiso ser él quien tomara ese taxi, él y no su hijo quien acompañara en el viaje a la muchacha de la camiseta blanca con la imagen de Kurt Cobain –con los ojos alucinados del cantante como dos llamas en mitad del pecho- y la cara llena de una alegría tan escandalosa que daban ganas de brindar en su honor como se brinda en las fiestas celebrando el encuentro, celebrando la vida, en definitiva. Desde aquel momento, siempre deseó estar a solas con ella.

En el hotel los aparatos de aire caliente funcionaban al máximo, como si una temperatura más alta de lo aconsejable le añadiera categoría o confort al recinto. Pensó que probablemente Lucía acusaría ese calor, pues llevaba un jersey grueso, más apto tal vez para un día de invierno. Era un jersey largo que estilizaba su figura y resaltaba sus formas, el pecho turgente sobre el que descansaba un collar largo de cristal de jade, y las caderas, que sobresalían como suaves pendientes resbaladizas. El jersey era de angorina, de un azul parecido al de sus ojos. Y era tanta la necesidad que tenía él de ver señales reveladoras, que pensó que ella se había vestido así pensando en complacerle, que la armonía de colores era una gentileza de Lucía para los que, como él, andaban escasos de esperanza. Luego, volviendo a la realidad, se dijo que ella también debía necesitar algo, y la prueba era su presencia en aquel hotel.

Llegaron a la habitación, él siempre tras ella, como si la escoltara, con una devoción no exenta de cierto temor inconcreto. Lucía iba muy seria, recordando aquel juego infantil –¿por qué lo recordaba ahora precisamente?– que consistía en mantener el mayor número de globos en el aire a salvo de los pinchazos de los otros niños. Cada vez que uno de sus globos estallaba, ella lloraba de forma desconsolada. No le importaba ganar, sino ser una celadora eficaz de aquel prodigio aéreo. Lo extraordinario siempre la tentaba, porque si sobrepasaba lo que veía, las cosas empezarían a existir. Aunque después se rompieran, como los globos de su infancia.

Nadie se salva de ser abducido más pronto o más tarde por la infancia, se dijo. Alan Turing, el gran matemático y amigo de Einstein murió tras morder la manzana que previamente había rociado con cianuro. A Alan Turing, según sus biógrafos, le encantaba el cuento de Blancanieves. Todas las obsesiones de su infancia confluyeron en una fiel y fatal escenificación de la película de

Disney. La manzana envenenada de Turing era un auténtico dossier sobre la trascendencia de esa edad desconcertante, en la que se toman decisiones o se graban en nuestro interior claves secretas que afectarán al resto de la vida.

Se pararon ante la puerta de la habitación. Don Augusto introdujo la tarjeta automática en la ranura y abrió. Debía ser cauto, se dijo, controlando su anhelo. Si habían llegado hasta allí sólo podía ser por dos motivos: o ella era una ingenua o el favor que iba a pedirle era muy importante. Este razonamiento, que cargaba sobre Lucía la responsabilidad del encuentro, le calmó, e hizo que se olvidara de su perfidia. Hasta que de pronto recordó que la cita incluía a su hijo, a quien él en cierto modo había suplantado.

Una orquesta sinfónica interpretaba en el hilo musical una pieza de Richard Strauss. Don Augusto escuchaba atento la melodía, un tanto desfigurada por la ejecución de una orquesta instrumental de segunda o tercera categoría. El resultado era música, al fin y al cabo, acordes reconocibles para cualquier admirador de Strauss. En esta vida, se dijo, sólo hay dos productos: el producto original y las falsificaciones más o menos conseguidas. Y hablando de originales: en cuanto a su hijo –ay, siempre su hijo- si lo conocía tan bien como creía conocerlo, seguramente aprobaría su opinión: «¿No te parece, hijo mío, que a lo mejor esta mujer no te conviene?» Eso le diría, aprovechando una de esas tardes ociosas en las que jugaban al ajedrez y a las frases de doble sentido. Esa tarde le preguntaría sin rodeos qué pensaba hacer con su vida y cuando él, ufano, se explayara hablándole de Lucía –aunque su hijo era muy parco en palabras, muy reservado– le haría la pregunta definitiva, que contenía en sí misma la opinión, decantada por la sensatez de la experiencia. «Pasa», la invitó, tan orgulloso como si le mostrara su reino.

Al entrar en la habitación, Lucía se sintió intimidada. Se dio cuenta de que había comenzado a andar de puntillas, adelantando la cabeza con prevención, igual que una avecilla que tímidamente se acerca a la mesa donde los comensales disfrutan con naturalidad del ágape. Al mismo tiempo, odiaba sentirse así, presa de un encogimiento precavido, ofreciendo esa lamentable imagen de desesperación y desconfianza. Pero es que todo resultaba artificial, premeditado. El rojo desteñido de la moqueta y el granate ostentoso, imperial y polvoriento de los cortinajes, las líneas rectas de los muebles, el consabido cuadro abstracto, la pequeña nevera con las pequeñas botellas que la gente se solía llevar como recuerdo, las toallas impecablemente blancas del baño, la luz calva de las mesitas de noche. Aquel lugar parecía preparado para una cita de amor, de un amor tan falso y fugaz como la sonrisa del camarero en cuya mano don Augusto depositó una propina.

Le parecía que las cosas una vez más se precipitaban sin que pudiera controlarlas, ligadas por los infalibles nudos del destino. Pero había llegado hasta allí, eran un hombre y una mujer y cuatro paredes. Se acercó a la ventana y retiró los gruesos cortinajes que desprendían olor a humedad, y cuyo tacto le daba un poco de grima. Abrió, y entonces fue saludada por una fina corriente de agua que empapó su rostro y tuvo la virtud de aliviarla. Estaban en un segundo piso, y cuando miró hacia abajo, a la gente que pasaba en ese momento por la calle, encontró la perspectiva necesaria para calmar su eventual brote claustrofóbico.

Tras el primer momento de euforia, don Augusto comprendió por la expresión de Lucía que se sentía avasallada. Aquel espacio íntimo y reducido la obligaba a replegarse, tal vez herida por su audacia. Por eso agradeció que la ciudad y sus trajines entraran en la habitación por la ventana.

—La lluvia hace que las personas se parezcan —dijo Lucía— Esto es lo que veo desde aquí: hay un semáforo, y hay un hombre debajo de un paraguas que mira a uno y otro lado. Se diría que está alegre. El paraguas esconde su cara casi por completo. —Había empezado a hablar para sí misma; al principio de manera vacilante, pero después su voz se hizo más firme, como una corresponsal que imprime su propio temperamento a las noticias que pregona-:Tal vez ésta sea una hora especial en la que una se pregunta el lugar que ocupa en el mundo, parada frente a una máquina que dirige sus movimientos con un juego de colores vivos, arropada por los paraguas y por el resto de personas. Mire: hay otro que se ha enfadado con el que venía en dirección contraria, y con el que acaba de chocar. —Lucía se dio la vuelta de improviso. Sus ojos brillaban con una frialdad extraña—. Algunos piensan que la ciudad decepciona las expectativas que uno pone en ella. ¿Usted qué cree? ¿No cree que cada cual va a lo suyo, que a nadie parece importarle la suerte de los demás?

Durante el tiempo que duraba el soliloquio, don Augusto observaba con atención su figura de espaldas. Su talle era bajo, su perfil delicadamente curvo. Sus fuertes piernas enfundadas en medias a rayas blancas y negras eran tal vez la nota de su indumentaria más acorde con su personalidad artística. La falda corta, ajustada en la cintura, abría un espacio alternativo a la imaginación del magistrado. Los muslos eran largos y fibrosos. (Le encantaba contemplar las piernas de las chicas) Y en cuanto a su cuello… En su esbelto cuello, cubierto de rubios rizos vaporosos, le gustaría ver un día un hermoso collar de perlas cultivadas. Sensualidad y elegancia. Sensualidad y tarjetas de crédito.

Cuando se giró para interrogarle, el aire se llenó del perfume de Lucía, un aroma que al mezclarse con el agua de lluvia esparcía por el aire una intimidad ácida y dulzona al mismo tiempo, como una cáscara de naranja crepitando en las brasas medio apagadas de una barbacoa.

—Decías que…

Lo cierto es que apenas la había escuchado, así es que carraspeó de manera ostensible, tratando de disimular su imperdonable falta de atención. En ese momento empezaron a escucharse las bocinas de los coches en la calle. Parecían mantener vulgares conversaciones de patio de vecinos.

Pero don Augusto apenas escuchaba aquel sonido irritante, y acabó integrándolo en el perezoso fluir de sus pensamientos. Hacía mucho tiempo que el magistrado no se hallaba en una tesitura semejante. Sólo se le ocurrían monosílabos y frases hechas.

—Usted debe pensar que no me he me dado cuenta. Pero no soy tonta. Augusto no sabe que estamos aquí, ¿verdad? Fue usted, y no él, quien me citó en este hotel, enviándome la nota a la pensión.

El magistrado se quedó por un momento inmóvil. Se sentía atrapado, encogido en su propia piel o, mejor dicho, en su pellejo. Sus intrigas, sus malas artes, habían sido descubiertas y ahora Lucía, estaba seguro, le tomaría por un oportunista, un viejo enredado en el juego fascinante de la seducción.

—Yo... —balbuceó—. Verás, no quise... —Deseaba explicarse, pero notó que le faltaba el aire. Finalmente dijo, recordando las palabras del poeta Heine al morir—: "Dios me perdonará: es su profesión".

—No se preocupe —dijo ella sonriendo penosamente, haciéndose cargo de su simplicidad— Tal vez sea mejor así. Tal vez usted, después de este día, empiece también a interrogarse sobre el lugar que ocupa en el mundo —continuó, con un tono misterioso.

—Lucía. Tienes todo el derecho a estar enfadada conmigo —convino él, azorado—. Pero, por favor, no me lo tengas en cuenta.

—Oh, no, no, no. Olvidado —cruzó los dedos índices como si hiciera un juramento

—Veo que ha empezado a llover —dijo el magistrado de forma mecánica, consciente de que sus palabras no contenían ni una gota de poesía. Y es que trataba de huir, con el instinto del animal que será un día cazado.

Lucía lo miró sin saber muy bien qué hacer con él. Lo miró como se mira una pieza de artesanía cara, heredada y obsoleta. Pero los sentimientos cambian en un instante. El rostro de don Augusto expresaba tanta ansiedad, que le recordó a su propio padre, perdido en su declive, y enseguida se apiadó de él.

—Verá, de pequeña era muy arisca, y procuraba esconderme cuando llegaban visitas a casa. Un día salté por la ventana del cuarto de baño y me rompí un tobillo. Ya ve que no escatimaba esfuerzos para escapar de lo que me perturbaba —continuó hablando Lucía—. No sé por qué le cuento estas cosas, si apenas le conozco-. Se estiró el jersey, se subió las mangas hasta los codos como si el tejido le molestara o le diera demasiado calor; era evidente que se sentía incómoda con el fluir de los recuerdos—. Se ve que ya por entonces me sentía observada, juzgada y sentenciada, ¿qué le parece? —Se dirigió a él como si tratara de una emergencia, como si su opinión fuera vital para ella. Pero luego se quedó en silencio. Se mordió el labio superior, carnoso y brillante, y poco a poco se encerró en una indignación silenciosa—. Bueno, a lo mejor a usted, como juez, estas cosas le resbalan-concluyó, áspera y severa.

Don Augusto se rascó la mano derecha justo debajo de la primera falange del dedo índice. Era su forma de calmar su impaciencia o su incomodidad. La incomodidad la sufría más el juez que el hombre –aunque era imposible separar a ambos– porque, si bien es cierto que la ley trata con simplicidad y con método las cuestiones complejas, también es cierto que a la ley le repugna lo particular.

—¿O acaso le importan? —preguntó ella, con un aplomo que parecía una acusación.

D. Augusto miró de nuevo a la calle, al cielo oscurecido como si hubiera caído ya la noche. Pero sólo era la lluvia. La lluvia y su congoja.

Lucía estaba contrariada. Aquel hombre no la había escuchado, y seguramente estaba empezando a tomarla por una chiflada, una de esas mujeres perdidas en la ritualidad de las palabras. Entonces se situó frente a él, con los hombros altos, el pecho erguido, retándole con la mirada.

—Voy a concretar, porque creo que está muy perdido: usted me juzgó una vez y emitió su veredicto sin conocer la verdad, y desde luego sin importarle cómo iba a sentirme. Se cometió una injusticia de la cual tardé en recuperarme. De la que no me he recuperado aún-. Le miró con una tristeza que revelaba luchas mayores.

«De modo que era eso», respiró el juez, más aliviado. Se había ganado una detractora sin proponérselo, lo cual le ocurría con frecuencia. La diferencia era que esta vez lo sentía de veras; lo sentía tanto que, aún sin conocer a fondo el asunto, deseaba que no hubiera ocurrido.

—Tal vez yo no merecía su confianza… y conste que no se lo reprocho, puesto que entonces no me conocía como puede conocerme ahora —añadió Lucía—. Espero que cambie de opinión.

Lucía lo ponía de nuevo contra las cuerdas. Lo estaba volviendo loco, con su despecho y su dulzura, con sus últimas palabras, cargadas de esperanza. En su vida profesional las palabras eran sólo la herramienta para elaborar los discursos, las apelaciones y todas aquellas fórmulas de hueca cortesía que formaban parte del atrezo, y que casi nadie se molestaba en analizar a fondo. En su mundo cartesiano se acataba la dialéctica superficial y cerrada al debate del mismo modo que el acusado acataba la decisión del juez.

Por eso se había acostumbrado a escuchar todas aquellas mentiras, verdades, supuestos, alegatos, réplicas y contrarréplicas que no aportaban ni un gramo de conocimiento. En este contexto, pocas cosas eran capaces de sorprenderle, y tal vez ésta era la causa de que casi nunca se planteara estar juzgando a una persona, sino más bien una situación anómala. Así pues, su especialidad –en cierta manera– eran las circunstancias, desgraciadas por lo general, que llevaban a ese individuo a los juzgados, y no el individuo en sí. La justicia, pensó, es un sistema complejo, corrosivo, un tornado de expedientes que buscan la verificación de una verdad casi siempre mutable. Por desgracia, la justicia suele estar reñida con la transparencia y la claridad.

—Por supuesto que me importan —dijo, respondiendo a destiempo a la pregunta de Lucía- Sin embargo, no sé qué puedo hacer. Lo hecho, hecho está-.Se encogió de hombros, pero por su corazón pasó un siglo de aturdimiento y de deseos.

—Por eso me hubiera gustado que Augusto estuviera aquí —dijo Lucía, y un conato de tristeza nubló sus ojos claros—. Verá: lo que pretendo es que en nuestra relación no haya sombra de dudas.

D Augusto sonrió como un bobalicón. *La sombra de una duda* era el nombre de una de sus películas preferidas, y su protagonista, Rita Hayworth, fallecida recientemente, era su actriz favorita. Pensó que aquella coincidencia era un síntoma de algo grande, algo que abarcaba el plural "nosotros". Y aceptando la coincidencia como un regalo inesperado, se dijo que cuanto a ella le hubiera ocurrido en el pasado o le ocurriera en un futuro, todo lo que la hiriera o conmoviera encontraría eco en algún episodio de su propia vida. O, como mínimo, en un pasaje cinematográfico.

Había un tono de súplica en la voz de Lucía al que no podía sustraerse. Era una súplica que tenía la dignidad de una plegaria. Estaban a merced de la tarde, a merced del siglo veinte, que pronto dejaría paso a una nueva era, al amparo de las dos lámparas que proyectaban sombras duplicadas de la figura de Lucía. El agua caía ahora con la soltura de unos dedos expertos en deshacer nudos. Todo parecía más blando y más sencillo. Sencillo e inoportuno, pensó al momento don Augusto. Hubiera deseado ser frívolo, pues la frivolidad no comprometía lo íntimo, lo esencial de sí mismo.

En otra ocasión, él la habría despachado sin piedad, fiel a su costumbre de no mezclar los sentimientos con la conspicua severidad de una resolución judicial. Pero las palabras de ella, sus gestos, denotaban una sensibilidad acusada, tal como él intuyó aquel día desde la cafetería de la Audiencia.

Don Augusto se acercó a la ventana y miró. Abajo, en la calle, los peatones se agolpaban junto al semáforo. Los que permanecían a la intemperie tenían en sus caras una plasticidad tropical, un estallido de luz veraniega y cálida procedente de los neones del anuncio de una marca de televisores; esa reverberación rosada los convertía en seres interplanetarios, habitantes de una tierra menos violenta. Descubrió ligeras escaramuzas entre la masa de personas para liberarse de la tiranía del semáforo; precipitación y anhelo bajo el toldo improvisado de los paraguas.

Siempre le gustaron las tardes de lluvia como aquella tarde de mayo, cuando la primavera se mostraba con estrépito, lluvia y aromas sensuales. Sensualidad y tarjetas de crédito. Pero ahí estaba Lucía, exigiendo una respuesta. «¿Qué lugar ocupo en el mundo? ¿Usted qué piensa?» No, no era fácil saberlo. Ni siquiera sabía el que ocupaba él en esos momentos. «Vamos, vamos, no te arrugues ahora», se dijo, mientras le parecía escuchar los latidos de su corazón acelerado. Ahora entendía al pobre diablo de Aristide, fiel a la ley de su criterio impetuoso y que sólo *in extremis* recurría a los frenos, asumiendo el riesgo de desgaste y cristales rotos.

Las bocinas en la calle mantenían disputas coyunturales por el espacio, notas sostenidas que le recordaban de forma tal vez absurda, las estridentes llamadas de las ballenas electrizando el aire del océano. Esta imagen, la de las ballenas en celo emergiendo como una isla redonda y furiosa y volviendo a sumergirse, y volviendo a emerger, proclamando a los cuatro vientos su monstruosa necesidad de aparearse, siempre le pareció de una belleza descarnada. «La opacidad de su cristalino es precoz y reversible», había dicho su oftalmólogo. «Éste es uno de los pocos asuntos que son a su edad precoces y reversibles.»

—Con tu permiso, voy a despojarme de esto —dijo, mientras se sacaba la chaqueta y la dejaba doblada en el borde de la cama—. Le parecía estar a punto de asfixiarse, allí, en la misma habitación donde solía recibir a sus "amiguitas" de turno. Con ellas, las reglas quedaban establecidas desde un principio, ya que sin normas era un hombre perdido. Es lo que ocurría ahora. Sin normas era un hombre perdido.

—Aquí se está bien —dijo ella, aproximándose de nuevo a la ventana.

Ambos continuaron un buen rato de pie, como en un acto protocolario. Midiendo las palabras y las distancias. Don Augusto se apartó de ella de forma inconsciente, como si quisiera librarla de un peligro. Junto con la chaqueta, parecía haberse despojado también de la oratoria, y no lograba avanzar a la frase siguiente. Lucía, frente a él, con la ventana abierta a su espalda, parecía la patrona de la ciudad. La humedad había ahuecado los rizos de su pelo, los rasgos de su cara se afilaban como los de una hembra sabia que poseyera fórmulas mágicas y bebedizos de amor.

Entonces llamaron a la puerta. Un camarero joven les sonrió desde el umbral y después pidió permiso para entrar en la habitación y servirles unas copas de champán. Se movía por la habitación de forma ágil, como si se moviera por su propia casa. El magistrado le examinó con detenimiento. Dedujo que se trataba de ese tipo de camarero servicial dispuesto a tutear a cualquier cliente para lograr una confianza que nadie deseaba, pero que él, erróneamente, consideraba indispensable para ganarse las propinas. Tenía un rostro hermoso, el pelo negro y sano, y sobre todo, un cuerpo gentil y musculoso. El esplendor de la juventud y la autosuficiencia. El hombre tiró del carrito hacia delante y se plantó en medio de la habitación. Tendría unos veintiocho o veintinueve años, más o menos la edad de Lucía. Esta coincidencia no verificada le pareció a don Augusto un hecho crucial y nefasto.

—El señor director les envía un regalo de la casa —dijo, descorchando una botella de Moët Chandon.

Don Augusto le miró de manera fulminante ¿Cuántas veces, a lo largo de su vida había conseguido hacerse entender hasta el punto de paralizar una acción, un propósito firme, con la autoridad de su mirada?

—¡Qué importantes! —se rió Lucía, y movió los hombros de forma teatral para representar su supuesto orgullo.

—¿Tenemos pinta de estar celebrando algo, o de querer celebrar algo? —preguntó don Augusto, irritado.

El camarero se mostró confuso, dejó la botella sobre el carrito e hizo una mueca de perplejidad. Luego miró a Lucía, la interrogó con la mirada como si ella tuviera la clave que explicara el comportamiento de su acompañante.

La interpelación indirecta le pareció al juez una insolencia, porque le excluía del círculo de complicidades:

—Dígale de mi parte al director que el hecho de ser amigo mío no le impide utilizar el sentido común. Hágaselo saber, por favor. Y en cuanto a usted, tenga un poco más de tacto, hombre. ¿No se da cuenta de que puede ofender a esta señorita?

El joven salió casi de puntillas, y ruborizado por el incidente.

De nuevo solos, don Augusto no tardó en reponerse de su crispación. Sus remilgos y sus gestos de caballero ofendido eran pura comedia, ya que había rechazado el servicio que previamente había solicitado, y que al final corría a cuenta de su amigo el director, como una forma elegante de agasajar su amistad. Cuando encargó la bebida pensaba en la importancia de los preliminares. Cuando encargó la bebida, él era otra persona. Era –salvando las distancias- un Marlon Brando maduro y licencioso, bailando su último tango en París con una María Schëneider provocadora y aniñada. Un viejo licencioso que pensaba en Lucía como en un trofeo a conseguir, y que justificaba su comportamiento con un argumento falaz: ¿qué podía hacer si una mujer joven y guapa aceptaba subir a la habitación de un hotel? ¿Acaso iba a hablar con ella de derecho romano? Quería vivir una aventura, sí, demostrarse a sí mismo que aún tenía tiempo, que su corazón era joven y saludable, y su cuerpo era capaz de dar y recibir placer, de rebelarse contra la decrepitud y escuchar el latir de la sangre caliente y despierta.

Sin embargo, apenas cruzaron cuatro palabras y ya le parecía que los brindis, la compañía de una mujer hermosa, la posibilidad de pasar una noche de sexo y lujuria, esos detalles en los que en un principio pensó con sensualidad morbosa, resultarían un fraude. ¿Se arrepentía de haber iniciado esa locura? Oh, no. Claro que no. Debía pasar por esa experiencia, por la humildad de los sentimientos, por un proceso que puede tardar años o minutos, pero que deja una marca indeleble en el alma. Sin embargo, era un hombre atado a las formas. De ahí que se sintiera avergonzado de la imagen que había ofrecido. Él, que deseaba más que nunca mostrarse digno, se mostraba insensato y hacía trampas con tal de ganarse el amor de Lucía o, como mínimo, su afecto. Por otro lado, la entrada del camarero, joven, apuesto, cordial, le devolvió a su propia realidad, bastante más desfavorecida. Acababa de ganar un nuevo competidor. Otro.

Lucía había mirado el reloj de forma disimulada. ¿Quería ser cortés con él pero pensaba a la vez que perdía el tiempo? ¿Tendría aún esperanzas de que llegara su novio? El caso es que para don Augusto aquella ojeada al reloj marcaba la irrupción –de nuevo– de otro personaje en escena, su propio hijo, con toda su carga de censura y reproche. Quién sabe si no estaría empezando a cansarse, a encontrar absurdo todo lo ocurrido, quién sabe si no daría un respingo y se largaría sin más a encontrarse con Augusto, a alertarle sobre la verdadera personalidad de su padre.

La prudencia o el temor a dejarlo en ridículo con un comentario inapropiado habían hecho callar a Lucía en el incidente con el camarero. Acababa de asistir a una parodia de la lucha contra el tiempo y la posterior derrota, una derrota menor que no entrañaba humillación, creía, pese al resentimiento mal disimulado de don Augusto. Entre divertida y preocupada, había comprobado la transformación de su cara, su desfiguración paulatina a causa de la ira. Había visto algo mezquino, algo que tenía que ver con la amargura de la bilis y las miserias del corazón –sí, también el corazón tenía sus miserias, al fin y al cabo era un órgano más, una cosa roja, deforme y sangrante– No le justificaba, pero en cierto modo le entendía. Su sermón trasnochado, su impetuoso y ridículo proceder, le parecía una forma desquiciada de ternura.

Don Augusto la miró, avergonzado. La inoportuna entrada del camarero rompió el frágil vínculo que se creó entre dos personas cuyas motivaciones, cuyos anhelos sin duda distantes, habían coincidido y cristalizado gracias a la confidencia.

Pero ahí estaba, de momento, cómodamente sentada en el sofá, preguntándole si no le importaba que encendiera un cigarrillo. El juez le contestó que podía fumar, que a él no le molestaba. El humo se dispersó por el aire como una presencia evanescente y efímera, revelando que la vida es una sucesión de momentos interrumpidos por humo, silencio, voces, pisadas, experiencias íntimas. La mirada solidifica y da sentido a esos momentos gaseosos, que surgen como una tregua entre dos escenas, o diferentes estados de ánimo.

Mientras contemplaba las evoluciones del humo y las manos de Lucía sosteniendo el cigarro o fumando ávida como quien tiene prisa por acabar algo, don Augusto sentía un peso extraño, una náusea en el estómago. Así es como se materializaba ese estado de transición. Confuso como si estuviera cerca de una meta, mirara hacia atrás y dudara entre la confortable estabilidad de lo antiguo o la tentación efervescente de lo nuevo. Esta tesitura tenía algo de irracional porque le colocaba, impotente, ante el enigma del amor y le mantenía alerta para captar las mínimas alteraciones que se producían en torno a él. Y como resultado del agotador esfuerzo la lucidez, que era su arma más eficaz, parecía haberle abandonado. Cuando ya se creía un experto en desactivar esos artefactos de potencia sísmica que él llamaba trampas emocionales, ahora que se había acostumbrado a dispensar propinas para pagar la discreción y olvidarse de los detalles, quedaba atrapado en ellos. Era un hombre a la espera, tentado gozosamente por las insinuaciones, las huellas de pisadas en la yerba fresca, los susurros del viento y las fantasías que todo amante teje en torno al amor. Y como todo amante que carece de seguridad, buscaba en las palabras y en los gestos del otro significados ocultos capaces de mantener esa fantasía. Ella llegaría a amarle, viviría junto a él los últimos años de su vida, al amparo de un cariño maduro y sosegado. Llegó a esta conclusión transfigurado, como quien asiste a una revelación trascendental e incuestionable. Era un acontecimiento digno de celebrarse. De modo que abrió la pequeña nevera y sacó todas las botellas de licor que encontró, para que Lucía escogiera su preferida. Con manos temblorosas llenó dos vasos con hielo y dejó que éste se fundiera poco a poco con el whisky de las dos diminutas botellas. Al brindar hizo ruido a propósito, chocando su vaso con más ímpetu del necesario. Era un ruido de acero, más que de vidrio. Su modo de demostrar que aún era fuerte, viril y seductor. Y es que se sentía complacido de complacerla. Y sin embargo, complacer no había sido una prioridad para él. Posiblemente, porque en la mayoría de sus relaciones lo carnal, lo físico, eran lo principal, y porque se guiaba por su instinto depredador y exhibía su descaro como una gracia particular, un valor añadido. Ahora todo era más complejo pues, aunque deseara también ese cuerpo, lo deseaba sin impaciencia, como algo que se recibe y no como algo que se arrebata. Todas estas consideraciones acudían a él en cascada, efervescentes como una polonesa de Chopin.

Lucía sonreía al recordar la botella de Moët Chandon que acababan de llevarse. «Qué lástima de champán», dijo, con sorna. Luego temió ofenderle con su risa, porque se dio cuenta de que él estaba feliz con su vaso de licor entre las manos, feliz como el que sacia su sed o su hambre.

Una vez escuchó decir a alguien: «El hombre es a veces inhumano». La definición, manida hasta cierto punto, le hizo reflexionar sobre el significado de la injusticia, y si ahora la recordaba era porque deseaba hacer algo al respecto. Por ejemplo, ofrecerle seguridades a Lucía. Aunque no estaba muy seguro de tenerlas.

Era el coraje, que le acompañaba o le abandonaba infundiéndole esperanza unas veces, o miedo a no estar a la altura, en otras ocasiones. «Es una ensoñación», concluyó, intentando convencerse de la necesidad de retroceder. «Es la agonía del animal herido que intenta el último zarpazo» Y al pensar esto se estremeció. El aviso, como un eco lejano pero rotundo de la muerte, no le podía dejar indiferente. Y él oyó ese aviso chocando como un *gong* en una campana. Esta campana le aturdía algunas noches con su sordo repicar premonitorio. Entonces, ¿valía la pena mantener viva esa ilusión de plenitud sabiendo que ella tenía tanta y tanta vida mientras él lenta pero inexorablemente se estaba apagando?

Ahora la muchacha se apoyaba levemente en la repisa de la ventana, que parecía una pantalla gigante recreando un paisaje lluvioso en aquella ciudad donde el genio de Gaudí se encarnó en las mágicas y ondulantes formas de la Casa Batlló. Las luces de los balcones iluminados y modernistas le parecieron a don Augusto estrellas entrelazadas. (Sin duda, ella ignoraba el torbellino en que se sentía inmerso)

Porque se daba cuenta de que aquella era una alegría difícil, de las que pasan por el filo del dolor como pasa un cuchillo por el filo del pedernal. Una alegría punzante que le pilló desprevenido y que despertó su pasión como despierta la sed la contemplación y el sonido de una cascada.

Pocas veces a lo largo de su vida había oscilado, se había situado tan al límite entre el placer y el dolor: ahora se veía desbordado por un aluvión de esperanzas, y tan sólo un segundo después sucumbía al escepticismo más rastrero. Y era ésta una conmovedora lucha en la que se volcaba a su pesar.

—Habla usted de conocernos —le dijo, con disposición sincera Yo la invito a pasar las vacaciones en mi casa de la costa. Como novia de mi hijo, por supuesto —añadió, con una jovialidad pudorosa.

—Gracias, lo pensaré —le contestó ella, posando en él sus ojos, que recordaban un atardecer en la costa después de una tormenta, cuando el azul intenso del cielo parece un bloque compacto contra el que uno podría chocar si fuera tan iluso como para tratar de cruzar la línea del infinito.

—Y ahora, por favor, dígame cual fue mi error. Tal vez no pueda repararlo, pero estoy dispuesto a aprender de él, se lo aseguro.

Al decir esto, le temblaba la voz. No tanto por la humillación que como juez sentía al retractarse, sino por la compasión que en ese momento se tenía a sí mismo como hombre–. Lucía se levantó. Dio una larga bocanada al cigarrillo y soltó el humo. Apretó los labios y le miró como si de repente cayera en el abismo de los recuerdos– Tal vez recuerde la historia. Llegué a Barcelona con sólo quince años. Mis padres eran por aquella época guardeses de la finca que el señor Ribó tenía en Priego, Córdoba. El señor Ribó era un empresario textil muy conocido por aquí. Él me recibió con los brazos abiertos y se ofreció como tutor, algo que siempre le agradeceré. Era un hombre especial, y me quería con un amor bondadoso que me hacía sentir cómoda y despreocupada. La vida era fácil a su lado, la seguridad y el amparo eran vitales para mí, una mocosa que partió de su casa con una mano delante y otra detrás. Esa seguridad y ese amparo son difíciles de encontrar hoy en día… pero me estoy yendo por la tangente. No puedo decir lo mismo del resto de la familia, que desde el primer momento padeció el ataque de unos celos injustificados–. De nuevo, los labios fruncidos, la boca cerrada aguantando algo, tal vez alguna palabra que pugnaba por escapar– Tanto fue así, que sólo la autoridad del señor Ribó impidió que me echaran de patitas a la calle. Pese a todo, consiguieron en parte su propósito, segregándome de la familia y haciéndome ocupar las habitaciones del personal de servicio del hermoso dúplex de la Diagonal. No sé si usted se sitúa ahora–.D. Augusto hizo un gesto con la mano para que continuara– ¿Y cómo fueron a parar algunas de las joyas de los Ribó a mis manos? Esta fue la pregunta que usted me hizo en aquella sala abierta al público. Le recuerdo algo distraído, o desinteresado, o simplemente era un hombre cumpliendo con su deber de forma poco apasionada, como debe ser, supongo. A mí me impresionaba su toga y –perdone la licencia– la forma tan despectiva con la que me miraba desde su bronceado náutico al tiempo que se arreglaba las puñetas. Usted era mi última esperanza, así es que, como puede comprender, yo estaba horrorizada. La toga le quedaba algo grande, pero aún así, usted poseía "el símbolo", que atraía parabienes o desgracias consigo. –Hubo una pausa durante la cual se escucharon carreras y risas en la habitación de arriba. Algo cayó al suelo, posiblemente un objeto contundente, un objeto romo. Se miraron, interrogándose, curiosos y algo alarmados por los caminos sinuosos que elegía a veces la intimidad– Pues bien, continuando con mi relato – dijo Lucía– nadie hubiera apostado por mí, pues ya me habían sentenciado como una vulgar ladronzuela que se aprovechó de la hospitalidad de aquella respetabilísima familia.

—Ahora me acuerdo —exclamó don Augusto.— Por lo general se me olvidan enseguida las caras y las reacciones de los acusados, pero en su caso, no. Yo podía oler su miedo–. Paró de hablar para estudiar el impacto que esta declaración causaría en Lucía.– Cuando esto ocurre, cuando el acusado, debido a su miedo, excreta ese olor tan personal, me dejo llevar por mi instinto, pues la experiencia me dice que el olor delata al culpable. Claro que esto es un secreto.— Volvió a callar, aturdido por un descubrimiento. Acababa de descubrir ni más ni menos que su imbecilidad. En su precipitación por seducirla, acababa de inventar la más absurda de las mentiras. ¿Se habría dado cuenta Lucía de lo mal que se sentía ahora, y de lo perverso e intrigante que podía llegar a ser?

Don Augusto sentía golpear su corazón en el pecho. Era como si sus latidos quisieran alertar a toda la humanidad de su conmoción. *Festina lenti*, se dijo. Ve deprisa, pero poco a poco. ¿Qué pensarían sus amigos, sus colegas, de todo esto? Marcos, y Juan, ¿qué pensarían? «El típico desbarre de las meninges cuando el riego empieza a ser escaso», diría el socarrón de Gabriel.

Miró a través de la ventana. Empezaba a oscurecer, pero aún se distinguía con precisión el nervio del que está hecha la materia de los objetos conocidos. Frente al hotel había un edificio antiguo y siempre le llamaba la atención que en uno de los pisos estuviera echada la persiana, por lo que dedujo que estaba deshabitado. Las baldosas y la pintura exterior de la terraza estaban deterioradas, sufrían la mordida del tiempo y la desidia, y en medio del balcón crecía una abundante mata de yerbajos que de inmediato le recordaron las axilas tupidas de una buena amiga, moderna y agreste en el passado, abandonada, también ella, a una progresiva pérdida de memoria y decoro. Qué pensamiento más triste, se dijo, apartando de inmediato la mirada de la terraza.

—Tiene que reconocer que se equivocó conmigo —continúo Lucía—. El rostro duro, los dientes mordiendo el labio inferior, sin carmín ya, pálido y decepcionado.

—¿Qué libro estaba leyendo en el vestíbulo? —le preguntó don Augusto, deseando ignorar la sombra que había cruzado su cara. Desde luego, quería saber cosas significativas sobre aquella mujer, sus aficiones, sus fobias, la forma de sus senos, quería saber si padecía bruxismo, o el motivo por el cual sus dientes inferiores aparecían ligeramente desgastados –sí, también sus dientes– como si la cruel densidad de la noche se cebara en ella y sus piezas dentales. Y sobre todo, por qué le miraba de esa forma tan especial, haciéndole sentir ridículo y triste a un tiempo. Hablaba de una toga que le quedaba holgada, como si le percibiera mermado, desgastado ya por la desfachatez y la edad de las mermas.

Lucía daba vueltas a la cadena de oro que llevaba en la muñeca derecha. Con cada vuelta completa calibraba las ventajas y los inconvenientes de aceptar la invitación que le acababan de hacer. Por un lado, rechazarla era tanto como desistir a la restitución de su credibilidad, y por supuesto, dejar escapar otra ocasión para... Por otro lado, aceptarla era aceptar la confirmación oficial de su noviazgo, pero también la convivencia temporal con los dos hombres. Respecto a esto último, su intuición le avisaba de un peligro inconcreto.

—Leía "El disco", un cuento de Borges. Por cierto, tengo que decirle algo: no es casual que estuviera releyendo ese cuento precisamente hoy. Quería repasarlo, recordar que usted, mientras me juzgaba, poseía "el símbolo". Tiene usted que leer "El disco". Ese cuento me ayudó a entender algunas cosas.

—No lo explique. Lo leeré yo mismo. —Mentalmente, se hizo el firme propósito de leerlo en cuanto pudiera—. Después, si lo desea, lo comentamos. Y disculpe que la haya interrumpido–. Don Augusto tuvo conciencia, una vez más, de que había perdido un tiempo precioso, y lo peor de todo, de que resultaba difícil sincronizar su tiempo con el de Lucía—. ¿Por qué el señor Ribó no acudió en su defensa? —preguntó.

—Eso mismo dijo aquel día —exclamó Lucía, con aire cansado—. «El señor ya murió, señoría. Lleva muerto tres años», le informó el fiscal entonces– Lucía se levantó y corrió las cortinas. Luego se arrepintió y las dejó recogidas en los bordes, feas como toallas mojadas. La ventana era de nuevo un ojo que se proyectaba al exterior, donde la vida transcurría sin aparentes percances. La silueta de Lucía destacaba, serena, entre dos luces–. Su muerte fue uno de los episodios más tristes de mi vida y además, su testimonio me habría liberado de la condena que usted me impuso: prisión condicional salvo resarcimiento económico a la familia Ribó–. Miró de forma mecánica sus uñas, primero las de una mano y después las de la otra, como si estuviese leyendo a en ellas sus pensamientos–.Pero es que yo ya había gastado ese dinero, que sirvió para costearme un viaje por los Estados Unidos. Pues las joyas del pleito eran el regalo que el señor Ribó me legó en vida.

D Augusto se acercó con toda cautela, como lo haría ante un cachorro nervioso, y acarició su cara con suma dulzura.

—Ahora que te conozco, tengo una visión muy distinta sobre el asunto, y siento lo que ocurrió-. Se disculpó, con gran pesar y una visión retrospectiva de su falta de sensibilidad.

Lucía se zafó de aquella caricia improvisada, y él se quedó con el aire alelado de un niño al que arrebatan su juguete preferido. Pero pronto se repuso. Los sesenta y cuatro años de rodar por el mundo vencieron enseguida el aturdimiento del alevín.

—Es una hermosa historia, en el fondo. Su protector le trata como un amante padre que se juega la enemistad de los suyos por un gesto de amor desinteresado le costaba creer que fuera todo tan inocente, tan desinteresado, pero se reservó su opinión.

—Nadie me creyó entonces, y tampoco usted —señaló Lucía, con rencor. Sabía que nada podía hacerse respecto al pasado, pero aún así, algo dormido en ella se levantaba de vez en cuando y amenazaba como una chispa escondida entre las cenizas. –Mi madre, que siempre estaba delicada de salud, murió poco después de celebrarse el juicio, y siempre tuve la certeza de que el escándalo la había matado. Tampoco ella creyó en mi inocencia, tal como le ocurre a usted —insistió.

Captatio benevolentiae –se dijo don Augusto-. Pero qué difícil resultaba aceptar la brusquedad de Lucía, aún sabiendo que la brusquedad era también su enseña, y que él mismo se había dejado arrastrar muchas veces por su furiosa estela con la pasión de un surfista que enfrenta una ola gigante:

—Su pleito tenía que ver con el derecho de propiedad, que recoge el artículo 348 del Código Civil informó, –como un autómata… Según este artículo, usted puede disponer jurídicamente de esta fortuna, vendiéndola o donándola. El problema surgió cuando entró en conflicto con la reclamación de los herederos legítimos, que reclamaron *actio furti* los bienes que consideraron hipotecados por usted.

D. Augusto se sintió más tranquilo cuando pronunció este discurso, mucho menos comprometedor que la pregunta que quedaba vibrando en el aire.

Se inclinó sobre el alféizar de la ventana. La lluvia de mayo, tenaz y vivificadora, había cesado. La atmósfera era más pura, y cuando miró de nuevo al balcón de enfrente, el del piso abandonado, se dio cuenta de que en lo alto de la barandilla se acababa de posar un vencejo, cuyas plumas brillaban con colores irisados, y que alzaba el pico y giraba la cabeza, aturdido por la prosperidad que arrastraba la lluvia. Claro que esa misma lluvia fue la que obturó las alcantarillas, que propagaban por el aire miserias subterráneas que recordaban a las tripas abiertas de los animales sacrificados. Esto le sugería aquel hedor a don Augusto, en cuya cabeza bailaba la palabra podredumbre. Metió las manos en los bolsillos y de forma mecánica fue deslizando sus dedos entre las monedas, como si los introdujera en un baño de parafina. Ahora el dinero de plástico había sustituido al de uso corriente, y apenas se utilizaban monedas o billetes. Las monedas eran casi un residuo de su pasado, de ese pasado en el que tenía cosas más sólidas a las que aferrarse.

—Ustedes, los hombres de leyes, hacen que todo parezca enrevesado y a la vez sencillo —dijo Lucía, a su espalda— ¡Maquillan tan bien las palabras con los latines y los derechos y los artículos del Código Civil!

D. Augusto no respondió. No serviría de nada, pues pensaba lo mismo. Durante los treinta y cinco años que llevaba en el ejercicio de su carrera no le había temblado el pulso ni una sola vez al emitir un veredicto. Se había hecho un corazón y una cabeza a la medida de su cargo; tal vez aún quedaba en él la huella borrosa de cierta piedad sepultada bajo la hojarasca burocrática y la frialdad de los juzgados. Pero no recordaba sensaciones asociadas a esa frigidez espiritual. Simplemente, dejó que su corazón se corrompiera. Se recreaba en una envolvente seguridad como si estuviera blindado, o como si se elevara planeando ligero por encima del bien y del mal. Desde esta posición, el infortunio ajeno quedaba reducido a la mínima expresión, y le parecía anecdótico, ridículo y sobre todo, lejano. Sí, la vanidad le inflaba como un globo, dentro del cual podía alejarse de las lamentables desgracias cotidianas. De ahí que aquel tiempo cobrara un nuevo aspecto, una perspectiva que por dolorosa había estado evadiendo, distraído como un topo que escarbara triste y ciego la tierra, afanado insensatamente en abrir galerías, trayectos laberínticos en los que seguía atrapado hasta que al fin, observando a la muchacha, había dado con una luz definitiva. Y ese instante en que se notó limpio y sosegado como la copa de un roble, le redimía de toda su anterior vida en las catacumbas.

¿Cuál era la fuerza, el poder que emanaba de esa mujer y por extensión, de todas las mujeres? ¿Era acaso la sugestión, la capacidad de revelar una verdad oculta, una verdad aún sin conquistar, atractiva e inaccesible? Frente al previsible, concreto *estar* del cometido masculino, lo abstracto, imprevisible, del *ser* femenino. Pero no debía hacerse ilusiones. A lo largo de la conversación creyó ver en Lucía algunos rasgos de carácter contradictorios. Era una persona sensata, sin duda, tal vez falta de cariño, o de autoestima, pero también era una loba herida. Y de eso debería protegerse. Era misteriosa y sobria, era distinguida, pero su mirada era tan fría cuando le reprobaba su actitud en el juicio que le entraron ganas de arrodillarse y pedir clemencia. Por un lado parecía decirle «no te equivoques conmigo, soy una fruta amarga», y por otro lado sus ojos, su forma de respirar, de sonreír, de apartar el cabello de la cara con suavidad y coquetería, parecían decir: «Acércate y pon tu bandera en mi cima"

D. Augusto se atusó el cabello peinado sobre las sienes. Él, que estuvo a punto de enranciarse en un desprecio clamoroso hacia el género femenino, se encontraba de pronto navegando sobre una ola vivificante y pura. Todo su ser respiraba dentro de esa ola, oxigenándose. Lo que él creía haber vivido hasta entonces con las mujeres era algo parecido a un choque, un brusco encontronazo en el que, irremediablemente, uno de los dos o los dos a un tiempo perdían algo. En cambio, con Lucía se abría una posibilidad de encuentro. La armonía, la suave persuasión de la belleza le permitían abandonarse sin reticencias. Nadie ama la belleza con el entusiasmo de un feo. Y él lo era, poseía una fealdad oscura, avarienta, unos ojos hundidos que transmitían una impúdica necesidad de dominio y una boca formada por unos labios brillantes y lujuriosos. Era delgado, y aunque antaño fue un musculoso campeón de waterpolo, ahora toda esa fibrosa anatomía se aflojaba; para contrarrestarlo, él se obligaba a mantenerse erguido, fantaseando con la posibilidad de permanecer por siempre lozano. Para su consuelo, poseía una agilidad sorprendente para desplazarse de forma inadvertida, casi con la impunidad de un fantasma.

La mayoría de las mujeres le habían rechazado de forma instintiva –excepto su esposa ya muerta, a quien seguía recordando siempre afligida, y sin otra cosa que ofrecerle aparte de su existencia anodina-. Esto le provocaba un desánimo y una tristeza de los que procuraba evadirse con las continuas actividades a las que le obligaba su profesión. Y cuando sentía la necesidad de probar el sabor de una victoria con el precio pactado de antemano, entonces se iba a un *meublé* llamado La Casita Blanca.

Sin descuidar sus deberes de buen católico, pasaba los domingos al viejo estilo: misa de mañana y tarde de putas, con el pretexto infalible del fútbol. En la intimidad de la casa de citas buscaba enterrar su fracaso y un desahogo precario a su soledad compartida. Las bocas lujuriosas, los despampanantes culos, las pestañas y la pasión postizas, las piernas llenas de pellizcos, las maquilladas mejillas y la voz ronca de beber la noche y el ron en vaso largo... he aquí lo que recordaba ahora, y ni un nombre que no fuera el de batalla, soez y corpulento, por lo general, o mínimo y pretencioso, otras veces; su implicación y su riesgo estaban siempre controlados por los condones y el blindaje emocional; sólo con la brutal erección y después, en el momento del clímax, lograba superar la tenue línea que separaba su deseo de sus esperanzas, y restablecer su confianza en las mujeres y en su capacidad de ofrecer algo más que placer y frescura para su carne cada vez más seca. Luego, inevitable, llegaba la noche, la despedida llena de sonrisas y de oscuridad en la misma puerta.

Él, un crápula a punto de desmoronarse, se comportaba como un cadete recién licenciado llamando a la puerta de sus novias con un ajado ramo de flores en la mano. Favores a cambio de dinero. Sensualidad y tarjetas de crédito. Sus conquistas –así las denominaba en privado a todo aquel a quien había revelado su "secreto"– se acomodaban muy bien a su estilo de hombre protector y espléndido: le ofrecían su cuerpo, parte de su tiempo y el caramelo de una ternura empalagosa y calculada. Sólo había que dejarse mecer por el dulce vaivén de una seductora falsedad.

—Tengo un vicio inconfesable —dijo Lucía, bromeando, apostada a la puerta del baño.

D. Augusto volvió al instante presente, regresó a la habitación, a Lucía, al móvil que vibraba inútilmente en su bolsillo.

—Y es...

—Llevarme todas las muestras higiénicas que tienen los hoteles. Sí, aquí también hay una cesta —confirmó, desde el cuarto de baño.

—Son para eso, ya sabes, las ponen para que la gente las utilice durante su estancia— Don Augusto se interrumpió. Se imaginaba a Lucía desnuda, con el gel de aloe vera resbalando entre los muslos y el agua cayendo en cascada sobre su pecho—. O se las lleven a casa.

—¿Ah, sí? Me sorprende que ustedes, los de su clase, los que invitan a Moët Chandon a las chicas en una habitación reservada, piensen así.

—Aunque tampoco hay necesidad de proceder de esa manera —exclamó él, luchando por no parecer anticuado, o bien demasiado severo.

—Estos envases son muy prácticos para el gimnasio. De todas formas, tanto Augusto como usted no creo que puedan entenderlo —dijo ella, abriendo uno de los frascos y aspirando su aroma— Vinieron con un pan bajo el brazo. En cambio, yo compro *baguettes* congeladas y horneadas en el mismo centro comercial donde las venden. Unas barras que por la tarde se quedan blandas como un chicle. No sé si me entiende. Además, con eso no hago daño a nadie —añadió Lucía taciturna, mientras llenaba el bolso de aquellos envases mini.

—Se trata de una venganza, ¿verdad?

Lucía se giró de forma instantánea, como movida por un resorte. «¿Qué?», preguntó, alarmada.

—También a mí me irrita la impersonalidad de las habitaciones de los hoteles; sí, ya sé que es un tema muy manido, pero es así. Me parece bien que la gente se tome la revancha llevándose lo que puede.

Ella sonrió, aliviada.

—En los hoteles también se pierden muchas cosas. Y casi nadie las reclama.

—Se pierden muchas cosas, es cierto —dijo don Augusto, colgándose deliberadamente de esa frase.

Salió del hotel después que ella, procurando mantener las formas, el ritual ampuloso del amante clandestino –inútil en su caso, puesto que todo el servicio le conocía y a esas horas ya estarían haciendo cábalas sobre su nueva acompañante-

En la recepción se encontró con el joven camarero del servicio de habitaciones, le sonrió ampliamente y le dijo: «Aún tienes mucho que aprender, muchacho.» Luego le obsequió con una buena propina, como solía hacer. El muchacho la aceptó de buena gana y guardó las monedas en el bolsillo del pantalón, mientras con la mano derecha se atusaba el pelo negro, sedoso y sano. «Gracias, señor, pero no le pega», se limitó a decir, con sarcasmo.Esta descortesía inaudita le irritó sobremanera, pero no tenía fuerzas ni ganas de presentar batalla. Hizo como si no le hubiera escuchado, añorando, eso sí, los tiempos en los que se respetaba a las personas de su edad y su categoría. Pero el mundo estaba cambiando muy deprisa, dando la espalda a los valores y a las convicciones en los que le educaron. Pero, aunque le costara reconocerlo, el camarero tenía razón al poner el énfasis en las diferencias entre él y Lucía, visibles a los ojos de cualquiera.

Aún así, prefería centrarse en aquello que los unía. Borges podía ser un buen comienzo. Leería el cuento de Borges, lo analizaría a fondo y luego lo comentaría con ella, aportando a la lectura la valiosa concreción de la experiencia.

Unas cuantas bicicletas le pasaron rozando cuando recorría el Paseo de Gracia. Jóvenes con mallas ceñidas del Decathlon, chicas con *leggins* y mochila al hombro. Cascos, gemelos tensados y brillantes bicicletas con manillares como astas. Atletas jóvenes y fuertes que le increpaban porque había ocupado, sin darse cuenta, su espacio en el carril- bici. Estaba fuera de lugar, invadiendo un espacio que no le correspondía.

Al llegar a las puertas de la Casa Batlló, se encontró con un grupo de forofos de un equipo de fútbol que enarbolaba sus banderas de tamaño colosal entre gritos de entusiasmo. Se dio cuenta de que las banderas eran el símbolo del esfuerzo de algunos por ocupar un lugar en el mundo, un lugar junto a los héroes, los nuevos dioses locales, con toda la mercadotecnia que acompaña su decisión y sus afectos, desde las camisetas hasta los gestos inventados por su grupo y repetidos hasta la saciedad. Y entonces, justo entonces, recordó las palabras de Lucía mientras observaba el comportamiento de los transeúntes y él, embobado, se dedicaba a admirarla.

De pronto, uno de los que formaban el grupo se puso a girar sobre sí mismo, frenético como un novillo al que acaban de liberar, y con una alegría combativa, contagiosa y probablemente regada con alcohol, se distanció del resto. Iba tan enfrascado en la celebración de la victoria, en esa felicidad por delegación del fanatismo, que le arrolló sin que él pudiera evitarlo. De nada sirvieron las posteriores excusas del chico, que recuperó la sensatez y la coordinación de movimientos. Don Augusto se sintió humillado, hecho un guiñapo, enterrado entre el mar de banderas y los que las portaban, que le miraban como a un intruso que les acababa de aguar la fiesta. ¿Demostraba acaso ese episodio el triunfo de Olympia sobre Eros, el triunfo del ruido, las multitudes y la heroicidad efímera? Es posible que fuera así para la mayoría. Fellini, y Mastroianni, y Anita Ekberg se revolverían en sus fontanas cuando comprobaran que de la estatua de la Abundancia colgaban camisetas sudadas, que la belleza barroca de las fuentes estaba a merced de las hordas salvajes y que los vítores y el claxon de los coches asfixiaban a menudo el fértil silencio del amor. Entonces se dio cuenta de que estos seres con los que se identificaba, sus ídolos cinematográficos, incluida Rita Hayworth, estaban ya muertos. El señor Ribó también había muerto. Y él… mejor no pensar en esas cosas.

Subyugado por el cúmulo de sensaciones provocadas por Lucía y aturdido por los hechos que ocurrieron esa tarde, apenas se apercibió del ritmo vertiginoso de los latidos de su corazón hasta que sintió un molesto dolor en el pecho que le hizo pararse en seco antes de que tuviera tiempo siquiera de levantar el brazo para pedir un taxi. Como hombre práctico se sobrepuso como pudo al dolor físico bloqueando el movimiento y llevándose instintivamente la mano al costado. El dolor remitió cuando se sentó en la acera y empezó a relajarse, respirando de forma controlada. Sudoroso y pálido como un convaleciente, se sintió atrapado, perplejo frente a lo irremediable de aquel aviso. Pero enseguida inició una maniobra de autoengaño. «¿De qué voy a asustarme, si soy perro viejo?», se dijo, aunque no podía olvidar los alarmantes resultados analíticos de sus arterias. Se armó de valor y sonrió al portero del hotel –quien acudió enseguida al reconocer a don Augusto plantado allí en el suelo, con la corbata torcida y el traje sastre arrugado, la expresión de dolor y angustia en el rostro– y lo apartó con un ademán de gratitud y de suficiencia. De paso, volvió a recitar para sí mismo la cantinela de los hombres que tratan de arrinconar al miedo: «A mí vas a asustarme, si soy perro viejo», como si la vejez, de la que se sentía cautivo después de conocer a Lucía, fuese una garante indiscutible contra la amenaza de la muerte, como si la experiencia de otras caídas de las que se recuperó fácilmente fuese un seguro de longevidad. No podía olvidar que el tiempo le estaba robando la vida, y que debía ser avaro para no entregarla a un bajo precio. Sus argucias frente a la muerte eran calmarla con renuncias pequeñas –no tomar demasiada carne roja, no beber más de la cuenta– aunque ella se agarrara a un hilillo de conciencia para abrazarle un poco más estrechamente cada día.

Por su parte, Lucía estaba poco satisfecha de lo que había conseguido hasta ese momento. El relato de los hechos pasados dejó un sabor agridulce en su boca, y sólo la reconfortante bondad del tutor hacía alegre el recuerdo. Cuando el señor Ribó le entregó las joyas, probablemente ignoraba que le estaba ofreciendo otro legado más rico aún. Este legado era su filosofía de vida: «Haz con ellas lo que te plazca –le dijo–, «pero no las escondas, no seas avara, porque la belleza está hecha para disfrutarla.» Mientras pronunciaba estas sabias palabras, le entregaba un cofre de madera de cedro que contenía unas cuantas alhajas. En realidad, su valor en el mercado no era muy alto, y ella, con veintitrés años recién cumplidos, no dudó en aprovechar la oportunidad para realizar uno de sus sueños.

Aquel viaje cambió su vida. Sin embargo, al volver a casa de los señores Ribó fue recibida con la dureza con que se recibe a un prófugo. La viuda, con un involuntario temblor en sus labios rellenos de silicona y en la sedosa pelusilla de su bigote, la saludó con una bofetada y luego se fue en dirección al gabinete, de donde llegaron ruidos alarmantes de cajas que se arrastraban, de objetos que caían de las estanterías o de la mesa, de pasos precipitados, llamadas telefónicas y toda aquella actividad de inquisidora que a ratos le parecía un sainete y a ratos, un drama cuyas consecuencias estaba lejos de imaginar. Luego todo se precipitó; llegó la acusación, y el juicio, y con él el duro despertar de aquel sueño que duró apenas dos meses. La prensa se ocupó de airear el caso, en un nuevo acto de venganza de la influyente señora Ribó. Tiempo después, hizo un descubrimiento peculiar: el hombre que la juzgó era el padre de Augusto. Por eso tomó la decisión de convocar a ambos y tratar de explicarse, tratar también de entender por qué razón los hilos que conforman el destino se entretejen de forma extraña formando auténticas redes que en ocasiones funcionan como trampas y otras veces como salvavidas.

Capítulo segundo

Si había empezado una tarea de hombre, ahora le parecía que había tocado
cosas que no se pueden tocar: había tocado desde demasiado cerca la ilusión.
Y había intentado comprender más de lo que era permitido y
amar más de lo que era posible.
¿Su error había sido actuar? Había cometido un acto total
pero él no era total: tenía miedo como se ama a una mujer y
no a todas las mujeres, tenía miedo como se tiene
hambre propia y no la de otros; él
era sólo él, y su miedo tenía su tamaño particular.

CLARICE LISPECTOR

1

La casa de Pineda, que ahora ocupaba junto a su hijo, Lucía y el servicio, tenía un aspecto impecable, si se exceptuaban los torpes remiendos de última hora. La parte inferior de la fachada se restauró con mármol estatuario para sanear la pared, y ahora parecía una gran lápida de cementerio. Estos pequeños detalles, que revelaban el final de una época gloriosa, deprimían a don Augusto. Sin embargo, también pensaba en el verano con optimismo. El jardín era su válvula de escape y en ocasiones ayudaba o daba órdenes al jardinero para entretenerse, aunque en realidad era poco hábil con las herramientas, y poco intuitivo en cuanto a las necesidades de las plantas. En cambio, vigilaba de cerca la maduración de las apetitosas cerezas, y disfrutaba con la exuberancia violeta de las glicinas o la reconfortante sombra de las moreras. Había otros placeres que hacían del verano una estación agradable: las tartas de tiramisú que preparaba la cocinera, las partidas de ajedrez con su hijo Augusto, la novedad de la presencia de Lucía… Aquel sería un verano especial, pensaba, como lo fue sin duda el que vivió en las islas Cícladas con su mujer y su hijo, que entonces tenía sólo dos años. Un verano rodeado de cabras y piedras y casas blancas. Él no era aún ni tan arrogante ni tan necio como para prescindir de las pequeñas cosas que dan sentido y felicidad a la vida. Montaba en bicicleta o en tándem –los tres unidos por el puro placer de avanzar todos juntos entre risas– y su mujer, Leonor, consultaba por la noche las guías turísticas con sus gafas de pasta, que la favorecían y le daban el aspecto de una atractiva profesora corrigiendo exámenes.

Pero sí, estaba convencido de aquel sería un verano especial, por más que la realidad desmintiera a veces sus esperanzas. Se encontraba delicado de salud, y una eficiente e insufrible enfermera le vigilaba para evitar que se repitiera el episodio de amago de angina de pecho. Para contrarrestar el fastidio de ser tratado como un enfermo, él se resguardaba en una resistencia feroz, negándose a las zalamerías, a los discutibles privilegios que le abocaban a una pasividad contraria a su naturaleza. Todos en su entorno aceptaban indiferentes su actitud díscola, excepto la enfermera, cuya paciencia ponía a prueba a cada instante.

D. Augusto paseaba despreocupado por el jardín, sorteando un banco de madera que aún olía a pintura, y pensando en las jornadas futuras, con sus veladas, sus largas noches, y la vida fácil del estío, con el ruido y la alegría de la juventud rodeándole. Tras la llegada del jardinero, el jardín comenzaba a tener el aspecto acogedor que lucía en su época más gloriosa, cuando pasaban parte del verano en esta misma casa semejante en estructura y dimensiones a las que los indianos construían a su vuelta de hacer las Américas. A través de las sucesivas reformas, don Augusto consiguió dar al conjunto un aspecto peculiar, ostentoso, muy diferente del resto de edificaciones y de las casas solariegas situadas a las afueras del pueblo. Actualmente, su estilo era una imitación del estilo georgiano, con columnas dóricas, cornisas bajo el frontispicio que hizo rotular con el apellido paterno y la fecha de edificación, y escalera de acceso con balaustrada de yeso, una escalera augusta –si era posible definirla de esa manera– por la que le gustaba descender de forma lenta y algo teatral cuando salía a recibir a las visitas, tal como haría un mandatario en una reunión de crucial importancia para el país.

Poco a poco había llegado a construir "su imperio", que estaba formado, a grandes rasgos, por esta misma casa cercana a la playa y a dos pasos del centro del pueblo, por el barco amarrado en el puerto de Arenys, el dúplex del Ensanche, dos coches de gran cilindrada y un palco en el Liceo, además de las acciones bancarias y los planes de pensiones con los que se cubría las espaldas. Todos estos objetos, prebendas, bienes muebles e inmuebles, así como los privilegios a los que tenía derecho como magistrado civilista, le convertían en un buen partido tras la muerte de Leonor. Pero él encontraba defectos en todas las mujeres que se le acercaban o a las que se acercaba: una tenía la voz chillona y modales barriobajeros, otra era perezosa o descuidada, otra era una arpía; había unas cuantas cazafortunas a las que se sacudió de inmediato gracias a su "instinto conservador". Estuvo medio ennoviado con una que se llamaba Mariona, que era guapa, inteligente y elegante, pero por algún motivo que no llegó a descubrir, no soportaba a su hijo Augusto, que tenía entonces unos quince años, y la relación se hizo insoportable. Finalmente, se dio cuenta de que no necesitaba a ninguna mujer "fija", que le bastaba con aquellas amigas cariñosas con las que podía contar cuando quisiera a cambio de un ligero dispendio. Pronto adquirió fama de huraño y misógino, de tacaño, y de persona tan desconocedora de las mujeres y del alma femenina como un obispo.

La casa estaba protegida por una gran valla rematada de alambre de espino, un sistema de seguridad con alarma y una torre vigía adosada a la vivienda y en la que Augusto hijo pasó de pequeño horas y horas observando a los otros chiquillos que merodeaban sin atreverse a llamar al timbre, buscando a un compañero de juegos, a ese niño del que habían oído hablar y al que muy pocos habían visto.

Lucía se encontraba ahora en la puerta principal mirando con curiosidad la torre cilíndrica, que se erguía misteriosa y estrecha como una gobernanta, con sus ventanas laterales alargadas, al otro lado de las cuales parecían merodear los espíritus encantados de antiguos prisioneros. Ese tipo de torres evocaba oscuridad, olor a orines, ratones y claustrofobia; las torres le parecían monumentos dedicados a la tortura o el espionaje. Le recordaban la visita que hizo a la Torre de Londres, y la absurda costumbre de pagar para hacerse una idea del sufrimiento de los regios prisioneros.

Avanzó unos pasos y se fijó en el jardín; de la yerba parecía flotar una luz nerviosa y cálida, una fuerza que empujaba sus pies hacia la blandura tibia de la tierra. Sujetó la gran maleta roja de plástico duro que llevaba de la mano y pensó que aún estaba a tiempo de llamar al taxista y regresar a la pensión en la que pasó los cuatro últimos años de su vida. Pero siguió adelante. Sorprendida por todo cuanto veía –la piscina rebosante y limpia, el cerezo con sus frutos redondos y púrpuras, el delicioso olor del jazmín, una escultura que representaba una colosal cabeza olmeca, la fachada retocada con mármol, muebles de rejilla blanca bajo un templete, el sendero con el suelo de grisalla y la fuente sentimental en el centro– lo estudiaba con atención, intentando descubrir en aquellos detalles la personalidad, o cuando menos los indicios sobre la verdadera naturaleza de sus dueños. Este pensamiento le provocó una risita nerviosa, en parte por la emoción de conocer la casa de la que tanto le habló Augusto, y en parte por temor a no encajar en aquel ambiente.

Don Augusto la seguía desconcertando. En ciertos momentos le creyó una persona sin escrúpulos capaz de tenderle una trampa. Recordaba la conversación que tuvo con el camarero, la absurda declaración de principios cuyo propósito ignoraba, a no ser que se tratara de una retorcida y enmascarada forma de galanteo. Pero luego hubo una pausa que se llenó de un silencio elocuente, y gracias a ese silencio descubrió la ternura que se escondía debajo de aquella actitud extravagante. Y sólo pudo apreciarle cuando se liberó de prejuicios.

Como si quisiera darse ánimos, aquella mañana había elegido una ropa muy peculiar, una sencilla camiseta de algodón con la cara del "Che" y una gorra negra con una estrella roja, elegidas a propósito porque le parecía que aquella indumentaria la identificaba con un misticismo progre. Sí, quería lanzar un mensaje de frescura –un tanto raída por culpa del *marketing*–, pero frescura al fin y al cabo. Pensaba quedarse el mayor tiempo posible; de hecho, no tenía prisa hasta septiembre, cuando proyectaba trasladarse a Roma con una beca para continuar sus estudios de arte. Recordaba las palabras de una amiga: «Te meterás en esa casa y ya no te dejarán salir si no es con un anillo en el dedo. Tú eres muy propensa.» Oh, sí, su amiga no sólo la consideraba víctima potencial de un "complot", sino que además le achacaba cierto tipo de blandura, la blandura del encariñamiento.

Augusto hijo la recibió con un casto beso de anfitrión. Se sentía observado por su padre, quien de pronto dominaba la escena con la veteranía de un mariscal en una fiesta de gala. «Ahora la llevará a ver la pérgola con cualquier excusa, y le hablará del templo de Cnosos y se marcará un farol», pensaba.

Lucía intentaba adaptarse al ritmo de los anfitriones; se preguntaba si, como sospechaba, entre padre e hijo no abundaban las demostraciones de cariño y ella de alguna forma representaba la ocasión perdida para uno, y la oportunidad para el otro que, desfigurado e inseguro en aquel caserón de verano, seguía rígido como un soldado en una revista a las tropas.

—¡Hola, amor! —se aupó sobre los tacones y le besó en los labios, como hacía siempre.

Augusto le devolvió el beso algo azorado. Luego prácticamente la empujó hasta la puerta principal. Una buganvilla plantada en una enorme maceta de barro enmarcaba el dintel con sus flores de color fucsia, unas flores decorosas y a medio abrir, como suelen lucir a principios de julio, y con su tronco robusto y trenzado. Un gato y su pequeña cría bebían leche en un plato de porcelana, ajenos a todo lo que no fuera ese goloso manjar que lamían hasta limpiar el plato con su juguetona lengua rosada. Lucía amaba a los gatos porque le recordaban las ventajas del furtivismo, la agilidad, la autonomía y la falta de compromiso. Un gato era feliz –o eso creía ella– independientemente del afecto que le demostraran, sólo necesitaba un rincón o un cojín para ronronear y unas cuantas raspas de pescado. Lo demás era superfluo.

Cogió al gatito y le acarició el lomo, lo sostuvo un momento en su regazo luchando contra la tentación de darle un beso en el hocico. Pero la madre la hizo desistir con un maullido gutural y felino.

Al entrar en la casa contempló una estampa que parecía sacada de una película inglesa de la época victoriana. Los empleados de don Augusto, cinco en total, posaban uniformados, rígidos, con los festoneados cortinajes de las ventanas como fondo del pomposo decorado. Parecían asumir a regañadientes que formaban parte de una misión de rescate imposible, la de una edad dorada, con fiestas nocturnas en el jardín, bebidas ambarinas, cocas, cava a raudales, autoridades locales y provinciales y señoras con minifalda y hombreras que se comunicaban entre sí con socorridas frases hechas de halago mutuo.

Los empleados, serios y almidonados, se comportaban como si les hubieran sorprendido en un ensayo general y se esforzaran por cumplir cada cual con su papel. Eran cinco en total: una cocinera con cofia y delantal blanco, coloradota y cautiva entre el jardinero de peto verde más viejo que Matusalén y el chófer, Aristide, con gorra de visera y charol, que tenía una cara peculiar, como si le hubieran aplastado una de las mejillas. Había también una mulata de anchos hombros y caderas rebosantes que vestía una apretada bata de tela fina en color azul eléctrico y por último, la enfermera de la que ya le había hablado Augusto, un personaje reconocible tanto por su peinado de moño tirante como por la bata, de un blanco impoluto.

—Bienvenida a casa —dijeron a coro. Y uno a uno le dieron la mano, con cierta torpeza e improvisación, excepto Felisa, la enfermera, que le regaló una sonrisa torcida desde su cara gris de paloma zurita.

Lucía observaba todo con sorpresa: le molestaba que aún pervivieran los modales añejos de la clase media-alta, y al mismo tiempo le seducía aquel cermonial de cofias y zuecos, de gorros y uniformes. El curioso y obsoleto ritual abría zonas esperanzadoras para ella. Además, le hacía pensar en una palabra difícil: descontextualizar. Con esta palabra definían algunos expertos su obra gráfica. «Objetos, personas, minerales, flora y fauna que se hallan lejos de su hábitat natural, creando una extrañeza que obliga a inventar nuevas conexiones, a interrelacionar parejas dianálogas.» Descontextualizar. Hasta ahí llegaba el arte. Hasta aquí se proyectaba en su vida.

En cuanto al magistrado, una vez acabaron los saludos de rigor y el grupo de sirvientes se disolvió, se dedicó a dar órdenes a unos y otros y a explicarle a Lucía detalles prolijos de los materiales, de las estancias añadidas, como la cuadra –en la que un día hubo caballos– del pleito que tuvo con un vecino alemán a causa de la valla común, de las ofertas que había rechazado hasta entonces para vender la casa, pues sin duda era una posesión que muchos codiciaban. Llevaba las manos en los bolsillos del pantalón bermudas, y acariciaba con deleite las monedas que contenían. Aunque usaba tarjeta de crédito, le gustaba llevar siempre dinero en metálico. Pensaba que, mientras un hombre deslizara gozosamente sus dedos entre el metal y notara su tacto y su peso cerca de su cuerpo, nunca se sentiría con las manos vacías. Esas manos nervudas con las que señalaba aquí o allá mientras hablaba, conduciendo a Lucía por pasillos de altos ventanales y por habitaciones decoradas con pintura veneciana, camas de madera de patas firmes como rocas, y primorosos doseles; en uno de los cuartos había un jarrón con flores de mimosa que esparcían su aroma dulzón por la estancia. Don Augusto, en cuya piel parecía reflejarse por momentos el furibundo color de las flores, señalaba la ventana, diciendo: «Salir al mundo para volver a casa», lamentando no poder recordar al personaje famoso que pronunció esa cita. Lucía le observaba y decía que sí con la cabeza, aunque ella podría muy bien darle la vuelta: ir a casa –a esa casa– era, en cierto modo, salir al mundo.

D. Augusto se mostraba locuaz. Se sentía vigoroso, y encantado de poner a disposición de Lucía su espléndida casa, edificada a sólo cien metros de la playa. La ostentación, para alguien que se sabía poco agraciado físicamente, era una forma de poder con la que intentaba emular a aquellos varones a los que admiraba, ya fuera por su prestigio o ya fuera por su fortuna. Su iniciativa, su coraje, estaban inspirados por algunos de sus antepasados ilustres, como don Joan Perich, uno de los miembros fundadores del Consejo de Ciento, o el bisabuelo Bernard, impulsor de las barcas de recreo. Aunque se parecía muy poco a este último, le gustaba imaginar que había heredado el espíritu brioso del accionista de Las Golondrinas, que ya en 1888, año de la Exposición Universal, demostró una visión romántica de la vida popularizando los paseos en barca.

Estaba en la gloria. Conducía a la muchacha con desenvoltura, empujándola suavemente con su mano en el brazo de ella, avisándola del peligro de alguna baldosa levantada, de una trampilla en el suelo de la bodega, de un cristal nítido y peligroso. Entre tanto, algunas imágenes de su pasada juventud ocupaban su mente, acompañadas de ese tono frenético de los setenta, del pop y los pantalones de pata de elefante, los cantautores, el vídeo y tantos otros objetos o tendencias que recordaba ahora vete a saber por qué, o tal vez sí, tal vez porque formaron parte de una época en la que aún tenían cabida las sorpresas y el asombro. Se acordaba con nostalgia de las chicas monas de la discoteca Trocadero, esperando con sus abrigos de chinchilla y sus pestañas postizas a que abrieran la sala, y de las muchachas chic del Up and Down, de sus muslos de gogó embutidos en medias con agujeros en forma de rombo, la mayoría de las cuales se "pegaban" al bailar en cuanto bebían un par de *gin-tonics*, y de toda esa corriente de afecto y de deseo envuelto en sudor y lenguas picantes.

Salieron al jardín y se sentaron bajo la pérgola.

—Mandé construir esta pérgola después de visitar el templo cretense de Cnosos– dijo don Augusto mientras saboreaba el granizado de limón que la criada dominicana les sirvió con una esplendidez que dejó el mantel blanco lleno de pequeños cristales de hielo que, antes de derretirse, lanzaban gloriosos destellos–. Los templos clásicos estaban concebidos como una representación arquitectónica del cuerpo humano. Por eso, la cúspide de una elegante columna jónica –el cuerpo– debería ser una cúpula magnífica –la cabeza–. Hace tiempo que propuse a Augusto que la pintara, pues me hacía ilusión tener un cenador "con estilo propio", por decirlo de alguna manera–. Bebió otro sorbo de limonada y luego se rascó la cabeza– de nuevo aquellos inoportunos picores–. Pues bien, al principio se entusiasmó con la idea, pero luego su entusiasmo decayó, fue posponiendo el proyecto y ahora ya ni siquiera hablamos de ello–. Se pasó la lengua por los labios, frescos y apetitosos de limonada. El conjunto de su rostro revelaba astucia e insidia–. Sé que no debería decírtelo, pero la constancia no es una de sus virtudes. Pasa con facilidad del entusiasmo a la desgana, y de ésta al abandono–. Miró a Lucía y trató de adivinar por su expresión el efecto que habían causado en ella sus palabras. No es que tuviera el propósito de dinamitar la fama de su hijo, pero no podía evitar ser sincero. Y no obstante…No obstante, reconocía que a veces le trataba con arrogancia, porque desde que conoció a Lucía había perdido el autocontrol y la sensatez, y a menudo se comportaba como un mezquino competidor que apenas disimulaba su envidia. «Caminas como si tuvieras una nube en los ojos», le dijo un día a su hijo. Fue poco después de firmarle el cheque, después de conocer a Lucía. «Tú sí que tienes una nube: tu pasado», repuso Augusto muy serio, pero sin perder la compostura. «No, hijo, sólo es un principio de catarata», repuso él, con un lastimoso sentido del humor. Estaba dolido y rabioso: dolido porque Augusto había disparado en uno de sus flancos más vulnerables; rabioso como si pervirtiera alguna ley sagrada y al mismo tiempo le fuera imposible escapar de esa dinámica perversa.

Lo que buscaba, en definitiva, era la complicidad y la atención de Lucía, que le había abierto su corazón aquella tarde en el hotel y que provocó aquel *tsunami* de sentimientos del que se recuperaba poco a poco. De hecho, uno de sus propósitos, en un plano físico, era recobrar la fuerza que había perdido con el tiempo y el reposo obligado. Esa misma mañana nadó en la piscina con más energía de la recomendable, como si todavía el campeón de waterpolo y él fuesen la misma persona, pues en cierto modo ya no lo eran.

Y después, pletórico, se ofreció para cargar con la maleta de Lucía, cosa que hubiera hecho de buen grado si su hijo no se lo hubiera impedido.

Lucía y su gran maleta roja y enorme. Era una maleta "de las de quedarse", y resultaba cómico ver al padre y al hijo disputarse el honor de cargar con ella. Aquella fue la más interesante y civilizada disputa a la que Lucía había asistido hasta entonces; los dos hombres eran dos estilos y dos formas de pensar antagónicas.

—¡Por Dios, papá! Sabes que no puedes. Yo me encargo —riñó Augusto a su padre, mientras extendía la mano hacia la maleta con ademán firme, satisfecho de prohibirle por fin algo—. Aquí mi padre, un hombre justo —prosiguió, señalándole con la barbilla—. Es decir, hasta hace dos meses, cuando llegó a este retiro.

Lucía se percató del malicioso juego de palabras. Luego, con su mejor estilo de mujer encantadora, saludó al magistrado, seria y respetuosa, como si lo viera por primera vez.

—Señorita, espero que no le importe vivir entre estos dos leones —exclamó don Augusto, señalándose a sí mismo y después a su hijo.

—Ya veo que es usted muy amable. Y también muy fuerte; con o sin maleta dijo Lucía, enviando una mirada de cariñosa recriminación a su novio.

—Por favor, me abrumas con tu simpatía y tu juventud. Pero tampoco soy de aquellos que piden respeto por sus canas, ya me entiendes… en fin, que me sentiré mejor si me tuteas —dijo don Augusto, azorado y jovial.

Lo cual no hizo más que aumentar el enfado de su hijo. Todo ese repertorio de lugares comunes, de caballerosidad trasnochada, de exquisitez y de ingenio malgastados, le superaban. En ese rescate de las viejas, apolilladas fórmulas de cortesía creía percibir el pulso almibarado del galanteo.

Las ruedas de la maleta chirriaban mientras la arrastraba por el camino de greda en dirección a la casa. Pero aquel ruido molesto sólo conseguía aumentar su rabia porque, una vez más, su padre le había tomado la delantera. El viejo "comendador" seguía moviéndose con sigilo, como una anguila, intuía las necesidades y se adelantaba a sus propios planes, dejándole con una sensación de derrota y azoramiento.

La sugerencia que le hizo aquel día era en cierto modo trivial: «¿Por

qué no invitas a esa novia que tienes por ahí a que venga a pasar el verano?»
Le molestó la forma de expresarlo, ruda, campechana, acompañada de una
sonrisa atravesada que podía significar muchas cosas o tal vez ninguna.
Odiaba que le diera consejos o que decidiera por él. No obstante, debía
reconocer que su padre acababa de expresar en voz alta su propio deseo, del
que ni siquiera había sido consciente hasta que él lo verbalizó.

Pero había algo más que aumentaba el recelo de Augusto hacia su
padre: eran dos objetos escondidos en un joyero con incrustaciones de nácar,
un precioso joyero forrado de terciopelo rojo que perteneció a su madre. Esas
pruebas demostraban que debía estar alerta. Todo lo que poseía le podía ser
arrebatado de un zarpazo. Y lo que más amaba se alejaría tarde o temprano,
de forma desprevenida y sin darle tiempo a retenerlo. Se esfumaría dejando
apenas un rastro fugaz de su presencia. Eso es precisamente lo que ocurrió
con su madre, muerta cuando él tenía trece años.

Éste y otros pesares, su seriedad y su carácter reservado le hacían
antipático a quien no lo conocía demasiado bien. Era alto y robusto como doña
Leonor, su madre, y tenía la mirada provocadora del padre. Curiosamente, su
gran estatura y fortaleza física contrastaba con la imagen de inconsistencia que
transmitía, de cosa a medio camino entre el gigante bonachón y noble y el
implacable gorila dispuesto a zarandearle a uno por los hombros. Por eso, porque
transmitía la agresividad contenida en lo estático, como una roca sobresaliendo
en una montaña, intimidaba a la mayoría, y sobre todo a él mismo, que tenía la
sospecha de estar empleando su energía en aplacar a un poderoso animalazo
para que no se desmandara. Precisamente ese freno un tanto dramático, esa
elocuente y callada pelea interior le hacía más atractivo a los ojos de Lucía.
Era algo semejante al embotamiento, a un intenso desarreglo que buscaba una
salida desesperada, una oportunidad que nunca acababa de llegar y, mientras
tanto, sólo cabía elevar el muro que lo protegía –tal vez para su desgracia– de los
frecuentes asaltos de la curiosidad ajena.Sus amigos, y en general aquellos que
compartían con él aficiones o espacio, se retraían al descubrir ese vaivén de su
alma, esa particular zozobra que constituía su esencia.

Pese a la complejidad de su carácter y al mutismo que de vez en cuando lo extraviaban y le hacían permanecer en un rencoroso recogimiento, Augusto era una persona que amaba la sencillez. Se sentía muy a gusto en la casa de Pineda porque aquel era un lugar en el que se podía pasar desapercibido y al mismo tiempo, si uno lo pretendía, podía encontrar la entrañable atención que todavía se dispensan en los pueblos los vecinos. La misma sencillez la aplicaba a sus proyectos de vida. A sus treinta y dos años, edad de sentar la cabeza en opinión de su padre, apenas le sacaba partido a su licenciatura en Bellas Artes, dedicándose a pintar con más empeño que éxito. Pintaba cuadros al óleo que incluso a él le parecían mediocres, pero que tenía la suerte de "colocar" entre parientes y allegados de su progenitor.

El cúmulo de circunstancias en las que se veía envuelto –entre ellas quizás la más importante era la de ser hijo de su padre– habían forjado su carácter acomodaticio. Y de forma irracional y profunda se sentía en cierto modo víctima de su buena suerte. Porque la buena suerte le había hecho desistir de la lucha, de abrirse camino solo, a empujones o a hachazos, por el intrincado bosque de la vida. Ese era su ideal, como hombre y como persona, algo así como un destructor de obstáculos, un superviviente que reconoce las trampas y las sortea. En definitiva, alguien que tiene claras sus metas. Estas ideas aventureras contrastaban con su postura, menos combativa y menos varonil de lo que hubiera deseado. Por eso, cuando pensaba que estaba traicionando su ideal, se sentía fracasado.

La tarde de su llegada acompañó a Lucía a su rincón preferido del jardín, allí donde florecían algunos ejemplares tardíos de tulipanes. Le mostró con orgullo los denominados papagayo, los Darwin y los flor de lis, que formaban un bello tapiz de colores. Sus corolas brillaban como la seda y se alzaban arrogantes hacia el sol implacable de la tarde. Su madre adoraba estas flores, y al parecer fue ella quien sembró los primeros bulbos de distintas especies en ese rincón bien drenado del jardín. De modo que ahora estaba de alguna forma presente en esa vida que brotaba del suelo, alegre entre la yerba. Presa de la misma emoción que atenazaba su garganta cada vez que recordaba a su madre, Augusto le habló del *Semper augustus*, cuyas flores tornasoladas, con franjas blancas y granates eran una exquisitez para la vista. Su madre trató de conseguirlo para sembrarlo en homenaje, como dijo en su momento, a los dos hombres de su vida. Hasta que le dijeron que esa especie se consideraba ya extinguida.

Lucía sonrió con una sonrisa taimada, porque le pareció atisbar una maliciosa coincidencia entre esa variedad de tulipanes extinguida y aquellos dos hombres tan peculiares.

—¿Conoces el origen de los tulipanes? —le preguntó Augusto, ajeno al juego intelectual que tanto la divertía.

—Los tulipanes son siempre un buen comienzo —dijo ella, sentándose sobre el banco de madera cuya pintura al fin se había secado—. Aunque me gustan más las rosas. Bueno, me gustan todas las flores. —Abrió los brazos con voluptuosidad y entusiasmo, como si quisiera abarcar todo el jardín en un abrazo, cerró los ojos y respiró de forma profunda para incorporar los aromas y la prosperidad de aquel lugar—. Tulipán significa "turbante", si no recuerdo mal. Algo que ver con Oriente —dijo después.

—Oh, muy bien, mujer erudita. Y ya que sabes tanto, sabrás también que el embajador austríaco ante el imperio otomano quedó sorprendido por la flor que adornaba la túnica del sultán, y que llevó consigo de vuelta a su país unos cuantos tubérculos de regalo. El cultivo tuvo un éxito inesperado en Leiden, Bélgica.

Lucía le escuchaba con atención, pero no apartaba la vista de las rosas que crecían y tapizaban el muro. Le hubiera gustado cortar una de aquellas rosas y tenerla para ella sola, entre sus manos, aspirando su perfume.

—¿Y de dónde le vino el nombre al *Semper augustus*?— preguntó, volviendo al mundo de los tulipanes.

—Al emperador del sacro imperio romano-germánico se le denominaba así. Pero fíjate en lo especiales que son estas flores —le comentó Augusto, agachándose—. Como todas las variedades de colores compuestos, son mutaciones causadas por una infección vírica.

—¡A la belleza por la contaminación! —dijo Lucía, sonriendo como si blasfemara.

Este modo de sonreír turbaba a Augusto; era como abrir una ventana y encontrarse con una montaña que esconde tanta vida y tanta belleza y al mismo tiempo está tan cerca que parece comprimir el espacio físico. Pues del mismo modo sus dientes, sus encías, eran indiscretos, alevosos–. Lo bello jamás debería ser puro porque sería perfecto, y ya sabemos que las criaturas perfectas no existen –dijo él–.

—Si no existe lo perfecto, quedémonos entonces con lo bello e impuro —repuso Lucía, dedicándole una mirada de amor intrigante.

2

Apenas había comenzado el verano, y ya el aire se llenaba del bullicio de los colegiales ociosos y de las notas de un piano que un vecino afinaba siempre a la misma hora, ejecutando sin piedad un arpegio, siempre el mismo. El terciopelo naranja de los nísperos alegraba un rincón hasta entonces mortecino del jardín. Las cerezas brillaban como bolas diminutas de un árbol de navidad, despertando la codicia de los pájaros. Todo parecía ensancharse, aumentar su volumen y su elasticidad, propagando sus raíces y su pulso inquieto. La belleza estaba próxima, al alcance de la mano, y en un mismo día promiscuo y ardiente el deseo se condensaba en la flor y en los labios que se entregaban al beso.

El espíritu del verano se encarnaba en Lucía en forma de melodía pegajosa, en una canción cuya letra sabía apenas pero que ella, asaltada por un impulso creativo, tarareaba de la manera más tonta, dejándose mecer por una felicidad ingenua. Se había recogido el pelo en una cola de caballo y de vez en cuando algún rizo caía sobre las mejillas o los ojos, desligándose del pasador de plata, pequeñas lianas flexibles que intentaba apartar de la cara soplando, llenándose de aire las mejillas como el ángel de mofletes inflados que había colgado en una de las paredes del dormitorio.

La casa era tan grande, las estancias tan espaciosas, que era casi imposible chocar contra algún objeto, como ocurría en la mayoría de las casas en las que vivió. Aquí era feliz, hilvanando notas desafinadas, aprovechándose de la frescura de los techos altos, la caricia del aire que se comunicaba de ventana a ventana, la humedad de la bodega, la bendición del porche abierto. En ese momento no deseaba nada más.

Augusto la observaba en silencio mientras ella sacaba envases de vidrio y de cartón del interior de las bolsas de la compra y los colocaba luego en los armarios de la cocina. Sus movimientos eran rápidos y precisos, pues tenía esa intuición espacial innata que permite encontrar un sitio para cada cosa. Y entonces se agachó y sacó de un cesto una gran sandía y la puso sobre la mesa. Debía pesar más de cinco kilos. Era redonda como una luna llena y tenía la cáscara tan lisa y tan dura, tan desesperadamente verde, que daban ganas de cogerla bajo el brazo y lucirla como un regalo ganado en una feria. Era tan perfecta que despertaba el apetito de probarla; Lucía cogió el enorme cuchillo de trocear el pollo y la abrió de cuajo. El golpe fue seco, preciso, y el gemido vegetal se prolongó como un alarido de ramas cayendo en el bosque en una orgía de dolorosa dulzura. Las dos mitades irregulares se ofrecían como un suculento bocado, generando saliva y jugos gástricos. Dentro, la pulpa era un arrecife de apetitosos corales rojos. A Augusto le habría gustado tener el suficiente valor o la suficiente maestría para pintar a Lucía en el momento en que enterró el cuchillo y trazó un círculo como si fuera a pescar en un lago helado. O cuando, extasiada, rebanó un pedazo de aquel corazón exuberante, que pronto se volvió sangre fresca entre sus dientes. Lucía era el misterio, un misterio que no deseaba le fuera desvelado. Cuando ya creía conocerla lo suficiente, entonces se encontraba con algo inesperado, con una sandía de corazón rojo y pulposo.

Se conocieron en Berlín; ella era estudiante de Bellas Artes y él un desconocido pintor autodidacta que intentaba abrirse camino con la ayuda de su influyente padre. El arte los unió, y quizás también ciertos rasgos de carácter comunes. Volvieron juntos a España, y en el aeropuerto ya demostró hasta qué punto podían alterarle los imprevistos. Estaban esperando embarcar cuando anunciaron por megafonía un nuevo retraso en el vuelo debido a la niebla que en esos momentos cubría el cielo de Berlín. Ella dio un respingo y se colocó con los brazos cruzados ante el panel de los vuelos, con rencor y con furia. La recordaba nerviosa, reivindicativa, armada con su bolígrafo, dispuesta a estampar su firma en la hoja de reclamaciones, despotricando contra la compañía y contra la ineficacia de todo el sistema, contra la azafata de tierra, que procuraba calmarla antes de que contagiara su nerviosismo al resto del personal. Pero ella arrastraba la maleta roja y gigantesca por el suelo brillante, de un sitio para otro, sacudiéndose el sofoco con un periódico. De vez en cuando paraba y consultaba de nuevo la pantalla, dando la espalda al mundo, hundiéndose en la espera.

—¿Te da miedo volar? —le preguntó Augusto, creyendo que había encontrado la clave de su malestar.

—No, sólo estoy irritada porque están robando mi tiempo.

—¿Robando? —preguntó él, inocentemente.

Lucía le miró furiosa, como si acabara de pronunciar una palabra maldita.

—Sí, robando, eso es lo que he dicho ¿Acaso soy yo la única que roba?

Augusto se quedó confuso y la miró como un bondadoso mastín al que hubieran reprendido por cometer una fechoría. Sabía que en una ocasión Lucía había sido acusada de robo, y que estas acusaciones se debieron a una venganza, un complot orquestado por alguien que la envidiaba. Sabía también que a consecuencia de este hecho la expulsaron de un trabajo que simultaneaba con los estudios, y que su vida cambió en muchos aspectos, pero creía que aquello había sido ya olvidado por ella. Pero ese día, en la sala de espera del aeropuerto, había conocido a una mujer inquieta, que se sentía en cierto modo ultrajada, una mujer con la mochila cargada de cosas de las que se tendría que desprender ella sola, mientras él se limitaba a abrazarla.

A veces, Lucía trasladaba esa ambivalencia a sus fotomontajes, o a las canciones cuya letra inventaba. Pues la suya era una mirada peculiar: recordaba sus trabajos, con todas aquellas fotos creadas a partir de elementos descontextualizados, fuera de su entorno. La suya era una mirada llena de matices, como si tuviera un alma mestiza. Porque había una Lucía maravillosa con la que podía charlar de cualquier tema sin que se cansara nunca de oírla, y había otra Lucía sofisticada y desconcertante como un bonito mueble estilo imperio con los cajones abiertos y desordenados, y había también una Lucía ansiosa que pulverizaba la comida mordisqueando con los incisivos, como un conejo. Era esa glotonería, ese acabar con las cosas no para saciar su hambre, sino su ansiedad o su ambición, lo que lo asustaba de ella, como si ella exigiera siempre un final inequívoco y sangrante, un final como un conquistador exige su botín. La amaba y la temía, sí. No en vano ella era la *mujer*, en definitiva, la *posibilidad*, la herramienta que el futuro elegía para incrustarse en el presente y desasosegarle.

Aquella noche, al levantarse Lucía de la cama, descubrió una mancha de sangre en las sábanas. Ella se disculpó, algo avergonzada por los estragos de la menstruación. Aún no habían superado la etapa de las disculpas innecesarias, y ese pudor que la hacía sonrojar; ese candor ante lo irreparable era también una forma de aproximación tímida y formal. Sin embargo, esta vez Augusto apenas la escuchaba. Miraba embelesado las sábanas de raso. «Tengo un poder, y tengo una carga», parecía decir aquel círculo rojo. Hoy era apenas una estridente señal de intimidad, mañana sería el hijo que dormiría atravesado robándole su espacio mientras ella lo miraría con dulzura, excusándose, como si tratara de una incomodidad subsanable, y no de una mutación permanente. Pero de momento, el agua había arrastrado el gran peso de la especie. Y él, no obstante, se había separado un poco de ella en la cama, como si fuera un animal impuro. ¡Qué fácil era caer en el vértigo del futuro! Qué fácil y qué inútil. Tropezaba una y otra vez con su pasión por el orden, la fidelidad y la permanencia, sin pensar que el tiempo es, por definición, lo contrario: es una constante mutación de los sentimientos, las voluntades y los afectos, por más que nos seduzca el espejismo de las certezas o las verdades inmutables. Sin embargo, en ocasiones pensaba que todo era verdaderamente sencillo, tan sencillo como puede ser el amor cuando fluye. Y que le bastaba con esos ratos que pasaban acostados en la cama y él ponía una de sus manos en los muslos esperando el momento en que ella cerraba, acogedora y ardiente, las piernas. Entonces notaba el contacto cálido, periférico, de su sexo. Y cuando hundía la cabeza entre sus senos se decía que todo se limitaba a una cuestión básica de calor. De calor y protección. Y el resto era hostilidad y argucias para combatirla.

Por todos estos motivos, la llegada de Lucía no suponía una alegría excepcional. En cierto sentido era también una prueba para ambos, aunque

Lucía lo ignorara. Ignoraba que hubo un antes y un después en su relación, y que su malestar y su suspicacia se debían, entre otras cosas, a los dos objetos que guardaba en el joyero de su madre a la espera de hacer algo con ellos, no sabía muy bien el qué.

Ocurrió la última semana de mayo. Cuando se disponía a recoger las cartas depositadas en el buzón, Augusto encontró un sobre que le llamó la atención porque llevaba el anagrama de un conocido hotel barcelonés. En la dirección se omitía el segundo apellido, por lo que era difícil saber a cuál de los dos Augustos iba dirigida; no era la primera vez que esto ocurría, ya que el hecho de compartir nombre con su padre daba frecuentemente lugar a equívocos. Augusto examinó el sobre con detenimiento; al pasar los dedos por su superficie palpó el relieve de un objeto diminuto. Entonces rasgó el sobre sin contemplaciones. Al hacerlo, cayó al suelo algo ligero y brillante. Era una pulsera de oro. Hizo una mueca de extrañeza y continuó inspeccionando. Estaba convencido de que aquello no era para él, pero todo lo que concernía a su padre le interesaba. Bien es cierto que no era un hombre curioso por naturaleza, si se considera la curiosidad como un acicate para llegar al conocimiento de las cosas; por el contrario, Augusto era de esas personas a quienes abruman los indicios; de ésos que acaban enredándose en la madeja cuando tienen que seguir muchos hilos. Sin embargo, la posibilidad de conocer algún secreto de su padre le excitaba y le mantenía alerta, como excita y alerta al perro el movimiento brusco del amo cuando se agacha para recoger algo del suelo, porque no se llega a conocer del todo a quien te da de comer.

La pulsera que rescató del suelo y que tenía ahora en la mano junto con la carta que la acompañaba era igual a la que llevaba Lucía. Dicho de otra forma, en Berlín Lucía llevaba esa pulsera, al menos de eso estaba seguro. La sospecha de que se encontraba en medio de algo indecente e infame le hizo resoplar, angustiado. La pequeña joya no estaba allí por casualidad, y sólo deseaba seguir indagando para confirmar o desmentir sus temores.

Así pues, se puso a leer la carta, que estaba encabezada por el sello oficial de un hotel frecuentado a menudo por su padre –recordó–. A grandes rasgos, alguien se dirigía a su progenitor –ahora ya no había dudas– en un lenguaje de exquisita cortesía, y le pedía disculpas por «la botella de champán inoportuna». Siguió leyendo, sin poder evitar que su imaginación dotara de un sentido morboso a cada frase. «Le enviamos este brazalete, que suponemos de gran valor para usted», etc., etc. No necesitó seguir leyendo, pues ambas cosas, la carta y la pulsera, eran lo suficientemente elocuentes. En lenguaje vulgar: Lucía le había puesto los cuernos y, en cuanto a su padre…

Toda la teatralidad folletinesca a la que había asistido con frecuencia desde la platea de cualquier teatro, toda la gestualidad de las humillaciones, de la astucia, de puertas que se abren y armarios que se cierran, pasiones tóxicas, jadeos, gritos, disculpas y más gritos, acudían en tropel a su mente, arrastrándolo como una marea de sentimientos coronados por una amarga sensación de infamia y ultraje que dejó seca su boca y espesa su lengua. Ya no formaban parte de su ideario las monótonas certezas vertidas por el clásico *"cogito, ergo sum"*. Aquello le parecía una sórdida trampa, un mecanismo de tortura implacable. Ahora su único camino estaba asentado sobre la ausencia absoluta de camino. Experimentaba la atracción fatal del vacío, porque sólo en el vacío se podía propagar la música, monótona como un eco, de lo irremediable. Improvisaba, se cebaba en falsas evidencias como se ceba un pez en una mosca de plástico. Rastreaba, olisqueaba, perseguía y se sentía perseguido por la duda.

Ese día fue muy duro. Para calmarse, subió al estudio e intentó trabajar en un cuadro inacabado. Era un cuadro para Lucía, pues lo comenzó cuando estaba pletórico de su espíritu y cubierto de su luz. Pero ¿cómo hacerla presente ahora, en esa pintura paisajística abigarrada, puntillosa, desquiciada, oscura y sonámbula? No, era imposible que ella apareciera en su pintura, ni como ninfa de los bosques ni como bruja preparando pócimas para un aquelarre. Su musa ya no le inspiraba, su musa inspiraba ahora a otros.

Cuando su padre llegó a casa, todavía estaba mezclando colores en la paleta, lanzándolos después furioso contra el lienzo. Poco después bajó del estudio y le encontró sentado cómodamente en la silla de su despacho, examinando la correspondencia con atención, sobre todo los documentos oficiales, generalmente urgentes, que le enviaban directamente de la Audiencia. Aquellos días tenía que emitir un veredicto difícil. Se trataba de un hombre acusado de practicar la eutanasia activa para, supuestamente, ayudar a morir a su mejor amigo. Augusto hijo conocía el caso por su repercusión en la prensa. Era un asunto parecido al del tetrapléjico Sampedro, que plasmó la película protagonizada por Javier Bardem. Augusto conocía las presiones que soportaba su padre, que no ignoraba que el marco de la moral es siempre áspero y estrecho, y que, muy a su pesar, era imposible emitir una sentencia justa y al mismo tiempo desoír el clamor de su conciencia. Habían hablado varias veces de este asunto y de otros similares, pero él estaba convencido de que en su padre prevalecería la frialdad y en consecuencia, que haría caer el peso de la ley contra el… ¿cómo llamarle?, ¿buen samaritano, cruel amigo? El peso de la ley, la justicia –por definición– la restitución de algo que era suyo y que alguien había arrebatado. ¡Qué paradoja!

Miró a su padre mientras rasgaba con el abrecartas los sobres que él había dejado sobre la mesa. Llevaba puesta una cazadora de aviador, y acababa de dejar las gafas de sol Ray-ban de inspiración policíaca abiertas sobre el chifonier. En la mesa había un espray bucal con el que se rociaba de vez en cuando como un galán pasado de rosca. Su atuendo juvenil, su reciente preocupación por el aliento de su boca, eran la parte visible de su transformación, de la indecorosa puesta en escena de un vejestorio que se cree irresistible. Su atuendo era una estafa, y también su comportamiento de los últimos meses, pensó Augusto, mascullando la palabra estafa, que salía disparada de sus labios entreabiertos como una amarga burbuja.

Era evidente: estaba rodeado de lobos, y la mayoría vestían con piel de cordero. Por eso, una vez más, se reafirmaba en esa actitud de rancia cautela que tanto le afligía. Falseando el sentimiento, vistiéndolo de indiferencia, siendo hermético y arrogante.

Habían pasado casi dos meses desde que encontrara la carta y la pulsera. Y necesitaba desterrar los pensamientos negativos que le producían, o enfrentarse de una vez para siempre a quienes los causaban. No sabía muy bien qué hacer. Uno no se vuelve víctima de la noche a la mañana, sino que trabaja este papel concienzudamente, esperando los aplausos o los abucheos. Para Augusto, la idea del perdón estaba directamente ligada a la idea de limpieza. Era católico no practicante y, como una gran parte de los chicos que rebasaban la treintena, menospreciaba el simbolismo religioso. Toda aquella parafernalia de cruces, iglesias, casullas y curia romana le parecían reliquias de museo temático especializado en promesas ultraterrenas. En consecuencia, para él suponía una pérdida de tiempo preocuparse por el ministerio de Cristo en la tierra y todo su séquito y su material propagandístico.

Pese a las reticencias apostólicas, Augusto siempre tuvo una necesidad de transparencia que se acercaba peligrosamente a la obsesión. En cierto modo su pasión por la claridad era perniciosa y –ésta era una más de sus contradicciones– representaba una clase de ceguera de la que no se apercibía. Pero no podía evitarlo. La limpieza le cautivaba. La limpieza era la forma pura y cristalina que perseguía Franz Marc al pintar sus *"Grandes caballos azules"*, por ejemplo. La limpieza era Renoir, o Gauguin. Y todos los que buscaban la poesía sin grandes pretensiones, bajo la capa espesa, sucia y maloliente de la vida.

En la época de la pubertad solía entretenerse cuidando profusamente el jardín, con una devoción que no pasaba inadvertida a sus padres. Paciente, delicadamente, se volcaba en las operaciones de jardinería: recogía las flores marchitas y las hojas secas, enterraba las raíces que de forma salvaje colonizaban territorios ajenos, y pasaba el cortacésped a escondidas, con una satisfacción que no sólo tenía que ver con la prohibición tácita de usarlo, sino con la búsqueda de esa plenitud que le proporcionaba la pulcra eliminación de elementos desagradables o inarmónicos. Seleccionar los elementos antiestéticos, podar las partes inválidas o muertas le permitían resaltar la belleza de la planta y en general de todo el jardín. Podar, cortar, limpiar, eran para él sinónimos de salvación.

El mundo que él salvaba era próximo, previsible hasta cierto punto, y le acercaba de manera torpe pero consecuente al principal cometido de su padre y por extensión, a ese otro mundo que él, desde su magisterio, ya estaba salvando. De ahí su empeño y su constancia. Su valoración del orden y la limpieza le obligaban a llegar hasta el final: pedía un saco de plástico para guardar las flores y hojas secas, luego arrastraba el saco, que abultaba tanto como él, y lo dejaba arrinconado, animando a su padre para que utilizara aquel material como abono, tal como había visto hacer al jardinero. Claro que su padre nunca se ocupó de los residuos, con lo cual se hubiera cerrado el círculo de embellecimiento de la manera más perfecta para Augusto.

Se acercó a Lucía para ayudarla en la tarea de almacenaje. ¿Debería perdonarla? Era una cuestión que le conmovía, ya que el perdón le situaba en un plano elevado desde el cual podía permitirse actuar con la dignidad y el rigor de un juez. Pues la traición de Lucía no era una lesión contra su persona, sino más bien contra esa parte de su persona que detestaba el desorden, la fealdad o la sucia apariencia de las cosas. No podía traicionar su ideal de belleza, que tenía mucho que ver con su pasión por el arte. Pues para él vivir era, por encima de todo, amar la belleza.

Estaba furioso consigo mismo, con su falta de iniciativa, de resolución. La hostilidad le rodeaba como un cinturón de metal y agarrotaba esos días sus hombros como si sus músculos, forjados para la acción y la pelea, se hubieran congelado y los cristales de hielo se le clavaran como agujas. ¡Qué dolor, qué desencanto!

Sin embargo, cuando sus pieles se rozaron, cuando el cuerpo de ella se situó en el radio de acción de su propio cuerpo, todo le pareció mucho más sencillo. La mesa de la cocina, las sillas, el fogón, formaban parte del mundo cotidiano, de la alegría prosaica de comer, de la felicidad de existir. Además, él era, o se consideraba, una persona regida por la cabeza, pues ahí era donde comenzaban y acababan la mayoría de sus conflictos. Por eso despreciaba a aquellos que proyectaban sus frustraciones con grandes aspavientos, o con vehementes reproches. Consideraba patética esta salida al exterior de los demonios internos.

Pero es difícil ignorar la emoción pura o tratar de dominarla, sin más. Cuando tuvo la pulsera en la mano, fría, bella y delatora, pensó que tal vez debería poner orden en su jardín privado, aunque al podar y rastrillar se llevara por delante algunas cosas buenas.

Ella le miró con sus grandes ojos radiantes de felicidad. No, se dijo de nuevo, no tenía valor para reprocharle nada. ¡La admiraba tanto! Lucía disponía de tanta información valiosa que era imposible no sentirse abrumado ante su genialidad. Cuando iban juntos, a menudo adivinaba cuándo le iban a negar un favor con sólo estudiar los gestos o la mirada de su interlocutor; sabía cuándo un marchante iba a rechazar alguno de sus cuadros pese a que él, ingenuamente, estaba convencido de que lo compraría. A ella no le engañaba su espléndida sonrisa ni los halagos previos que hubiera recibido sobre su obra. Y no le engañaba porque era capaz de ver más allá de la máscara, aceptando el riesgo de descubrir verdades incómodas.

Lucía dejó el resto de la enorme sandía en el frigorífico y, como si estuviera al tanto de sus pensamientos, le dio un beso rápido, casi honorífico, como de guía de *boy-scout* que desea premiar la hazaña de un adolescente díscolo. «Seguro que hay una explicación para todo», se dijo Augusto. «Callaré hasta que la encuentre por mí mismo». Pues en el fondo tenía miedo de saber, miedo también de dejar que se manifestara su violencia.

Mantener el equilibrio exigía prudencia y paños calientes en la idea que tenía respecto a su propia bondad, de la que a menudo dudaba. Su integridad era pura teoría, pero al mismo tiempo le permitía desenvolverse con la astucia de un hombre que ejecuta la pantomima diaria que le permite ser reconocido como fulano de tal, *un hombre bueno.* Y ahora comenzaban las dudas. Y ahora, tal vez, había perdido la fe.

3

Los días transcurrían apacibles. Los turistas ocupaban las calles del pueblo, se sentaban en la yerba de los parques y, sobre todo, se zambullían en el agua del mar, un mar que escarbaba y engullía la arena centímetro a centímetro, en una lucha firme y decidida contra la ambición del hombre y las restauraciones municipales, sin duda ineficaces contra la bravura y el mal genio marino.

Por eso, los días de gran oleaje, apenas se sumergían en el agua, un abismo los atrapaba como un agujero negro, mientras sentían los lametazos húmedos de las olas zurrarles las costillas. Después, el mismo mar los vomitaba como a despojos indigestos, como a insignificantes huesos de aceitunas.

Don Augusto se sentaba al atardecer en una hamaca de la playa como uno más de aquellos turistas. Con la mirada en la lejanía, esperaba la hora en que la playa se vaciaba de toallas y se llenaba con las cestas y las cañas de los esperanzados pescadores los últimos románticos, como él decía. Con el sol apuntando ya hacia el ocaso, aquella era una hora mágica.

Siempre huyó de la soledad, algo que no le había resultado difícil hasta entonces. Es decir, había sabido rodearse de personas y de quehaceres para no sentir el desazonador goteo del tiempo interno. Pero ahora, precisamente cuando era el tiempo externo y estéril de la enfermedad el que le golpeaba, ahora era cuando buscaba esos momentos de soledad acogedora. Distraído por la fresca brisa y las manipulaciones de los pescadores de caña, dejaba fluir sus pensamientos sin que ningún plan a corto o a largo plazo lo perturbara. Pensaba en Leonor, su mujer muerta hacía doce años. Ella trabajaba como abogada de oficio, y él había sido fiscal de alguno de los casos que defendía. Sus intervenciones eran con frecuencia polémicas. Aunque era joven cuando se conocieron –tenía veintiocho años– solía demostrar un talante conservador que resultaba retrógrado incluso en la Audiencia Provincial, que no se caracterizaba precisamente por su pensamiento avanzado. Usaba términos como "indecencia", "vagabundeo", "falta de compromiso", "irreverencia", "ejemplo poco edificante", etc. Los miembros del jurado la observaban a menudo con una actitud que oscilaba entre la compasión y la incredulidad. Comprendían por un lado la ingrata labor del abogado de oficio, y por otro, se mostraban atónitos por la firmeza con que exponía la situación de su defendido, de tal forma que, en lugar de defenderlo, parecía hostigarlo con sus puyas y sus frases de doble sentido. Y si no lo hostigaba a él directamente, porque empleaba perífrasis y circunloquios, aprovechaba la ocasión para arremeter contra un modo de vida en el que la escasez de valores espirituales, la miseria moral y los vicios desembocaban en aquel triste fracaso con nombre y apellidos que le tocaba defender.

Él estaba en el principio de su carrera y pasaba por una época de profundos ideales estilizados y puros como nardos. De ahí que no comprendiera a los que la tildaban de estirada, desdeñosa y lúgubre. Por el contrario, le parecía que poseía una fuerza incontaminada y una sinceridad que traspasaba sus carnes abundosas pero bien repartidas, por cierto.

También Leonor, como ocurría con todo lo auténtico, era una incomprendida y se mostraba distante y oblicua para una gran mayoría, aunque no para él, que la consideraba superviviente de una raza de hombres y mujeres justos, de una pieza, implacables exterminadores de las raíces del mal.

El día que la pidió en matrimonio acababa de hacer una defensa insólita de su defendido. Se trataba de un joven que había atracado un banco haciendo rehenes entre los clientes. El hombre estaba siendo juzgado por tentativa de homicidio, intimidación y secuestro. Sorprendentemente, Leonor hizo ese día una defensa arriesgada de su defendido. La sala escuchó el panegírico de la abogada sobre el afán de superación y el ansia de trascendencia de aquel individuo. Teniendo en cuenta que éste había disparado sobre el estómago de uno de los rehenes y arrinconado a otros tres bajo la siniestra amenaza de una Smith & Wesson, todos quedaron pendientes de la alegación. «Porque mi defendido es un fruto indigesto, un hueso que se nos ha atragantado. Pero fruto al fin y al cabo del árbol que, como aquel primer árbol del paraíso, pertenece a toda la humanidad». Esto es lo que dijo ese día, dejando boquiabiertos al jurado, los testigos y los periodistas que tuvieron acceso a la sesión. Y a él, pese a que odiaba a los abogados retóricos porque sus discursos estaban llenos de trampas para confundir al jurado, pese a que aborrecía ese manierismo y el flirteo descarado con la metáfora, tampoco dejó de sorprenderle este giro increíble de Leonor. Era un discurso emocionado y parecía brotar del corazón. Pero sobre todo, era un reto: si un mamarracho homicida, poseedor de una bajeza moral demostrada consiguió ablandar a aquella dama de acero, qué no iba a poder hacer todo un ilustre magistrado.

En la cafetería le pidió que se casara con él. Ella accedió de buen grado, sin apenas inmutarse, como si la estuviera invitando a una cena en un restaurante de lujo.

—No tengo planes para los próximos sesenta años —dijo simplemente.

Se casaron, tuvieron a Augusto y vivieron sin sobresaltos dos décadas juntos. Veinte años tratando de inventar un nuevo hechizo, mirando al futuro como miopes. Cerca de un cuarto de siglo en que él intentó en vano comprender cómo y por qué aquella mujer con una sola frase le había fascinado en un día ya lejano.

Tiempo después, cuando su hijo le preguntó qué le había enamorado de ella, no supo contestarle. Hubiera debido decirle que fue su carácter íntegro, su proverbial lucha por restablecer el orden y la armonía, pero sabía muy bien que no era cierto. Vivió veinte años de confusión y oscuridad ansiando una oportunidad para cumplirse. Sin embargo, ya no pensaba en ella con el rencor, con la impotencia del que cree que ha perdido los mejores años de su vida junto a alguien a quien no amaba. Al pensar ahora en Leonor lo hacía con la ternura rancia de los viejos enemigos, recordando sin apenas inmutarse sus gestos estridentes, esos gestos que empleaban uno contra el otro como armas arrojadizas sin pararse a pensar en lo que estaban haciendo. Por ejemplo, cuando su mujer se enteraba de alguna de sus aventuras amorosas, compraba una gran cantidad de plantas con flores de temporada y las sembraba en el invernadero. Si él se asomaba por casualidad, ella, sin mirarle y cavando con fuerza en la tierra, le decía: «Yo no voy por ahí repartiendo mi amor». Y luego, cuando algún amigo visitaba el invernadero y halagaba su belleza –pues ella lo mantenía hermoso y hermético, con ese olor viciado y delirante de las flores cautivas– Leonor ponía los brazos en jarra y dejaba caer: «Las flores tienen un alma noble. Y éstas son la prueba del amor correspondido». Y le miraba a él de soslayo, y sonreía triunfal, o tal vez derrotada.

Siempre consideró que aquella actitud excéntrica de Leonor era una muestra de orgullo herido. Sin embargo, también podía ver en esa actitud una faceta de su mujer que hasta entonces había pasado por alto: la capacidad de transformación, la difícil habilidad de convertir toda la aversión en una especie de abono, en un mantillo ácido que propiciaba una olorosa y coloreada alegría vegetal. Y cuando entraba en el invernadero creía percibir aún su respiración corta y leve de hembra rechazada mientras le miraba a los ojos como si le absolviera.

81

Así pues, al pensar en la que fue su esposa, le embargaban sentimientos contradictorios. Pues no le cabía ninguna duda de que igual que ocurre con las rocas, la erosión y el tiempo habían borrado o pulido algunas asperezas superficiales, mientras que las grietas primigenias se ahondaban en la matriz mineral. «¿Acaso soy tan exigente que no puedo ser complacido?», se dijo una vez más. Y de forma inocente se dedicó a repasar sus cualidades ayudándose de los dedos de las manos. «He sido y sigo siendo un hombre práctico, con la vida resuelta, sin ataduras sentimentales, aunque abierto a las sorpresas que me depare el destino.» (Se dio cuenta de que parecía estar ofreciéndose, como quien redacta un anuncio en una página de contactos) «Soy católico practicante, más por costumbre que por convicción», reconoció «Me gusta la música de Haydn, leer a Thomas Mann y los memorandos de los juicios, mirar a las señoras tras los visillos de las cafeterías, el arroz abanda y las personas jóvenes y divertidas. Puedo hablar de muchos temas: de derecho constitucional, de la discografía de los Beatles, de islas remotas y cordilleras imponentes»…Y al llegar a este punto soltó una leve risita fanfarrona. Pero enseguida paró de enumerar porque se dio cuenta que estaba siendo infantil y deshonesto consigo mismo. Y resulta que, por un exceso de coquetería, odiaba ser infantil. ¿Acaso no se decía de los viejos que eran como niños grandes? Ah, eso no podía aceptarlo. Él nunca sería un niño grande y babeante que mantiene a los demás pendientes de sus caprichos, se dijo. Antes preferiría… ¿preferiría qué?: ¿la muerte, la enfermedad, la enfermedad del olvido, o una senectud irresponsable y llevadera, con la cabeza hundida en mullidos cojines que acunaran sus sueños?

Abrió un caramelo Halls de eucalipto mentolado y se distrajo dándole vueltas en la boca, saboreando su potente sabor que le recordaba al alcanfor. En resumen, ser complacido no era lo importante; la pregunta no era la correcta. La pregunta que debía hacerse era esta otra: «¿Qué he arriesgado, a qué me he expuesto?» Él, que había especulado incluso con lo más sagrado, incluso con la libertad de muchos; él que, ayudado por sus acólitos, no había dudado en rebanar la verdad en mínimas partes hasta hacerla irreconocible, hasta transformarla en una mentira con más ley que la propia verdad, había embrutecido su corazón y se había descabalgado en marcha, como un jinete que desconfía de su caballo. Pero tampoco era cuestión de acuchillar a su caballo, como hizo Espartaco cuando ambos fueron derrotados por los soldados romanos.

Se levantó, sintiendo la humedad de la arena en la espalda. Hizo ejercicio durante unos minutos hasta que notó el calor del movimiento y el escozor del sudor en la piel. Luego volvió a estirarse en la toalla. El riesgo que procuraba esquivar tenía mucho que ver con el rechazo que provocaba en algunas mujeres. Para no sentirse herido, revestía sus historias de amor de una frivolidad que le alejaban del compromiso. Amaba a todas las mujeres y no amaba a ninguna. «En toda lucha entre el amor y la costumbre, lo que sucumbe siempre es el amor», decía Pitigrilli, retratando con precisión su forma de conducirse. Pues él hizo de la rutina su consuelo.«¿Cuándo acabó imponiéndose la rutina, cuándo desplazó la belleza al amor?», se preguntaba. Porque, si no podía tener ambas cosas, al menos le quedaba la primera, con sus distintas versiones, tan eficaces como balsámicas: la música de Vangelis, un pájaro posado en el borde de la fuente, picoteando una miga de pan, unos ojos de mujer almendrados, los ocasos, Stendhal...Su alma se proyectaba en cada una de las infinitas combinaciones que daban como resultado la belleza; en esto sí que valía la pena emplear su tiempo, su energía y su sensibilidad. La belleza no decepciona, y parece accesible a cualquiera que desee tomarla –cruda, como las ostras, o refinada, como la mayoría de alimentos que consumimos y/o nos consumen. El cielo se llenó de gaviotas al acecho. Los peces, bocados escurridizos, temblarían bajo las aguas, buscando las corrientes propicias. ¿Qué pasaba con Lucía? Desde el principio supo que aquella batalla estaba perdida.

Lentamente se fue llenando de calma y la calma trajo consigo el sueño, acunándose, a su pesar, en la palabra "complacer", que inmediatamente le remitía a Lucía. La palabra "complacer", de la que su sopor se nutría como si fuera un caramelo que chupaba furtivo, como una golosina frugal cuyo final posponía y posponía de forma avara.

Cuando despertó los encontró a su lado. Mejor dicho, Lucía estaba bañándose y Augusto caminaba por la orilla y ahora, al verlo incorporarse, venía a su encuentro. Mientras lo veía avanzar le vino a la memoria un recuerdo que conservaba muy vivo. Un día fue a visitarle al campamento de verano. Era un chico desgarbado, muy serio para su edad–una seriedad motivada seguramente por la experiencia de la muerte reciente de la madre. Llevaba unas botas de Segarra y unos pantalones que apenas le llegaban a los tobillos. Había en él una actitud esquiva, de niño introvertido que se resiste a salir de su pellejo de niño, y que posee al mismo tiempo la fuerza y el poder incontrolable de la juventud empujando desde dentro. Los cabellos en punta, ásperos por el cloro de la piscina, el cuerpo más delgado, la voz desafinada de adolescente. Tal vez habría querido salir corriendo, o al menos su expresión era la de alguien que desea estar solo. Pero por otro lado, aquellos zapatones parecían clavarle al suelo como planchas de acero de las que no pudiera desprenderse. (Al fin y al cabo, eso era la adolescencia, de qué se extrañaba)

—¡Qué fuerte te has puesto en estos quince días! —le dijo, dándole palmadas en la espalda como se hace entre compañeros, dichoso de inaugurar un nuevo trato Y como Augusto no contestara, siguió hablándole Seguro que has hecho un montón de amigos. Y de amigas- Le guiñó un ojo, cómplice.- Augusto mantenía un mutismo cuyas causas su padre trataba en vano de interpretar-Nada, nada, en cuanto acabes el campamento, los traes a casa para que los conozca.

De esta manera, trataba de animarlo. Había algo en él que despertaba su compasión. Es cierto que todo adolescente despierta compasión. Es como si la obligación de hacerse adultos los forzara al ensimismamiento. Se muestran espantadizos y errabundos, como si todavía la niñez no se resignara a morir del todo y ellos anduvieran, rencorosos y esquivos, frenando en medio de una acelerada e incontrolable carrera. Pero en Augusto había algo más. Una sombra de pelusa cruzaba el entrecejo, una sombra nueva y áspera a la vista. En su expresión, arrugada y hosca, aparecía la mácula intensa de lo obsceno.

Este nuevo aspecto le desarmaba, le hacía sentir incómodo, como podía estarlo ante un competidor. Además, todo lo que había amado, cultivado, potenciado, intuido en su hijo se fracturó en tan sólo dos semanas para aparecer finalmente soldado en aquella especie de coloso de mirada febril en que se había transformado.

—No tengo amigos —dijo Augusto de forma lacónica.

Lo cual irritó aún más a su padre. «Si por lo menos te hubieras callado», pensaba. Pero luego, para aliviar la propia tensión, le dijo lo más cariñosamente que supo:

—Es igual, no te hacen falta. La mitad de tus compañeros serán unos envidiosos, y la otra mitad unos indeseables. —Después, creyendo que no se había expresado correctamente, dijo—: Es decir, los envidiosos son al mismo tiempo indeseables, y los indeseables pueden serlo precisamente por envidiar.

Ahora sí, sonrió satisfecho de su labor pedagógica y se olvidó, por desplazamiento, de la verdadera dimensión de lo que él ya consideraba su gran fracaso.

Cuando llegó a la altura de su padre, Augusto lo miró con reprobación:

—Últimamente no haces otra cosa más que dormir. Cuando llegamos estabas dormido. Deberías hacer más ejercicio; de lo contrario, tus arterias se endurecerán.

Pese a que no era cierto lo que le reprochaba Augusto, su padre no le rebatió. Pensó que tal vez se merecía esa crueldad. Por ser un usurpador, por rebasar la frontera entre lo tolerado y lo censurable o lo prohibido.

—¿Por qué no vigilas a Lucía? —preguntó don Augusto, y enseguida se dio cuenta de que había dicho una inconveniencia— Lleva ya mucho tiempo en el agua —añadió, para justificarse—.

—¡Qué tontería! —Su hijo se le quedó mirando como si desbarrara. Luego se dio media vuelta y se fue deprisa avanzando con gracia por la arena con los pies desnudos, adoptando una pose deportiva casi insolente—. Don Augusto le vio alejarse, vio sus largas y desarrolladas piernas avanzar hasta alcanzar la playa para sumergirse después en el mar, junto a su novia. Pero no sintió envidia, tal vez porque estaba agotado por una esperanza caduca y por los esfuerzos de aquel día al nadar en la piscina, tratando de batir su propio récord.

Le preocupaba este lance con su hijo y el distanciamiento entre ambos, que se hacía más patente cada vez. Desde algún sitio Leonor, su madre, estaría soplándole al oído palabras de reproche, quejas de despechada, insultos contra ese hombre que le amargó la vida, según sus propias palabras. «Dios mío, qué estoy pensando», se santiguó don Augusto, porque había sentido el espíritu de la difunta tan próximo a su corazón, que se asustó.

Pero algo le decía que Augusto sabría perdonarle, del mismo modo que él le había perdonado hasta entonces su indolencia, su debilidad o su inhibición, y por haber dejado que él tomara las decisiones que le incumbían. Le perdonaría, sí, por haberle alejado de la tentación del heroísmo en sus años adolescentes y de la tentación de liberarse de su influjo cuando ya era un hombre hecho y derecho. Le perdonaría como se perdona a un padre cuando el amor se impone al orgullo, como se perdona cuando se aprecia la vida y a quien transmite esa vida, aunque no coincida con la que esperabas, ni mucho menos con la que soñaste cuando aún no sabías de rencores.

4

Lucía, envuelta en un batín de seda de color fucsia con mangas de estilo japonés, echó atrás un mechón de la melena con un gesto eficaz de la mano. Luego se desperezó, abriendo los brazos de forma aparatosa, como si quisiera apoderarse del mayor espacio posible. Reconocía que se sentía cada vez más cómoda en aquella casa. Tan sólo la presencia insidiosa, apabullante, de la enfermera de don Augusto la molestaba porque parecía llena de un amor pegajoso e impotente por él. Y porque con su actitud de alarma continua llevaba la casa a un permanente estado de excepción.

Echó una ojeada al jardín en el que destacaba el enorme cerezo, con su majestuosa preñez. Miraba, glotona, las cerezas, aplazando el momento de coger del árbol los lujuriosos frutos rojos como la sangre. Esperaba, como una urraca, el momento de atrapar la joya.

Se desplazó hasta la biblioteca sin ningún propósito concreto, tan sólo pasear por aquella sala llena de gruesos volúmenes encuadernados en piel, de cómodos sofás con reposacabezas y de retratos familiares. Entre estos retratos había uno que llamaba especialmente la atención: era el cuadro de la bisabuela Luisa pintada por el pintor Casas. El cuadro ocupaba un lugar privilegiado en la habitación, como si aquella matrona de brazos robustos y carnes abundantes fuera la protectora de la familia. D. Augusto estaba en ese momento sentado bajo el retrato de su pariente, que fue cupletista del Eden Concert hacía por lo menos siglo y medio.

Conocía la historia por boca del miembro más joven de la saga. La visión de aquellos seres, tan distintos en apariencia, resultaba peculiar: allí estaba la buena señora, con su lunar pintado en la mejilla, próximo a la carne en que la sonrisa se ampliaba en hoyuelo; la mujer seductora poco después de ser arrebatada de su pícaro mundo por el brillante hombre de negocios que fue el bisabuelo de don Augusto. Y ahí estaba, a la sombra de aquel roble plantado en mitad de la biblioteca, su biznieto el magistrado, concentrado en el sonido procedente de unos auriculares que tapaban sus orejas.

Arriba, en el dormitorio, Augusto seguiría durmiendo. Ambos tenían pendiente una conversación, pero Lucía acababa de decidir que era mejor dejar las cosas como estaban, sin alusiones al hotel de Barcelona. Era un secreto intrascendente, pero era su secreto, al que podía aferrarse de manera avarienta y luego desenterrarlo, tal como hace un perro con un hueso. ¿Y qué ganaba ella con todo aquello?, se preguntó, y al hacerlo, pasó los dedos por la muñeca izquierda, donde solía llevar la pulsera de oro. El movimiento rotativo y mecánico que efectuaba con la joya le ayudaba a concentrarse. Pero la pulsera ya no estaba en su muñeca. Debió perderla por ahí, como se pierden las cosas que uno está acostumbrado a tener.

Había ganado poder, se dijo, respondiéndose a su anterior pregunta. Su figura se alzaba potente, genuina, situándose entre los dos hombres, de cuya rivalidad, se estaba beneficiando sin pretenderlo. Pero también tenía sus peligros estar en medio de esos dos leones, el viejo y astuto león y el joven aprendiz de cazador. No obstante, ya había superado pruebas más difíciles, de las que salió fortalecida –al menos eso querría–. Ella, al igual que todos, que cualquiera, era la suma compleja de tres o cuatro factores determinantes en su vida: la infancia en su pueblo natal, cuando el sol era todavía el eje que gobernaba sus días; después la tutoría del señor Ribó, el paciente cariño con el que guió su adolescencia, y por último, la vuelta a casa y la frialdad asombrosa del padre, que se acomodaba feliz en el sofá, ponía a funcionar el aire acondicionado y se disponía a pasar una tarde de feliz amodorramiento con unos cuantos deuvedés de películas pornográficas.

Antes de eso, del padre y el sofá y las morbosas escenas contempladas sin recato pero tal vez con un poso de angustia, el oscuro episodio de la acusación, y la despedida del trabajo, la muerte de su madre, y el sentimiento de culpa. Mientras, ella trataba de ponerle palabras a todos estos vaivenes de su vida en unos cuadernos de anillas en los que poco a poco el dibujo acabó sustituyendo al texto, por una necesidad de concreción plástica.

La fotografía llegó después. Buscaba respuestas sencillas que la ayudaran a comprender el mundo; y el arte, como un duende burlón, le ofrecía únicamente preguntas, y un poco de luz, eso sí, distraída entre las sombras. No importa, se dijo, porque la redención es posible. Y para llegar a la redención había que atravesar el misterio, que era el núcleo de la creación artística, y también un camino lleno de incertidumbres. Ella era muy misteriosa, sí. Le gustaba a veces susurrar, hacerse la interesante, ponerse gafas de pasta y mirar a las musarañas como una poetisa buscando inspiración. Porque si renunciaba al misterio se limitaría a seguir el camino trazado como un autómata. Pero también era muy carnal –y se abrazó para tomar más conciencia de este hecho: su cuerpo era su aliado, porque con él podía desplazarse, y esto la liberaba de las limitaciones, de las fronteras que un cuerpo tiene como cuerpo, y multiplicaba su capacidad de sentir, de ver lugares nuevos, de huir, de defenderse, de ejercitar su libertad con ágiles movimientos vivificadores.

El movimiento –pensó, dando un suspiro, mordiéndose los labios cuidadosamente pintados como los de una diva en traje de andar por casa– el movimiento y con él, la cuidada planificación, la puesta en marcha de las ilusiones.

Durante mucho tiempo, había soñado con ser fotógrafa de guerra. Incluso renovó el pasaporte con la intención de viajar a los Balcanes y retratar la dolorosa quiebra de la antigua Yugoslavia. Pero en el interrail, a la altura de París, conoció a Maurice, que iba a Berlín a grabar música electrónica experimental. Se quedó con él y se olvidó de su proyecto. Entre la guerra y un amor ruidoso, ella eligió lo segundo. Cuando llegaron a Berlín alquilaron un piso mugriento al este de la capital. Por unas cuantas libras, podían disfrutar los albores de un amor algo espantadizo, con final previsto, y de una vetusta estufa de carbón que había que llenar cada ocho horas para resistir el frío.

Fuera, los cuatro grados bajo cero consiguieron que Lucía se paralizara. Mientras Maurice iba a los estudios de grabación a tocar el banjo, ella se quedaba en un estado semejante a la hibernación, escuchando todo el día el fluir del agua por las viejas tuberías del edificio. Salía a la calle, y la soledad seguía pesándola. Estaba en una ciudad desconocida, rodeada de gente cuyas costumbres se le antojaban estrafalarias; entonces se comportaba como un animal instintivo: olisqueaba el aire en busca de señales o abría bien los oídos esperando que le advirtieran de algún peligro, o de oportunidades inminentes. Paseaba por las calles de Berlín con guantes de piel y largas bufandas que tapaban parte de su cara y aún así regresaba con los pómulos y las orejas trágicamente encorchados, los ojos lacrimosos por el viento siberiano. Sólo sus entrañas estaban húmedas, preparadas para *el gran momento* de la fertilidad, fuera cuando fuera ese momento, o aún en el caso de que no llegara nunca.

Hasta que un día se encontró con Augusto en un cine al que había acudido para refugiarse del frío y del abandono definitivo de Maurice. La película que proyectaban era "*Central do Brasil*". La trama tenía todos los ingredientes necesarios para acabar de hundirla en la butaca –donde esperaba al menos gozar del confort del hundimiento–: la madre atropellada, el niño huérfano rescatado por una mujer desaprensiva, la búsqueda del padre, la miseria, el engaño y, cuando todo comenzaba a encajar al fin y cuando parecía que la vida ofrece segundas oportunidades, la historia daba un vuelco y la mujer, que ha aprendido a amar y ha conocido el placer de ser necesitada, debe renunciar a su propia felicidad porque compromete la felicidad de Josué, el huerfanito. La escena final con la carta de despedida le causó un gran impacto. Era un nuevo atropello que dejaba otra víctima por el camino, una segunda madre que caía bajo el peso de un amor descomunal.

Lucía se removió inquieta en la butaca. Por un momento, su angustia tomó la forma de aquella gran sala oscura en la que se proyectaban escenas conmovedoras, de aquella soledad en compañía de extraños: ella era un ser forrado con moqueta granate, encerrado en su propio drama en tecnicolor, que consistía básicamente en encontrar cosas que no buscaba y en buscar cosas que nunca encontraría. En saber cuál era su lugar en el mundo. Antes de levantarse miró por última vez los títulos de crédito de la pantalla y lanzó un grito con el que sorprendió a los disciplinados berlineses, al menos a los que tenía más próximos: «¡Uf, menudo drama!», dijo, poniendo los ojos en blanco, resoplando con desesperación pueblerina. Y acto seguido se ruborizó pues, aunque no entendieran su idioma, le parecía que acabarían descubriendo que estaba desconcertada y falta de cariño.

Augusto estaba sentado tras ella. Había comprado bonos para el festival de cine y empezaba a tener sus sentidos embotados e incapaces de mantenerse alerta. Por eso, al oir su propio idioma en la voz de la chica de la fila de delante se alegró profundamente. Le tocó los hombros y, cuando ella se giró y le vio al fin la cara, sintió que era ya su hermana, su amiga, su confidente, su novia; en definitiva, lo mejor de Berlín, con diferencia. «Vámonos, a mí también me parece una película tristísima», le dijo. Y a partir de entonces, no volvieron más al cine hasta que regresaron a España. Él se perdió unas cuantas películas, ella no pudo seguir practicando idiomas extranjeros.

—¿Ha cambiado la idea que tenía de mí? —le preguntó a don Augusto, a sabiendas de que no podía oírla por culpa de los cascos.

Todavía era pronto para hacerle esa pregunta. Todavía quería exprimir un poco más la fascinación que provoca lo desconocido. Se había dado cuenta de que podía llegar a su corazón sin apenas esfuerzo, y de que esta debilidad que sentía por ella le hacía parecer más simple y más ridículo de lo que en realidad era. Tal vez por eso le causaba tanta ternura.

Don Augusto, entretanto, se entregaba a una de sus aficiones favoritas: escuchar música clásica. Escuchaba el Kirie de la *"Missa in angustiis"*, de Haydn, mientras movía la cabeza, que parecía pesarle como a un sonámbulo, y su pensamiento se deshacía como la nieve al calor de aquellas voces agudas y al templado clamor de los violines. Pronto el hechizo dio paso a un momento de lucidez fulminante. Las voces pasaron a ocupar un segundo plano, transformadas ahora en un sonido ronco y amenazador que se enlazaba como un tupido cordón y que poco a poco se iba estrechando en torno a su pecho, ese pecho que gemía como un gato en el fondo de un pozo seco.

Carraspeó, tratando de no pensar, y acto seguido se dedicó a mirar sus manos, cuya piel se había afinado a causa de los tres o cuatro kilos que perdió debido a los diuréticos que tomaba. Pero no sólo había perdido kilos, sino también la capacidad de decidir sobre su propio destino, se dijo. O tal vez el destino ya no le interesaba, ni siquiera como concepto abstracto. Su verdadera tragedia, y por extensión, la verdadera fatalidad de todos los hombres es la de no poder decidir a quién amar y a quién no.

Se rascó la mano de forma reiterada e inconsciente. Y al levantar la vista su mirada se encontró con la de Lucía.

—¿Llevabas mucho tiempo ahí? —se sobresaltó.

—No, acabo de entrar.

—¿Necesitas algo, querías verme? —le preguntó, esperanzado.

—Sólo daba una vuelta. Augusto sigue durmiendo —dijo Lucía—. Se ha propuesto reformar el estudio y pasa allí muchas horas. Por eso le cuesta tanto levantarse por las mañanas.

—¿Seguro que no te encuentras sola? Como me hablaste aquel día de esa manera... No creas que lo he olvidado.

La palabra "sola" la hizo detenerse de golpe. Esa palabra era como un traje de carnaval agusanado que alguien desempolva y saca a pasear al menos una vez al año. Miró a la bisabuela, que era la bisabuela de todos, hasta de los criados, que pasaban el trapo del polvo a diario para devolverle parte del brillo perdido, y pensó que aquella palabra era incompatible con los rayos del sol que caían en ese instante sobre el seto de las margaritas que crecían junto a la ventana en un remolino radiante de pétalos, como novias sin tristezas.

—Yo tampoco lo olvidé —sonrió Lucía, llena de compasión por aquel hombre que en poco tiempo se había familiarizado con los días sin sorpresas y con los altibajos de su ritmo coronario—. Vengo de dar un paseo por la playa —añadió—. Soplaba una brisa suave que mecía dos barcas amarradas en la orilla, entre el mar y la tierra; las barcas tenían unas letras que apenas se veían porque estaban hundidas casi por completo en la arena. Me hubiera gustado desenterrar las barcas y ver sus nombres, pero pesaban demasiado para moverlas. Miré y no había nadie por los alrededores; era demasiado temprano.

—¿Lo ves? Mi hijo te tiene abandonada, y eso no es bueno.

Lucía respondió cortésmente que eso no era cierto, pero por desgracia el abandono de Augusto empezaba a pesarle. No le pedía explicaciones sobre su comportamiento. Temía obligarle a inventar excusas, y sabía lo complicado que era para él mentir. Imaginaba su mirada afligida y esquiva mientras se pasaba la lengua por los labios resecos antes de farfullar un discurso increíble. De modo que prefería ahorrarse el espectáculo.

Era curioso, pero tampoco él solía pedirle explicaciones sobre su pasado. «Me importa un bledo lo que hayas hecho hasta ahora», le dijo en una ocasión. Se refería a sus anteriores parejas, y fue tal la rotundidad con la que se expresó, que todavía no sabía si agradecer su confianza o lamentar su desafección. Augusto iba siempre a pecho descubierto. Todo en él era chato, y se podía nombrar, se podía tocar, se podía medir. Ella había aprendido a amarle así, a dejar que cargara con el mundo a sus espaldas como un Atlas tozudo y abatido, aunque a veces pensaba que su talante noble estaba contaminado de una insoportable pureza.

Lucía iba a contestar, pero la enfermera apareció en ese momento. Era una mujer alta, desgarbada, con marcadas arrugas de expresión en la cara que se distendían perceptiblemente cuando estaba en presencia de su paciente. Éste alargó el brazo izquierdo para que le tomara la tensión, y lo hizo de forma resignada, como el que intenta cumplir lo antes posible con un deber fatigoso.

—¿Sabes que estuve pensando en tus palabras de aquel día en el hotel? —le habló a Lucía, respondiendo con un "hola" intrascendente al saludo de la enfermera—. Y creo que tenías razón cuando dijiste que a veces te has sentido observada, juzgada... y no recuerdo qué más. Pues todos tenemos una "zona intocable", y es precisamente esa zona intocable que hay en cada uno de nosotros la que nos lleva –por un exceso de celo comprensible– a no querer profundizar en los demás para no herirlos. La superficialidad con la que tratamos al otro nos preserva. Si alguien toca esa zona caeremos sin remedio, *touché,* ¿no lo crees tú así?

—Y sentenciada. Ésa era la palabra que usted no recordaba —dijo Lucía.

Mientras hablaba don Augusto, la enfermera permaneció rígida, a la espera, sin atreverse a amordazar el brazo extendido, ni a tocar la palma de la mano abierta sobre el brazo del sofá como una súplica.

—Señoría, si no deja de exaltarse, no conseguiremos avanzar en su recuperación-. Severa, con gesto de preocupación, colocó al fin el tensiómetro en el brazo y después anotó las medidas en un cuaderno.

—¿Cuánto me queda? —rió el magistrado, divertido por la solemnidad con la que la mujer se conducía. La seriedad con la que se tomaba su trabajo, su persecución en aras de la salud y el bienestar le daban ganas de reír a carcajada limpia, o incluso de blasfemar.

—Por favor, guarde reposo, por lo que más quiera... —continuó Felisa, suplicante. Luego miró a Lucía, entreabrió los labios como si fuera a decir algo más, pero se calló.

—¿Qué me dices, Lucía, ¿estás o no de acuerdo con lo que te decía hace un rato? —preguntó don Augusto.

—Creo que en esa zona intocable es donde reside nuestra verdad. Pero ser auténtico tiene su coste.

—"*Veritas odium parit*": la verdad engendra odio, como decía Terencio.

La enfermera los observaba con gesto ceñudo, siempre alerta, como una UVI móvil.

—Es posible —respondió Lucía, quien todavía recordaba con horror la persecución, el terrible acoso al que le sometió la mujer del señor Ribó. La llamaba por teléfono, insultándola, y un día la esperó a la salida de clase para abofetearla. Su ira tenía una explicación: no podía conformarse con el veredicto, que la consideraba autora de un delito de hurto. No, eso no le bastaba porque ella intuía la verdad, y la verdad era el amor desprendido del esposo, la verdad era la duda del amor conyugal, la verdad era la humillación de sentirse en boca de todos, que también sospechaban la verdad.

Don Augusto se tomó la pastilla que Felisa puso sobre una pequeña bandeja de plata, junto a un vaso de agua. Tragó la cápsula de forma mecánica, sin fe, deseando complacer a quienes se preocupaban por su salud, entre ellos Lucía. De los auriculares, que había dejado sobre el sofá, escapaba el sonido amortiguado de voces angelicales. El Gloria. O el Sanctus. También podía tratarse del rumor del fin del mundo. Si así fuera, le bastaría con caer de culo sobre esa cascada musical y acallarla con sus secas nalgas sexagenarias.

—Pero volvamos a lo de antes —dijo de pronto oscuro, engrandecido—: gastamos media vida intentando demostrar cosas y la otra media intentando aparentar lo que no somos. ¿Demostrar qué? ¿Aparentar qué? ¡Ojalá supiéramos quiénes somos, cuál es nuestra verdadera identidad! Pero... —dijo, levantándose—. Me temo que ya es tarde para desayunar. Tomaré un aperitivo, ¿me acompañas?

5

Mientras tenía lugar la conversación entre Lucía y su padre, Augusto fue al estudio con la decisión de un iluminado, de un Isaías lleno de profecías visionarias. En la madrugada había tenido un sueño del que apenas recordaba los detalles, pero del que conservaba todavía impresas infinitas sensaciones que deseaba fervientemente plasmar en un lienzo.

Empezó a limpiar los pinceles, a mezclar los colores en la paleta. Se dejó invadir por el olor de la trementina con el entusiasmo con el que un perro huele su propia orina. Corrió los visillos. Era la primera vez que desdeñaba la luz de forma tajante, como si temiera que la luz excesiva perjudicara la intimidad de las imágenes que había logrado preservar en su memoria –un ciervo blanco bebiendo de un arroyo de aguas pantanosas, la yerba gigantesca que crecía junto al arroyo y que le impedía ver en todo su esplendor a aquel portentoso animal sediento; una avispa gigantesca cubierta de escamas que rondaba, amenazadora, al ciervo, y un fondo tapizado de ojos que escudriñaban los pormenores de la escena–. Aquel sueño le dejó una viva impresión, le lanzó dentro de sí mismo disparándole hacia una libertad de conciencia que se parecía tal vez a la locura.

Comenzó a dar las primeras pinceladas. «La belleza será convulsiva o no será», las palabras de Bretón golpeaban sus sienes como un martillo. ¿Sería capaz de sentir la convulsión, el pálpito reconocible, excelso, de la belleza? Necesitaba el goteo sangriento del espíritu, la extenuación de los sentidos. Se embadurnó a propósito las manos usando un tubo virgen de color blanco. Observó después sus manos pintadas como una reivindicación silenciosa, y luego cerró los ojos, para permitir el éxtasis. Cuando los abrió, guió su mano por el lienzo con un ímpetu desesperado. Le parecía estar viendo el hocico del ciervo sumergido entre las aguas envenenadas del arroyo. Con un soplo de dulzura y de náusea presentida, sus ojos sorbían también ese reino inabarcable. Dejó entonces de pintar, como si hubiera dado con la señal que necesitaba, que estaba buscando inútilmente hasta entonces. De pronto, él se reconocía en el noble animal, de ahí su resistencia a salir del sueño: en tanto que él lo soñaba, el animal vivía. Pero al mismo tiempo, el sueño alimentaba su tortura. Pues mientras seguía bebiendo del agua, el luminoso herbívoro estaba alimentando su propia muerte. «No importa», se dijo, loco de alegría «yo conseguiré que viva más allá del sueño y más allá de la propia vida.» Se dio cuenta de que nunca hasta entonces había pretendido llegar tan lejos, y sintió el espanto de haber sido arrastrado a un camino lleno de fatigosas alegrías y también de oscuros laberintos, de prolongadas esperas y de insoportable caos. Tomó de nuevo los pinceles y pintó hasta la hora de la comida.

6

A finales de junio el tiempo cambió de repente. Llovía a diario y de forma copiosa. Este era el motivo de que don Augusto restringiera los paseos y los baños en la playa al atardecer. La arena estaba húmeda y él notaba los huesos pesados, permeables, y sentía el cuerpo desmoronarse como si en lugar de la humedad lo estuvieran atravesando pequeñas partículas de cal viva.

La tarde en casa era larga y sin chispa. Las nubes que habían aparecido por el oeste descargaron de forma contundente, llenando de agua la cercana riera hasta desbordarla. Cuando despejó, salió a dar un paseo hasta la brillante rambla que transcurría aneja a la riera y separada de ella por cañas de cerca de tres metros de altura que se erguían como lanzas al viento. Al sur estaban los sembrados sobre los que sobrevolaban en ese momento gorriones de pelaje húmedo, y algún vencejo que bebía en los charcos. La riera era una vía saturada: cuando estaba seca, por las heces de los perros y las latas de cerveza con las que las pandillas combatían la sed y el aburrimiento, y cuando llovía, con las ramas y la inmundicia arrastrada desde la montaña. Siguió caminando en dirección al mar. Sus pies chapoteaban y se hundían en el césped viscoso como una gamuza sucia. Frente a la riera había un hotel de tres estrellas con una gran escalera de incendios a un lado que parecía un costurón, un remiendo mal cosido en una lona vieja. Junto al hotel, en una explanada tapizada de yerba alta vio un castaño de indias y un ciprés anciano, y toldos sobre las parrillas de una barbacoa, y una pelota de Nivea flotando en la piscina…en fin, la minuciosa vida doméstica interrumpida por la lluvia.

La naturaleza embravecida es un espectáculo irresistible, y allí estaba don Augusto, junto a otras cuatro personas que también se sintieron atraídas por la fuerza de la destrucción. Arrastrados por el agua de la riera aparecían los objetos más inverosímiles: una silla de plástico, una bota, un remo partido, un enorme enanito de jardín, y otras tantas naderías que luchaban por mantenerse a flote como soldaditos de plomo salidos de las páginas de su cuento de infancia preferido. La tierra saqueada a la montaña, la maleza y las piezas lamidas impetuosamente por aquella lengua de vaca kilométrica, amenazaban con taponar los ojos del puente e inundar las calles. Pero ellos, los mirones, de momento estaban a salvo, sumergidos en un sueño turbio de color chocolate, como las aguas que se precipitaban al mar.

De todos los inconvenientes que ocasiona una tarde lluviosa, el que más irritaba a don Augusto era el olor nauseabundo que escapaba de la acumulación de material en las alcantarillas, pues las aguas fecales eran arrastradas por la furia de la corriente y se desbordaban con una vileza putrefacta. Le irritaba sobre todo porque asociaba ese olor a la vejez. La acumulación de fluidos, la avariciosa retención corporal hacía que los tejidos se esponjasen mientras la piel se descolgaba en cenagosas burbujas en forma de papada, de bolsas colgantes en los antebrazos; y entretanto, las secas mejillas y las enjutas manos sarmentosas se habían vaciado con elocuente egoísmo. En otras zonas la piel, retraída, formaba surcos como estigmas indecorosos. La vejez es la degeneración, pensaba, porque nos convierte en cómplices del tiempo, nuestro peor enemigo. Era también el triunfo de lo grotesco –porque grotescas le parecían las formas que iban tomando sus miembros, su piel, su cara. Sobre todo su cara: la rudimentaria máscara a la que se van añadiendo capas día a día, y tras las que se descubre, si uno se entretiene en comprobarlo, la insobornable presencia de la muerte acechando.

Cuando regresó a su casa trató de evadirse escuchando música. Pero esta vez no podía concentrarse en la melodía. El golpeteo violento de la lluvia en los cristales le intranquilizaba. Se levantó y echó una ojeada a la bisabuela Luisa, con su avasallador lunar, con su rostro provocativo, inmutable. El retrato de la bisabuela desapareció de forma misteriosa mientras vivió la madre de don Augusto, pues siempre la consideró un ejemplo poco edificante para la familia. Don Augusto lo rescató finalmente en una exposición de un coleccionista de arte, junto a otras obras del maestro Casas. Empeñado en reparar lo que consideraba una injusticia, lo expuso en el salón de su casa de Barcelona con todos los honores y los focos de luz que permitieran iluminarlo sin dañarlo.

Era una reparación necesaria para la memoria y el talante admirable de la bisabuela. El posterior traslado del cuadro a Pineda fue iniciativa de Leonor, quien lo encontraba *desmesurado*.

Esta desmesura era precisamente su mayor atractivo. Sus pechos, que rebosaban ampliamente las medidas de una blusa y del clásico corsé de su época, parecían mirar desde arriba con el descaro de una raza hecha para los placeres, la admiración y el escándalo. Don Augusto adoraba a su bisabuela, que murió cuando él tenía seis años. La consideraba una especie de madre universal de toda la especie femenina. Sus idas y venidas a "La Casita Blanca" tenían mucho que ver con esta idea. Siempre buscó entre las prostitutas el carácter desprendido, el genio desatado y la ternura sin complejos que atribuía a la bisabuela. Por desgracia, nunca encontró ninguna que se le pareciera lo más mínimo.

Tampoco Lucía tenía mucho en común con aquel personaje desbordante, pero es que él ya no deseaba que las mujeres le engulleran como engulle la fuerza aplastante de una desgracia. No. Lucía no era así, pensó con un orgullo decoroso. Pero, ¿quién era Lucía: una embaucadora o un alma blanca, serena, tal como la vio aquella tarde junto a la ventana de la cafetería de la Audiencia? Absorto en sus reflexiones casi había olvidado que la muchacha se marchó hacía tiempo, y se dispuso a buscarla por toda la casa. Se dio cuenta de que el corazón le latía muy deprisa, mientras subía y bajaba por las frígidas escaleras, y recorría las salas preguntando al personal de servicio si había regresado. No, nadie la había visto volver, le contestaban. Y con cada "no", la sangre acudía a su rostro como una bofetada que lo hacía arder como el rostro de un muchacho enamorado. Su preocupación era absurda, lo sabía muy bien. Le producía un cansancio gratuito, como los delirios de un demente. Pero todo era cuestión de organizarse: se mantendría ocupado ordenando papeles en el despacho y cuando llegara por fin Lucía –si es que llegaba– disimularía tan bien que ella creería que había sido un día sin sobresaltos. Le encontraría tranquilo, fumando en pipa, distraído en ese placer lánguido y noble, y su zozobra sería neutralizada por el grato aroma que perfumaría el aire. Y como si la casa fuera cómplice de aquel devaneo insufrible, miró incluso en los rincones, en la oscura despensa, en zonas muertas donde no llegaban a veces ni las escobas. Finalmente, acabó en el estudio de pintura. En ese momento, su hijo estaba concentrado en rellenar uno de aquellos lienzos figurativos en los que perdía el tiempo. Su dedicación y su arrobo le parecieron en ese momento un despropósito.

—Lucía está tardando en volver. No sé qué le habrá pasado —dijo, jadeando.

Augusto dio un nuevo brochazo, descargando la brocha con el rigor con el que un director de orquesta maneja la batuta.

—No te preocupes, ya es mayorcita —le contestó, de espaldas a su padre.

De nuevo los dos enfrentándose en silencio. Y de nuevo la respuesta del hijo victorioso, ciego de gloria.

Sin embargo, cuando salió su padre, Augusto comenzó a impacientarse. Aún así, siguió pintando, fiel a su inspiración, amando ya antes de nacer a esos seres irrepetibles que surgirían del fondo del bosque encantado, a esas criaturas extrañas que sólo disponían de su mano para expresarse y que, cuando lo hicieran, conseguirían arrancar las lágrimas incluso al más seco de los corazones. Siguió unos minutos más entregado a una febril carrera contra las sombras, pero pasado un tiempo, notó que su mano vacilaba. Trataba de no pensar en Lucía; sin embargo, su rostro se colaba como un duende burlón entre las grietas de la pintura reseca y el aceite, la luz y las mezclas de colores.

Dejó de pintar, se fue al dormitorio y se entretuvo viendo las primeras escenas de una película de vídeo que le causaron un ligero aturdimiento, como una anestesia administrada en pequeñas dosis indoloras. Las imágenes se sucedían con la velocidad furiosa de las películas de acción. La falsedad de los gestos manidos, los consabidos acelerones de los coches, los puños golpeando, el dramatismo patético del rostro de una mujer que fingía llorar como una plañidera, la angulosa quijada del héroe que acepta el reto y se aproxima a la cámara, crispado y potente, la brutal fuerza del mal que aprieta pero no ahoga, la vuelta del héroe que salva en peligrosa pirueta y en el último segundo a la débil compañera que le regala a cambio la miel de unos labios siliconados y palatinos. No necesitaba seguir viendo más.

Consultó la hora en el reloj. Eran las ocho y media. Lucía llevaba tres horas fuera. Y ni siquiera había llamado para tranquilizarlos. Y pensaba también en su pobre padre —esta vez con lástima y comprensión amándole un poco atravesado, como se aman los propios defectos.

Encontró a Lucía cuando estaba a punto de cruzar una esquina. La siguió, ocultándose como un espía, con el corazón golpeándole en el pecho. La lluvia había cesado, y un fuerte viento peinaba las palmeras hasta arrancarles profundas y lánguidas reverencias. En la larga línea de bloques que ocupaban el paseo marítimo, se movían las ornitológicas y flexibles antenas. Sobre su cabeza, el aire estaba lleno de mensajes cifrados. Las observó con interés.

Las antenas no eran algo estático que sobresalía de los tejados y las terrazas, sino que tenían un componente misterioso y sensible. Algunas de estas antenas estaban atadas por cuatro o cinco alambres tirantes, y esta curiosa forma de anclaje siempre le hacía pensar en la posibilidad de que salieran volando como aves exóticas y libres. Había otras antenas más modernas, redondas como escudos, que se intercalaban entre las primeras. Unas y otras le parecían la representación aérea de lo masculino y lo femenino. Dos formas diferentes de estar en el mundo.

Y ahora se encontraba tan cerca de Lucía que casi podía tocar su falda, que se recogía entre los muslos y ondeaba por los lados con un rubor anaranjado de poliamida. Su deseo aumentaba mientras ella proseguía feliz y al parecer desorientada, y la falda ciñendo las nalgas y estrechándose dulcemente en la cintura despertaba su lascivia. Pero ella era como un caballo que ignora la polvareda que deja su trote. Nada parecía perturbarla, ni siquiera el viento. Sólo paró un instante para ajustandose las sandalias, decidida a acabar con cualquier obstáculo que le impidiera avanzar en su carrera. Llegaron a la playa. El mar estaba oscuro, terroso en la orilla debido a los materiales arrastrados por la tormenta, y en cambio mar adentro la superficie brillaba con una pátina acharolada que recordaba el alquitrán de las carreteras tras una lluvia copiosa.

Lucía se agachó, tocó la arena y dibujó algo con sus dedos. Augusto quiso adelantarse para observar el dibujo, pero la espuma del mar borró de inmediato las huellas. Sus celos exigían saber más, pero parecía que ella hubiera echado un cerrojo a una puerta, dejándole fuera. Retrocedió, ofendido, hasta llegar a uno de los chiringuitos, que estaba cerrado por el mal tiempo.

Audaz como si hubiera sido agraviado, continuó su excitante persecución, abandonando la playa. La vio pasar por las calles de baldosas relucientes y por plazas que desprendían un profundo aroma a raíces, a tierra y a estercolero. Ella seguía caminando sin saber que dos hombres sufrían por ella. Al llegar a una floristería se quedó observando los cubos de flores y las macetas que llenaban parte de la acera. Un hombre joven que acababa de salir del establecimiento le dedicó una amplia sonrisa y luego le regaló una rosa sacándola de uno de los cubos de zinc llenos de flores a rebosar. Ella agradeció el regalo depositando un beso en la mejilla del hombre. Acercó la rosa a su nariz y la olió profundamente.

Sus cuerpos se habían acercado bajo las guirnaldas de jacintos y siemprevivas que serpenteaban sobre sus cabezas. No había tulipanes, o al menos él no podía ver ninguno desde el lugar en el que se encontraba. En cambio, en la larga mesa situada en el centro, las flores de azahar se apretaban en un jarrón como pensamientos atropellados; cabezas decapitadas de crisantemos componían una corona tupida y redonda en el escaparate. Lucía estaba feliz en aquel lugar. ¡Le atraían tanto las flores que vendía besos a cambio de una triste rosa!

Augusto notó el latigazo de los celos golpeando insistente. Le daba tanta rabia sentir tanto amor desperdiciado que hasta la saliva le sabía a ceniza. Sorprendido en su infelicidad, se abandonó a este nuevo sufrimiento que le dejaba una señal silenciosa, el vivo escozor de una quemadura que deja huella en la piel y en la memoria. Un ligero e incontrolable temblor en los labios le puso sobreaviso. Sabía que si se dejaba llevar por su instinto estaba perdido. Lo que conocía de sí mismo lo mantenía alerta, y lo que desconocía le asustaba. Hasta ese momento, había encarado el dolor o la rabia como un solo hombre, un hombre enfrentado a una hidra de siete cabezas. Sufrió de mil maneras, a veces de forma tan estrepitosa e inútil, que el sufrimiento se cebó en sus muelas, o en su estómago. No sabría decir si aprendió algo de ese sufrimiento. El caso es que por ahí quedaron ilusiones sin cumplir, alegrías sin florecer e incluso aquella arruga profunda que le cruzaba el entrecejo.

Era un hombre poco afable, pero también era un hombre sediento de afecto. Sentía admiración por su padre, mas ese sentimiento se transformaba en un malestar indefinido, en inquietud ante su presencia, como la vibración de una cuerda tensa en el aire que alarga su sonido sembrando el caos o el desconcierto. A veces deseaba su muerte, y este pensamiento nítido y violento e impropio de un buen hijo, era automáticamente rechazado por su conciencia, lavado y centrifugado para que adquiriera un aspecto inocente, para que dejara de atormentarle.

Lucía estaba ahora apoyada en la balaustrada del puente; la rosa en su mano como una evidencia, marchitándose sin necesidad. De pronto se giró, sólida, serena:

—Ya te había visto.

— Ah —contestó Augusto, y se sintió bobalicón frente a la clarividencia de su mirada.

Frente a la agitación que padecía, ella expresaba un mensaje consolador: «Te comprendo, no te tortures». Pero esto no le calmaba. Esto era propio de una amiga, no de una amante. Además, su actitud parecía situarla por encima del bien y del mal, y él no quería ningún ángel de la guarda. No lo necesitaba, tampoco. Contaba con un plus de valor para capear los lances definitivos, las eventuales pérdidas, las calamidades imprevistas, las carencias, la muerte de la madre, la sombra abrumadora del padre...

—¿Por qué me perseguías? —preguntó ella, haciendo a la vez un gesto con la mano para que se sentara a su lado. Sonrió como si le perdonara la travesura. Luego le besó con sus labios húmedos y su boca fascinante, que sugería agrestes paisajes y niños de excursión entonando canciones populares odiosamente pegadizas, y obscenidades cometidas en la sombra, y místicos cánticos espirituales entonados *a capella*.

—No era una persecución. Sólo te seguía —dijo Augusto, cogiendo uno de los pétalos que cayeron como lágrimas oscuras entre los pantalones de él y la falda de ella cuando Lucía soltó, al fin, la rosa.

—Ya sé —dijo Lucía, los ojos azules y brillantes disparando poesía—. Seguías a tu diosa mortal perdida en la tormenta.

Rieron juntos, miraron hacia la misma dirección, hacia aquella luna que se balanceaba en el cielo haciendo piruetas sólo visibles a los ojos de los enamorados. Ella reclinó su cabeza en el hombro de Augusto. ¿Cómo podía olvidar tan pronto?, se dijo éste. Lo ignoraba. Sólo sabía que en ese momento la amaba. Amaba sus besos que parecían piquitos de pájaro antes de hacerse cálidos, asfixiantes; amaba sus camisetas con mensajes ridículos y la amaba cuando comía sandía dejando que sus dientes se tiñeran de rojo, y amaba su cara sorprendida por las mañanas cuando se despertaba junto a él, como si fuera el primer día.

El tiempo que pasaron juntos en Berlín fue la época más hermosa de su vida. Vivían en una casa de alquiler barata, la misma que Lucía compartiera con Maurice. La casa era antigua, oscura y con encanto: tenía una panzuda estufa de leña sobre la que asaban manzanas, y las tuberías sonaban a menudo con la cadencia vibrante de un xilófono; otras veces eran largos lamentos viscerales que ponían los pelos de punta.

En Berlín abundaban los edificios grises y las estatuas de mármol repartidas por toda la ciudad, invitados de piedra que contemplaban los siglos desde una atalaya. También había notas de color. De vez en cuando el ladrillo se imponía con sus tonalidades cálidas, ocres y rojizas, haciéndole recordar la propia tierra. En aquella ciudad se habían derribado muchos muros. Algunos jóvenes vestían abrigos morados o verdes, señuelos de color que destacaban entre las siluetas pulcras, distinguidas, de los berlineses. El arte florecía en sus calles, los animados grafitis atenuaban la aspereza de algunas fachadas; estaban dibujados con trazos tan intensos y tan vivos, que parecían ondear como fervorosas banderas al viento. Si cerraba los ojos veía de nuevo a Lucía con sus gorros de lana y sus guantes forrados de pelo, con su abrigo largo, hasta los pies, recorriendo los cafés, o los museos, sacando entradas para visitar los palacetes de columnas y frontispicios románticos en busca de las huellas de la emperatriz Sissi, o caminando cogido de su mano bajo las farolas rodeadas de bruma y misterio, o en la *Nationalgalerie*, haciendo fotos de los relojes y de la yerba creciendo sobre el tejadillo del *Mehringhoftheater*, o de las rupestres bicicletas arrinconadas. Todo esto era Berlín junto a Lucía, y él no podía olvidarlo. Incluso aprendieron, por casualidad, una palabra nueva, que no se cansaban de repetir por su sonoridad. La palabra era *eraritjaritjaka*, que en lengua australiana aborigen significa el deseo de anhelar lo que ya no se tiene, de disfrutar con la nostalgia.

—Uno sólo puede padecer *eraritjaritjaka* en un estado de transición —dijo Augusto—. Cuando acabas de superar un momento pero aún no has alcanzado otro.

—¡Eso se parece tanto al vacío! —contestó Lucía.

—No lo creo. Seguro que existe algún término apropiado para designar al deseo de anhelar lo que se tendrá.

—Se llama ilusión —concluyó ella, sin dudar un momento.

De modo que el amor era eso: descubrir una ciudad en compañía, una palabra nueva y difícil que no se cansaban de repetir, entre risas locas. Pero también era un fuego que se alimentaba de su propia energía mortificante. Lucía inauguró un submundo desconocido hasta entonces y, con una evidente falta de escrúpulos, ahora él emergía como un gigante ciego, dejando al hombre que se creyó tranquilo impregnado de su propia brutalidad, sucio como si acabara de defecar. Él, último miembro hasta el momento de la estirpe de los Maldonado, reluciente y artificiosa como un gemelo bañado en oro, se había dejado arrastrar por un impulso de posesión incontrolado.

¿Qué hacer, entonces? Pues por encima de todo estaba su miedo al ridículo. El ridículo. Se quedó un momento colgado de esta palabra como de un paracaídas defectuoso. Si hablaba claramente con Lucía, corría el riesgo de que ella le desmintiera, o que ironizara sobre su suspicacia. Ya imaginaba su rostro, cerrándose en arrugas, anticipadamente vieja, curtida en mil y una argucias, mientras le recomendaba enterrar de una vez y para siempre sus fantasmas. Podía alegar entonces que tenía pruebas, podía mostrarle la pulsera y la carta del hotel. Le iría bien desprenderse de estos objetos que, puestos en sus manos por el azar, eran eficaces agentes de su desvarío. Y una vez conseguido el impacto, ¿qué ocurriría?, ¿ella se pondría a llorar implorando su perdón, o se echaría a reír al ver en sus manos el temblor, la vacilación histriónica del humillado? En ambos casos, el resultado sería el mismo: Lucía saldría de su vida, huiría para siempre del perdedor que, desesperado, decide jugar la baza de la sinceridad y se pierde para siempre.

Recordó una charla que tuvieron al principio de conocerse, cuando estaban todavía en los excitantes trámites de conocimiento mutuo. No recordaba con exactitud el arranque del discurso, atolondrado en un principio y luego mucho más atrevido, a medida que ganaban confianza. El caso es que ella le dijo, medio en serio medio en broma: «Pienso dejarte tocado». Él rió de buena gana la ocurrencia y respondió, divertido: «Sí, sí, tocado y bien tocado. Eso es lo que me gustaría». Pero Lucía se puso de repente seria y exclamó de forma ambigua: «Tocado y hundido».

Pues bien, no estaba muy lejos de haberlo logrado, incitándolo a responder de alguna forma. Así se debatía entre el deseo de actuar –pues a eso le empujaba su naturaleza masculina o, mejor dicho, los códigos de honor asumidos por su condición de hombre– y el dulce pellizco del amor, al que deseaba rendirse.«Pero como hombre debería...», pensó de forma inconexa, atrapando al vuelo esta simple noción: no debería mostrarme débil. Debería ser inflexible, y de esta forma recuperaría mi dignidad. Pues así es como le habían enseñado a pensar.

Sin embargo, sabía que las convenciones sociales eran un conjunto de artimañas creadas para proteger una frágil escultura hueca. Su corazón no disponía de redes protectoras y por eso las convenciones, los manuales de honor no le servían de nada, pues pertenecía a ese tipo de hombres capaces de soportar arduas campañas militares, exilios y secuestros, que zozobran abatidos por un fracaso amoroso. «No hay calamidad comparable a la traición», se dijo, sintiéndose desgraciado. Se acordó entonces de la foto de Beethoven que aparecía en los libros de música, de los rasgos duros de su cara de forma cuadrada, apenas dulcificados por los esponjosos cabellos rizados que descendían del cráneo a las mejillas; esos rasgos que parecían hechos del mismo mármol del palacio de invierno de la emperatriz Sissi. Y no obstante, el músico siempre estuvo atormentado por amores imposibles y promesas de felicidad truncadas. Una muestra de su pensamiento y su proceder se encontraba en las palabras que le escribía a Thérèse de Brunswick, destinataria de "La amada ausente": «Nosotros, seres limitados de espíritu ilimitado, hemos nacido únicamente para el sufrimiento y la alegría, y podría decirse que los más eminentes se apoderan de la dicha a través del sufrimiento».Claro que a él no le apetecía ser el resignado sufridor que ponderaba Beethoven. Sin embargo, desde que era pequeño, el dolor le perseguía en forma de incontables accidentes, y podría decirse que sus lesiones le acercaban de forma indirecta a la felicidad o, como mínimo, de la noción que su cerebro egoísta e infantil tenía acerca de la felicidad: conseguir la atención de sus padres.

Seguramente, a ellos les hubiera gustado que contara con algún talento para presumir delante de sus amistades, pero no tenía habilidades especiales, excepto para caerse, quemarse o confundir líquidos nocivos con alimentos inocuos. Además, era poco amable. Esto último resultaba un verdadero problema, pues los niños amables poseían tal encanto que permitían a los mayores olvidar su propia crueldad. Pero él iba por libre. De hecho, se ganó alguna regañina por su actitud desdeñosa, como cuando se negaba a besar y ser besado en las mejillas por las visitas. En ocasiones, sin embargo, los acosaba a preguntas, pues deseaba saciar su curiosidad, que no era simple curiosidad, sino su forma de demostrar que le importaban. ¿Cómo hacérselo saber, cómo podían entender a esa repelente criatura que al mismo tiempo los observaba con prevención, que con esa actitud desdeñosa se protegía de todo el arsenal de armas destructoras de su sencillo mundo infantil? Ignoraban que el pequeño Augusto tenía mucho que perder, pues el niño está solo frente al mundo y él, sin saberlo intelectualmente, lo intuía.

—Este niño no es nada sociable. Pero cuando alguien descubra su ternura, entonces lo querrá para siempre —decía su madre mientras le acicalaba, pasando los dedos por su negro pelo rizado.

El padre no opinaba igual: «Es tan riguroso, tan simple... Con sólo mirarle ya le conoces, pues su expresión parece decir: lo que veis es todo lo que soy».

Ambos llevaban razón. Claro que podía ser simple, pero no insensible; claro que podía engañar con su aparente falta de interés, pero en el fondo su desapego era el envés de una ternura contenida.

7

Por la noche, mientras tomaba una copa en el velador rematado por la blanca balaustrada de yeso, Augusto seguía recordando aquellas palabras de sus padres.

La madre, más conformista, le había transmitido la capacidad de resignarse. Claro que en algunas ocasiones él consideró la resignación una fatalidad y no ese modo sensato, tranquilo, de pasar por la vida que debió ser la divisa de su madre. Eso, al menos, era lo que él creía.

¿Qué decir de su padre? A su padre lo miraba de abajo arriba, con una minuciosidad descarada. Nunca a la misma altura, ni siquiera cuando ambos se igualaron en estatura. Mirar a su padre era como mirarse en un espejo algo empañado. Y así seguía observándole ahora, mientras apuraba un sorbo de whisky con hielo. Los labios ávidos y parte de los dientes superiores se bañaban en el licor transparente como el oro líquido. A través del vidrio le parecía estar viendo una radiografía ampliada de los dientes grandes, de los labios inmundos. Y, de pronto, cuando el padre dejó el vaso sobre la mesa, sorprendió el gesto familiar, repetido hasta la saciedad. Don Augusto se rascaba el dorso de la mano izquierda una y otra vez; el vello de la mano, corto y duro, los dedos libres de anillos. Él había heredado ese gesto de su padre, y sólo cuando se daba cuenta de que lo estaba imitando, retiraba la mano con fastidio, consciente de la descarada facilidad con la que caía en el mimetismo. Era como si su cuerpo se resistiera a probar nuevas fórmulas: hasta el movimiento absurdo de la mano, que frotaba y frotaba por inercia o nerviosismo, parecía una conquista ajena. El no sólo era esclavo de sus tics, como cualquier otro mortal, sino heredero forzoso del furor de unas uñas.

Era una noche estrellada. En el *belvedere*, Lucía se sentía más próxima al cielo. Las buganvillas trepaban hacia la cúpula rematada de azulejos diminutos y en la noche viva, los dragoncillos se asomaban a la luz escalando la pared blanca, buscando una presa fácil que llegaría volando. Todo debía atraparse al vuelo. Los objetos apenas eran sombras a aquella hora, y los pensamientos tenían la complejidad de un tejido elástico; cruzaban el espacio y su estela invisible se perdía en la inmensidad de la noche, pero de vez en cuando alguien captaba esa energía como si fuera un punto luminoso y penetraba en el espíritu que hizo brotar la chispa. Durante ese breve lapso, las identidades se confundían, algo se extinguía y algo se creaba. La comunión era perfecta, hasta que un soplo repentino de lucidez deshacía el encanto.

Entonces sólo se escuchaba el estridente canto de un grillo escondido en el césped. O a la enfermera que se había retirado temprano y ahora hablaba por teléfono. En ocasiones se veía el resplandor fugaz de una luciérnaga y de pronto este leve destello desaparecía, y aquella parte del jardín era un ocaso.

La ventana del cuarto de Felisa estaba abierta, y el murmullo de la conversación telefónica que mantenía les llegaba a intervalos. De repente paraba de hablar y los contemplaba. A su vez, ellos miraban a la ventana, extrañados de no oírla, y entonces caían en la cuenta de que los estaba observando. Sigilosa, precavida, desaparecía después tras las cortinas.

—Me alegro de que haya encontrado ese desahogo —decía don Augusto, refiriéndose al teléfono. —Así mañana me dejará más tranquilo.

—Esa mujer es tan obsesiva, se toma su trabajo tan en serio —se quejó Lucía.

—Es su tarea. Cuanto mejor la cumpla, más le durará —contestó don Augusto. —Pero centrémonos en otras cosas—. Tamborileó los dedos en la mesa con estruendo, como si aquel ruido fuera el preludio de un anuncio importante—: estoy pensando en poner una queja mañana mismo en el Ayuntamiento por el mal estado del parque público que tenemos aquí al lado.

Su hijo le lanzó una mirada significativa de desdén y se preparó con resignación a escucharle en su siguiente desvarío.

—Los parques se han convertido en letrinas para los perros. Y no estoy dispuesto a pasar todo el verano soportando esa inmundicia.

Lucía lo observaba divertida. Adivinaba una velada diferente, dominada por una faceta del magistrado desconocida hasta entonces por ella. ¡Menuda noche les esperaba! Don Augusto tenía la boca un poco torcida y en su cara había una expresión de remota felicidad pero, en el momento siguiente, parecía Napoleón confinado en su prisión de la isla de Santa Elena.

—El grillo ha parado de cantar —dijo Lucía, para crear una sucesión de tiempo.

El magistrado clavaba en ella sus ojillos chispeantes.

—Por cierto: ¿a que no sabes si los grillos cantan porque están alegres o porque están tristes?

—Tendrán sus momentos bajos y sus momentos altos, igual que Felisa —dijo Lucía, señalando en dirección a la ventana de la enfermera.

—Buena ocurrencia, sí señorita. Veo que has captado la esencia de las cosas —dijo mientras trasegaba licor con la constancia y la habilidad de un bebedor veterano—. Por cierto, ¿puedes servirme otro whisky, por favor? —se dirigió a su hijo. —Lucía sólo sirve licores buenos como este maravilloso elixir con el que me siento un blandengue, feliz e idiotizado. Eso sí, lo sirve con gran salero y amor.

Hubo una pausa incómoda y un tremendo esfuerzo por parte de Augusto por dejar las cosas tal como estaban y tomar las palabras de su padre como descarados destellos de un borracho. Además, no podía sentirse ofendido, pues acababa de descubrir hasta qué punto el hombre solvente escondía una fisura que sólo se manifestaba en los momentos de falta de control; pero fisura al fin y al cabo.

Cayó una hoja sobre la mesa, Lucía mató un mosquito que aterrizó en una de sus piernas, aplastándolo. Hubo bostezos, algunas cosas cambiaron de sitio, como el azucarero y la botella de licor; pero, mientras la noche avanzaba, padre e hijo se enrocaban en sus posiciones. Parecían enemigos compartiendo la misma acera estrecha. Cualquiera que los conociera a fondo diría sin temor a equivocarse que las diferencias entre ambos iban mucho más allá de las meramente fisiológicas. Había un hombre flaco y de espíritu aparentemente fuerte y había un hombre fuerte y de espíritu aparentemente débil.

—Voy a buscar la tarta que Lorena dejó en la nevera. Cocina de maravilla, esta Lorena —dijo Lucía, levantándose.

—No te incomodes por lo que oigas aquí —le advirtió Augusto, descubriendo la maniobra de escape—. Es el exceso de confianza, y nada más.

Lucía se volvió a sentar. Prudentemente, esperaría. D. Augusto tomó de nuevo la palabra:

—Estoy pensando en llevar a cabo varias disposiciones. Puede que incluso venda esta casa.

Augusto se sobresaltó como si hubiera escuchado una obscenidad. Su primer impulso fue tan ruin que se ruborizó. La sangre que corría por sus venas –sangre de su sangre– se agolpó en la cara. «Lo que faltaba», murmuró, incrédulo.

—Aunque no me gusta hablar demasiado de dinero, sé que mucha gente estaría encantada de pagar un precio alto por vivir aquí —dijo el hombre con cuerpo de asceta.

Augusto cogió la hoja que se desprendió de una morera cercana y que ensuciaba el mantel blanco. La hoja era oscura porque estaba cubierta por una plaga de cochinilla, y además era grande y fea como un sapo. La pinchó con el tenedor e hizo el gesto de llevársela a la boca. La claridad del farol japonés arrancó un brillo demente a sus ojos.

—Si tienes algo que decirme, dilo sin tapujos —avisó, sintiendo un furioso desamparo—. ¿Tienes ya un comprador para la casa?

Lucía le puso la mano sobre el muslo, invitándolo a serenarse. Augusto parpadeó un par de veces para repeler las lágrimas que la furia hizo brotar de sus ojos, y luego se sacudió un mosquito que aterrizó en su nariz.

—No te anticipes. Me han hecho una oferta, y nada más.

—Está bien. Me parece justo. Tú tomas tus decisiones y los demás no tenemos más remedio que aplaudirlas. ¿Es que nadie se ocupa aquí de los mosquitos? —dijo después, con la autoridad del amo.

—Dije que me hicieron una oferta, no que la iba a aceptar.

—Muchas gracias. Eres muy considerado. Primero das, luego amenazas con quitar, luego vuelves a dar y, mientras tanto, nada se ha movido. Todo está tal como tú lo dejaste. ¡Cuántos malabarismos para nada!

Augusto se levantó con tanto ímpetu que tiró la silla al suelo. Era un desahogo tonto, pero le ayudaba a aceptar la pesada carga de lo irremediable. Al fin y al cabo, se consideraba un hombre racional que ocasionalmente se sentía atravesado por rabiosas ráfagas instintivas. El clásico coleccionista de experiencias salpicadas de intuiciones descabelladas, o tal vez no tan descabelladas. Entre unas y otras, estaba el hombre que contemplaba y meditaba, contemplaba y meditaba. ¿Hasta cuándo?

Don Augusto rectificó su postura en la silla. Sus orejas se veían grandes y rosadas a la luz de la lámpara. Su cara estaba flácida, fatigada. Recapacitaba sobre lo que le acababa de decir su hijo. Sin embargo, su pensamiento no era fluido. Todo parecía estar velado tras una nube de polvo y cenizas. Y él necesitaba cubrirlos a todos con esta nube. Así apagaba el creciente zumbido de abejas que como un rumor sordo y violento atravesaba sus tímpanos.

—Olvida lo que te he dicho. Incluso cuando yo falte, podrás seguir

110

comiendo esas cerezas tan buenas. Y Lorena seguirá haciendo licor de cerezas, o lo que se le ocurra. También a mamá le daba por hacer conservas, ¿lo recuerdas?-se dirigió a su hijo con una sonrisa irónica, empapada en alcohol-Hacía principalmente cebollitas en vinagre. Había frascos de cebollas por todos los armarios de la cocina.

A nadie parecía importarle las habilidades culinarias de la difunta doña Leonor. El perfume de la menta salvaje y de la dama de noche se expresaba con tal contundencia y generosidad que hacía más rudo el discurso de don Augusto y los invitaba a evadirse en olorosas ensoñaciones. Sin embargo, él volvía pronto a la carga:

—Yo estoy seguro de que las discusiones familiares son como las cebollitas en vinagre —continuó, locuaz—. Sirven para calentar el paladar, abrir el apetito y oxigenar la sangre. Y aquellas conservas no estaban mal del todo. Eran un poderoso reconstituyente, afrodisíaco, incluso.

Mientras hablaba, su rostro se cerraba en una expresión de malvada complacencia. La lámpara que pendía del techo empezó a moverse con la brisa. El vaivén de la luz ensombrecía a ratos su cara, cuarteándola con la dureza de una decrepitud opaca.

Augusto dejó de escucharle para sumergirse de lleno en los recuerdos que conservaba de su madre. Tal vez en los recuerdos había sutiles engaños de la memoria, pero también había deseos realizados y redondos como panes de los que se podía echar mano cuando el hambre apretaba. Tendría unos siete años cuando se le ocurrió pintar un corazón en una hoja de papel con una flecha atravesada en el centro. En los extremos de la flecha había escrito el nombre de su madre y el suyo propio. Dobló la hoja con cautela y la dejó escondida entre la fruta para que ella la encontrara y se llevara una gran sorpresa. Era verano, estaban en esa misma casa en la que se sentía libre como un corzo. Se podía permitir estar todo el día pendiente de este sencillo artefacto de amor. Escuchaba pisadas y se sobresaltaba, oía voces y se paraba a escuchar. Se volvió sagaz como un detective, espiando los movimientos de la madre para sorprenderla en el momento del hallazgo. Pero al mediodía el papel seguía allí, camuflado entre las manzanas rojas que tanto le gustaban. «¿Quieres una manzana, mamá?, las manzanas son muy buenas, y tú no las comes», le dijo, casi riñéndola, como si fuera su médico de cabecera. «Más tarde», contestaba ella, distraída con su ir y venir al invernadero, o con la nueva camada de gatos, y él, entretanto, jugaba en el jardín, con una contención deliberada. Siguió la jornada, y todavía se estremecía de gusto al imaginar la sorpresa que se llevaría la madre al ver ese corazón herido de amor por ella. Pero pasó la tarde sin traer novedades. Cuando llegó la hora de irse a dormir se fue cabizbajo a su habitación, creyendo que su corazón seguiría toda la noche enterrado entre las manzanas. Pero entonces ocurrió un pequeño milagro: la madre, liberada de sus quehaceres, se acordó de la insistencia del hijo y sintió un apetito voraz por la fruta que tantas veces había pospuesto comerse. Al escarbar en el cesto en busca de la manzana más apetitosa encontró la hoja doblada con primor. La ingenuidad de aquel detalle íntimo la hizo sonreír. Deseó fervientemente, como todas las madres han deseado en algún momento de sus vidas, que el hijo no creciera, y con este deseo imposible entró en la habitación. Pensando que el niño dormía, se inclinó sobre sus mejillas y le dio el beso más dulce que jamás dio a nadie; después le dijo, apenas en un susurro: «Yo también te quiero», y le arropó los hombros y el cuello con las sábanas. Augusto fingía un sueño plácido, pero si sus ojos estaban cerrados no era por el sueño, sino porque no quería perderse nada. La excitación de todo el día cedió de repente, y cuando salió su madre de la habitación estiró las piernas y se dispuso a dormir como un novio correspondido.

La puerta de hierro del jardín había empezado a batir con fuerza, rompiendo ese instante de felicidad que trajeron los recuerdos. Todo el jardín parecía mudo, ausente, excepto la puerta de metal, que crispaba los nervios de Augusto con su chirriar. Chirriar: ¿avisos del ego, pellizcos del YO que se queja por no ser? Se levantó y la cerró. La claridad de la luna amarilla, redonda y hermosa como un rosetón románico añadió nitidez y profundidad a su cara lívida, insomne. Volvió lentamente, apoyándose en cada paso y retardando la llegada hasta la pérgola para así poder pensar mejor. El reloj de cuco del salón dio doce campanadas que le recordaron los jugueteos cursis de su nodriza, la inflexión de su voz cuando jugaba con él al cucú-tras. Todo eso pertenecía al pasado, la puerta oxidada era pasado, y la fachada de la casa, con desconchones arreglados a última hora; hasta las sombras de los árboles eran un reflejo de la fatiga y del calor diurnos, es decir, del pasado. Todo lo que edificó, compró o eligió su padre estaba fuera de lugar y de tiempo.

La televisión estaba encendida en la cocina, donde Lorena se tomaba un café espolvoreado con canela. Pronto se iría en busca de otro trabajo más estable; así es que en cierto modo ella era ya pasado. Y tampoco los sentimientos respecto a su padre se actualizaban: en ellos se alternaba la fascinación y el rencor, el hastío y el despecho que se presentaba delirante, indomable, cada vez que él se ensañaba en el desprecio cobarde hacia su esposa muerta.

La suya era una indignación inútil, que le crucificaba en la cruz de un amor áspero y contradictorio. Pues a veces sentía que su alma era esa pared sobre la que su padre proyectaba con las manos sombras que recordaban los contornos difusos de los animales: ahora un perro, ahora un conejo, más tarde un esbelto pájaro que aletea… Los recuerdos felices le llegaban tan vivos que le hacían pararse de forma instantánea y mirar atrás como si alguien le soplara con suavidad en la nuca. Si tuviera que elegir, se quedaría con las tardes de playa, cuando su padre sostenía con paciencia la tabla de surf para que él se ejercitara con los pies en alto y la cabeza rozando la arena. La tabla estaba pintada con alegres tonos azules, verdes y amarillos, tenía dibujadas palmeras y también un mar hawaiano en el que su fantasía se sumergía al cerrar los ojos confiado, seguro de que su padre frenaría la caída. La verguenza y la admiración se alternaban en él sin que pudiera evitarlo. En consequencia: miraban el mundo como dos rivales que se baten en duelo tras rozarse espalda contra espalda. Por suerte, el razonamiento le salvaba de esta fluctuación desconcertante. La razón contenía la fuerza de lo demostrable, la lógica permitía –a veces– adelantarse a los acontecimientos con su eficaz ley de causa-efecto. Y la incertidumbre paría a veces una sonrosada certeza.

En medio del jardín, Augusto se paró y echó un vistazo a su alrededor. Los ruidos habían cesado y apenas se apreciaba el leve movimiento del agua de la piscina al ser acariciada por la brisa. Lo demás era silencio. Los reflejos oblicuos de la luz de las farolas que se extendían en hilera a lo largo de la valla descubrían los sueños secretos de las plantas, su respiración nocturna era un desahogo de aromas. Las flores del jazmín despertaban a esa hora una profunda desazón en su espíritu: era la intensidad de aquel perfume, de la dulzura disipándose en el aire, inasible, lo que le fatigaba. De repente, tropezó con algo y estuvo a punto de gritar, pero enseguida reconoció el gesto familiar y asustado. A dos pasos de él, camuflada apenas por la espesura de un seto, estaba Felisa. Encogida, juntaba las manos y, en una muda declaración de intenciones, pedía silencio y perdón a un tiempo. Aquella mujer era un misterio, pensó Augusto, divertido por la situación. La espía no despertaba en él ningún recelo, sino más bien simpatía. El singular escondrijo, la súplica, la tétrica expresión cuando fue pillada *in fraganti*, todo aquello resultaba algo cómico. Aunque había algo en la mujer que llamaba a la compasión, a la solidaridad. Tal vez era esa forma inoportuna y callada de expresar su amor.

Aquel encuentro le hizo recordar un episodio que le impresionó vivamente. Una vez, en el hospital al que había acudido por una urgencia médica, vio a un hombre recorriendo los pasillos de las urgencias y acercándose a los boxes donde permanecían los enfermos a la espera del remedio para sus dolencias. El hombre era de origen magrebí, y no parecía saber una sola palabra de español. Todo su empeño se centraba en ir hasta los boxes e intentar acercarse a las personas que los ocupaban, provocándoles un tremendo susto. Un guardia de seguridad acudió en cuanto supo el revuelo que causaba en el personal, y cómo no, en los pacientes que esperaban apenas cubiertos con aquellas telas mínimas a las que llamaban batas. El extranjero fue desalojado en tres o cuatro ocasiones, al final de las cuales volvía, aprovechando el trajín del hospital.

En la sala de espera, todos lo miraban con una mezcla de compasión y desconfianza. El hombre, con sus pantalones y su camisa limpios, con su aspecto aseado y bondadoso, los tenía desconcertados, pues comprendían que su urgencia era la más difícil de ser atendida, y la más perentoria. Su único temor consistía, al parecer, en quedarse solo. En cambio, parecía tranquilo rodeado de todas aquellas personas a las que sonreía abiertamente. Era una situación algo incómoda. La soledad lanza gritos silenciosos que incomodan. Finalmente, una enfermera le hizo señas para que se acercara. Debieron hacerle un sencillo examen básico, tras el cual volvió a la sala de

114

espera, donde se quedó como si no tuviera otra cosa que hacer en la vida más que esperar, acompañado de otros que también esperaban. Cuando regresó la enfermera, le indicó por señas que debía irse. El hombre pareció entender perfectamente lo que le decía, pero no se movió del sitio. Y allí continuaba dos horas después, cuando Augusto se fue de la consulta.

Felisa se marchó en silencio, sin saber que ella, y el recuerdo de aquel extranjero tan peculiar, habían provocado un cambio en el estado de ánimo de Augusto. El anhelo de aquella mujer, que le impedía dormir, el del hombre que no quería estar solo, reflejaban la inquebrantable voluntad de apurar lo más básico, de dar cancha al corazón sin recortes ni frenadas. Su actitud ávida era la misma de tantas personas que a aquella hora paseaban por los jardines o recorrían las terrazas de sus apartamentos, o fumaban en silencio en sus dormitorios, con las ventanas abiertas de par en par, tratando de atrapar al vuelo los susurros que se quedaban colgados de la noche. Cuántas iniciativas, cuántos propósitos se pondrían entonces en marcha, trabados como conjuros al amparo de la oscuridad y de una osadía sin restricciones.

Cuando llegó al velador, Lucía hablaba de forma animada. «Perdona que no te esperáramos, el aspecto de la tarta era irresistible», dijo, glotona y satisfecha, como si se acabara de tomar un tazón de chocolate servido por uno de los criados de Moctezuma. Señalaba los restos de pastel de los platos del primer festín del día o del último de la noche. Mercè, la doncella, recogía con un trapo húmedo las migajas de la mesa. Las bandejas con las botellas y el resto del pastel fueron retiradas por la cocinera después de que Augusto rehusara comer algo de dulce. «No importa. Lo dulce no me apasiona. Tal vez cuando sea viejo…», le dijo a su novia, pero a quien miró fue a su padre. El magistrado parecía estar a una distancia infinita de allí, como una cosa suspendida entre un techo de escarcha y la nada. Tal vez aguantaba el sueño en atención a Lucía, pero lo cierto es que sus ojos animados y procaces se habían ido apagando.

Por el contrario, Lucía estaba más despierta que nunca, entregada a uno de esos juegos simples y bulliciosos que se inventan para distraer el sueño. Llevaba sobre la cabeza unas hojas de parra a modo de sombrero. Un mechón de cabello fino y rizado caía sobre una de sus mejillas como un dorado mecanismo neumático.

—Soy la emperatriz Eugenio de Montijo —decía, coqueta, sosteniendo las hojas verdes y algo mustias con la mano, irguiendo el busto y girando ligeramente el cuello, imitando un movimiento gentil y aristocrático—. Mira, ésta es la corona de la emperatriz Eugenia de Montijo. O una de sus pamelas —indicó, riendo como una chiflada—. No sé por qué, pero mi abuela estaba obsesionada con ese personaje: Su Majestad la Emperatriz Eugenia de Montijo —repitió— Y los labios gruesos, la boca grande y jugosa reían con estrépito, como una invitación al desacato.

—¿Con que Eugenia de Montijo, eh? —Augusto olvidó de pronto las tormentas que habían azotado su corazón, la simplicidad beoda del padre y su propia aspereza, que dejaban atrás un triste balance de malentendidos. La noche ahora le regalaba el placer y la ternura, y él debía aprovecharlo. Atrajo a Lucía hacia sí, admiró su dulce rostro bañado por la luz de la luna y luego, cerrando los ojos, la besó apasionadamente en la boca

8

A primeros de julio el tiempo cambió. Se alejaron las lluvias torrenciales que atrajeron a los mosquitos, que provocaron anulaciones en las reservas de los hoteles y fueron la causa de que las terrazas brindaran una triste estampa de abandono con sus sillas blancas como espectros.

La playa de nuevo había perdido arena, y las cicatrices del asalto asomaban en forma de surcos irregulares y hondonadas que dibujaban un perfil caótico en una orilla que poco antes fue llana. Al tiempo lluvioso le sucedieron dos semanas de un húmedo calor desquiciante. Luego vinieron días de una sequedad poco frecuente.

Por la tarde zigzagueaban algunos rayos por el oeste. La tormenta debía estar lejos, y era apenas un juego de luces relampagueantes atravesando la oscuridad de las nubes afincadas en la montaña. Pero la electricidad circulaba incansable y se transmitía a los cuerpos, a las ropas, a los metales y al estado de ánimo. La tierra en barbecho se resquebrajaba, y en algunos lugares se abrían profundas brechas como mundos secretos y oscuros que afloraran a la superficie. Daban la impresión de comunicarse entre sí por medio de la electricidad estática, que renacía con nuevos bríos como si un potente generador subterráneo la hubiera recargado. Al tocar el suelo, la gente sentía pequeñas sacudidas que modificaban el movimiento natural del cuerpo.

La ondulación, el compás suave de las caderas de las mujeres y la oscilación pendular de los hombros masculinos se perdieron aquellos días a favor de lo oblicuo, de un automatismo sedicioso; los brazos eran igual que tensos alambres que de repente se agitaban en sacudidas sin control, y la vibración de las manos al saludarse provocaba una pequeña descarga, como si se tratara de dos nubes con diferente energía. Cada hombre era una torre de alta tensión, cada mujer notaba la sangre circular por sus venas como un flujo de corriente continua.

Por la noche los insectos zumbaban en las paredes, buscando con avidez el festín de sangre. Las moscas se frotaban las patas, y las antenas vibraban desplegadas sobre el vello de las piernas desnudas. Desquiciadas, se pegaban como lapas, se cebaban en la preparación de una orgía santificada por la lucha por la supervivencia, aguijoneando esa piel que las repelía, dura como la cáscara de una naranja. Y ellas mordían con inquina y fervor.

Don Augusto odiaba el verano, porque el verano le provocaba una sed insaciable que le despertaba de súbito en la noche, le hacía caminar hasta la nevera y apurar de un trago el agua fresca. El calor se había condensado en la cocina, y la imponente nevera abierta parecía un oasis. A veces se entretenía cerca de diez minutos sentado en una silla, tejiendo unos pensamientos que a aquella hora se presentaban deshilachados, turbios. La luz reflejada en los azulejos le hipnotizaba por momentos, hasta que, de pronto, se encontraba en el suelo. Se había caído de la silla despertando del leve sueño. Entonces llegaba Felisa, alarmada por el ruido del golpe de su cuerpo al caer. Se llevaba las manos a la cabeza y gritaba. Esto lo exasperaba sobremanera. Lo irritaba tanto el proceder de la enfermera como su estúpido y accidentado sueño senil que pronto ponía en pie a toda la casa.

Cuando intentaba dormir de nuevo se sentía desorientado, perdido en un punto intermedio entre el día y la noche, la actividad y el descanso. Puede que recordara pasajes y diálogos inconexos del libro de Laclos *"Las amistades peligrosas" que esos días era su libro de cabezera*, o que sintiera aún el escozor de la espina de pescado que se quedó por un momento atravesada en su garganta. Pero la confusión siempre acechaba con un sinfín de mensajes que pasaban por su cabeza sin filtro alguno, como si ésta tratara de descifrar las contingencias ocurridas durante el día pero sólo consiguiera hacer desfilar su particular colección de fantasmas. Ponía el aire acondicionado, y la frescura le consolaba, su respiración se volvía regular; sin embargo, el corazón seguía su propio ritmo acelerado, a despecho de su dueño y de la medicación. Mejor no hacerle caso.

Tenía sed, mucha sed, y las mujeres que le rodeaban contribuían a acrecentarla. Sus pieles transpiraban con una sinceridad indiscreta. Con cada gota de sudor, explícitamente, sus cuerpos propagaban las cítricas señales de un alma exhausta. Las ropas caían, los cuerpos aparecían cercanos, como si se tratara de propiedades públicas, pero la piel, la juventud y la gracia apenas florecían un instante en el fondo líquido de los ojos que les miraban. Después se marchitaban sin remedio.

Pronto acababa el espejismo, y cuando intentaba hablarles, ellas descubrían su deseo y sin piedad huían. Persecución y huida se alternaban como una rueda de placer y desdén que le aplastaba dulcemente. Ellas huían también asustadas de ese deseo, del ardor que le consumía, y seguía teniendo sed, una insaciable sed de amor.

—¿Cómo es que un flaco puede llegar a sudar tanto? —le dijo un día a Felisa.

—Usted no suda, se acalora, si me permite que le diga.

—¿Me está diciendo que soy fogoso, Felisa? ¿Fogoso como el que va buscando bragas en el metro, o tetas en la playa, fogoso como el que se asoma con descaro al escote de su secretaria, fogoso como John Malkovich en aquella película…?—Ella bajó la mirada, tan gazmoña, tan aparentemente virginal y modosita, mirando uno de sus relojes –llevaba uno en cada muñeca. El más pequeño y modesto, era tan anticuado que parecía un regalo de su primera comunión.

—No, no, no —fingió escandalizarse—. Ése es un libertino.

—¿Cómo el marqués de Sade?

—Ése es un sádico —exclamó ella, con cara de espanto.

—¿…como Béla Lugosi?

—El conde Drácula es más frío que la noche de los tiempos.

—Pero se alimenta de sangre caliente.

—Eso sí —acordó—. Usted es más Humphrey Bogart, pero sin gabardina.

—Y sin café en Marruecos, y sin Else —agregó él, con un suspiro.

Sin Lucía…La corriente eléctrica seguía dispersa, sin control. Todo parecía estar conectado y todo parecía flotar en medio de un caos ingobernable. Hasta el pequeño transistor a pilas, cuya onda se perdía de vez en cuando forzando un paréntesis en medio de una canción, se ponía en marcha al acercarse Lucía. Aquel era un prodigio al que se entregaba con fervor esa mañana. Se retiraba, y el pequeño receptor enmudecía; se acercaba, y la voz melodiosa se volvía a escuchar a través de las ondas.

Ella y un par de amigas estaban tumbadas en unas hamacas, al borde de la piscina. Los cuerpos exhibían miles de diminutas gotas de agua que al mezclarse con el aceite bronceador brillaban como polvo de estrellas esparcido sobre los torsos desnudos, los turgentes senos al aire y los muslos prietos. La conversación había cesado, y también las oscilantes retransmisiones radiofónicas, dando paso a un suave adormecimiento que sólo se interrumpía con un leve gemido, un músculo que se tensaba con rebeldía en el cuello, una ligera sacudida en las pantorrillas, la respiración rítmica del que está saciado y entregado a un sueño placentero.

D Augusto ocupaba otra de las hamacas, a cierta distancia de las chicas. Fingía leer el periódico, que en ese momento resbalaba de sus manos e iba a parar al suelo, como un gran moscardón anestesiado por el *Fogo*. Las páginas se abrían y cerraban como alas que zumbaban, que se abatían tercamente, luchando por remontar el vuelo. ¿Moriría ciego como Montesquieu, o sordo como Beethoven?, cavilaba de tanto en tanto, sin angustia. Luego miraba a las chicas con desconfianza y deseo, sumido en un letargo sensual, dentro del cual el pensamiento se mecía atravesando delicadamente el espacio como lo atraviesan las vibraciones de una melodía dulzona. El reflejo del sol en el agua, los leves movimientos felices de las muchachas le llegaban como oleadas de un placer sereno y fuera de su alcance.

Él siempre estuvo rodeado de mujeres. Sus tres hermanas –a las que actualmente apenas veía– tenían una fuerte personalidad. Sentía por ellas una discreta ternura que no era sino la reminiscencia del apego que les tuvo en otro tiempo. Las recordaba alborotadoras, autosuficientes, invadiendo la casa como torbellinos y derrochando perfumes y consejos mutuos. Se comunicaban por medio de enigmáticas palabras y de sutiles gestos corporales, tan extraños para él como el alfabeto Morse. Todo este universo femenino le resultaba extraño y fascinante a un tiempo. Su madre, comadrona, lo sobreprotegía, consintiéndole todos sus caprichos de niño tímido que se desquitaba en la intimidad de sus fracasos. En los largos pasillos de su casa de Barcelona, él se sujetaba a la falda de la madre o bien se encerraba en el dormitorio mientras las hermanas se bañaban por turnos o juntas entre risas, chapuzones, gritos, bofetadas y a veces, de fondo, el zumbido del secador de mano moldeando las encrespadas cabelleras. Huía de ese universo de estrafalarios detalles relacionados con el coqueteo, el culto al cuerpo, la expresión enfática o histérica de los sentimientos, la vanidad y los celos. Pero al mismo tiempo, los dormitorios femeninos y el cuarto de baño permanentemente ocupado por ellas eran un polo de atracción irresistible del que, sin embargo, se veía expulsado. Aquel paraíso forrado de encajes, peleas verbales, reproches, perfumes y cartas de novios despechados, de apasionados ensayos de pasos de baile, de confidencias a media voz, de improvisados consultorios sentimentales, en definitiva, el clima de asfixiante alegría, lo impactaba cada vez que abría la puerta de las habitaciones como impacta en plena cara el vapor de un horno caliente.

De pronto, observando a las tres muchachas se sintió embargado por una tristeza inaudita: estaba condenado a ser espectador de una felicidad cuyas claves empezaba a comprender, inútilmente, como quien comprende la formulación de un complicado teorema pero no sabe aplicarlo a su problema de matemáticas. Entonces recordó algunos detalles de su dificultosa vida conyugal. Los problemas comenzaron con la planificación de la boda. Leonor había estado haciendo planes para darle una sorpresa, según supo después. Había contactado con un sacerdote amigo de su familia que estaba dispuesto a cumplir con su deseo de casarse en la cúspide de la estatua de Colón. ¡En la estatua de Colón, aquel icono de la conquista del Nuevo Mundo! El gesto de estupor del magistrado no podía reflejar ni la mitad del asombro que le causaba este proyecto. «Solo hay un pequeño problema de permisos a resolver con la autoridad portuaria. Y he pensado que podías utilizar tus influencias para conseguirlo, ¿verdad que puedes hacerlo?», dijo ella, abrazándolo efusivamente y envolviéndolo en el denso perfume de su desodorante en barra. Él la miró consternado. Por un momento llegó a creer que hablaba en broma, aunque sabía con certeza que Leonor nunca bromeaba. Era una de esas personas incapaces de comprender los dobles sentidos, los sutiles guiños del lenguaje, de las que se alteran o muestran perplejidad cuando alguien, en un arrebato cómico, se ríe de la verdad o las verdades, y encuentra una nueva clave de interpretación. Y sin embargo quería celebrar una boda inusual, una boda de vértigo, y hasta había encontrado un clérigo olímpico que no tenía terror a las alturas. Siguió escuchando su proyecto, esperando el momento de intervenir. Subirían los siete metros y pico en el ascensor y al llegar a la corona de príncipe que sostiene los pies de Colón, pronunciarían el sí quiero mirando en dirección al Nuevo Mundo, como el Gran Almirante, ¿no era hermoso? Después, al bajar, depositarían el ramo de novia en la base de la estatua, sobre uno de los leones de hierro colado que la custodian. «¿Sabes que nadie ha hecho jamás una cosa así?», le dijo el juez, muy serio, sin dejarse contagiar por ese entusiasmo que tenía algo de vesania. «Jamás ha habido un acto privado ni público dentro de ese espacio hueco. Que yo sepa…», continuó. Leonor le miró con encono. La pequeña arruga que tenía entre las cejas se hizo más profunda. Se produjo después uno de esos largos silencios que sirven para afianzar posiciones en un marco de divergencias declaradas. Quedaban apenas dos meses para la boda, y ya acusaban un cansancio de años, una percepción aguda e inquietante de lo que les esperaba. Ella suspiró hondo mientras viajaban en el flamante coche, un Opel

Libra que le había regalado el padre de Leonor al magistrado, como gozoso anticipo por desposarse con su hija. «No eres ni la mitad de valiente de lo que creía», afirmó ella, furiosa. Deseaba mostrar su desacuerdo desafiándole, censurando su actitud, tal vez preparándose para las derrotas que le deparara el futuro. «Es un capricho irrealizable», aseguró él. «De acuerdo», concedió la abogada mientras se rascaba la nuca y empleaba una dulzura impostada que se parecía bastante al sarcasmo: «Nos casaremos en una iglesia, yo iré de blanco, y el órgano tocará los acordes de la marcha nupcial. Que así sea». Y así fue. Su boda fue una ceremonia convencional entre dos seres fatigados. El cura olímpico y amigo de Leonor primero les dio su bendición y luego se fue a hacer *footing* por el parque.

Ahora recordaba su boda con cierta ironía y con la agudeza del que ha traspasado la barrera del tiempo y de la realidad fragmentaria y pegajosa de lo cotidiano. Parecía como si el ascensor de la estatua hubiera caído sobre ellos en lugar de elevarlos al cielo; que las figuras aladas de la Fama en lugar de darles la bienvenida les cortaran el paso como guardias de tráfico situados en un paso de cebra, y que la promesa de un horizonte abierto allende los mares que preconiza Colón se trocara en una de tantas fotos de turista a la captura de instantáneas locales. Al margen de aquella excentricidad de su mujer, el principal motivo de sus desavenencias era la distancia y el desconocimiento que había entre sus almas. Él ignoraba lo que verdaderamente deseaba Leonor y, peor aún, lo que él esperaba en realidad de las mujeres. Reconocía que le desagradaba que se mostrara demasiado seductora o provocativa, como una mujer en plenitud. Por supuesto que Leonor no tenía que hacer grandes esfuerzos para mantenerse pasiva. Su carácter era arisco y destemplado, no parecía tener ambición ni objetivos, pero si alguna vez era demasiado explícita, él se molestaba. La posibilidad de que bajo la aparente frialdad de la esposa se escondiera la lascivia de la mujer le ocasionaba serios trastornos. Esa sagacidad que había descubierto a veces en ella mientras contemplaba a sus actores favoritos en el cine, esa sonrisa satisfecha, no tenían ninguna nobleza, pensaba. Ella podía ser poderosa e insolente, y en esos momentos él sólo deseaba la ligereza de los brazos de una mujer sumisa…No, no era fácil la comunicación, con aquellos pensamientos contradictorios que lo asaltaban mientras ella, con su ropa de cama cada vez menos femenina y más práctica, le hablaba del nuevo caso que debía defender, o de los tulipanes que acababa de sembrar, o de las calificaciones del colegio de Augusto.

La situación se fue degradando; no podía ser de otra forma. El deseo es un animal carnívoro que necesita alimentarse de otros animales vivos. Los encuentros sexuales, cada vez menos frecuentes, tenían lugar en medio de extravagantes señales de fastidio por parte de Leonor, de negativas, de cesiones casi involuntarias e incluso de alusiones a ese "apetito" de don Augusto, que la obligaba a sacrificar su sueño o a sobreponerse al insidioso dolor de cabeza.

Entretanto, don Augusto intentaba descifrar el enigma de sus carnes aparentemente mineralizadas en los momentos menos indicados, tratando de hallar una respuesta más allá de la indiferencia y la resignación que mostraban las facciones de la cara de Leonor mientras se dejaba penetrar como quien intenta salvar cuanto antes un escollo o colabora lo estrictamente necesario para que acabe la tortura.

«No te sigo», dijo ella un día, haciendo un gran esfuerzo para resumir una especie de queja que sorprendió al marido, quien la miró desde su incómoda posición en la cama: «Por Dios, qué cosas dices». Ella adivinó cierto peligro en su sinceridad y quiso retroceder: «Bueno, perdona», se excusó. Hubo un silencio incómodo, porque la frágil estructura que tanto les costó levantar podía venirse abajo. «Tampoco soy un paleto o un retrógrado", se enfadó don Augusto, pero su enfado era una forma de orgullo masculino herido. «Ni yo una pánfila, Augusto», respondió ella, altiva. Posiblemente esta fue la conversación más íntima que mantuvieron.

Con un movimiento rápido, ágil, se lanzó al agua de la piscina. Cuando emergió, oyó las risas implacables de las chicas, sorprendidas por el precipitado chapuzón.

—Nos has dado un buen susto —dijo Lucía, acercándose al agua—. ¿Qué pasa, te ha picado una avispa? —hablaba sin parar de reír, y las dos amigas la secundaban.

Entonces él, abochornado, vengativo como un crío cogido en falta, se empleó en espectaculares y suicidas inmersiones a pulmón, rememorando antiguas proezas acuáticas de su etapa de jugador de waterpolo. Sin embargo, ahora no sentía la alegre fascinación por el agua ni tenía un objetivo concreto por el que luchar, ni había compañeros a los que pudiera ayudar, ni red para apuntarse un tanto. Nadaba como un salmón buscando su río de desove. Y mientras lo hacía miraba sus delgadas piernas, el comienzo de sus muslos protegidos por un minúsculo traje-slip de baño en color negro, cuyo cordón trenzado se enredaba entre las piernas y el sexo. A través del agua, la luz del sol interceptaba pequeños hilachos de algas que se desprendían del fondo de la piscina. Las cosas se descomponían, a veces se disociaban como pequeñas gotas de mercurio imposibles de atrapar, a veces se unían a otras formas, creando un nuevo organismo sorprendente como un centauro. Él pertenecía, lo quisiera o no, a ese silencioso mundo de oxígeno en el que continuamente se creaba y se destruía. Tal vez de ahí nacía su necesidad de pedir, de pedir algo, de pedirlo todo, pensaba mientras emergía a la superficie. Llevado de esta necesidad básica, sin principios ni normas de urbanidad, lanzaba un tosco mensaje de socorro salpicando con agua a las tres chicas, mojando como quien hiere. Chapoteaba y lanzaba agua ya sin ningún reparo, descartando cualquier pensamiento analítico, insistente y reconfortado. Con cada gota enviaba un mensaje de amor y de despecho, de trémula compasión por lo que fue, de arriesgada apuesta por lo que sería en adelante. Don Augusto miraba las gotas apenas un segundo antes de que cayeran sobre Lucía; eran gotas vivas como la sangre, limpias como un pensamiento puro y sin codicia, ligeras en su húmeda languidez insignificante.

9

"Vivit sub pectore vulnus", "la herida vive en el fondo del pecho", escribió don Augusto. «Esta carta, que tal vez no llegue a tus manos, es una confesión de amor, la que nunca me atreví a hacerte en voz alta.» Hoy, cuando nada tengo que perder, ni siquiera la vergüenza que me embargó tras

mi actuación de ayer en la piscina, me veo escribiendo como un devoto al dictado de su corazón. Sin estridencias, con la mirada puesta inevitablemente en un pasado que me dejó dudas, años, un hijo, ¡un hijo!, y en un futuro exiguo.

»El verano está resultando difícil. De repente, siento la amargura de la hiel en la boca y una sed que me devora. No obstante, puedo luchar contra eso, pero no puedo dejar de temer a la vejez.

»Vas a reírte, pero anoche soñé con la bisabuela Luisa. Estábamos sentados los dos en un café de las Ramblas. Ella movía sus manos llenas de alhajas, gesticulando con grandilocuencia: Infeliz, veo que has aprendido a separar el polvo de la paja, ahora sólo te falta dormir, dormir, dormir.

»Después de aquello, hice descolgar su retrato de la biblioteca, pero de nada servirá, así es que lo mandaré colgar de nuevo. Y es que su voz ocupa ahora mi cabeza…

»El corazón es un estado independiente. No se rige por leyes, su único amo es el ritmo…Te estoy aburriendo con tantos pesares», –continuó escribiendo, imaginando a Lucía como una comprensiva interlocutora.

«Si la tragedia surge del enfrentamiento entre la acción individual y la influencia externa; de la oposición entre la propia voluntad y la voluntad de algo oscuro e impredecible que –para Esquilo– se confunde y no permite distinguir cuando comienza una y termina la otra, entonces he aquí mi tragedia. Escribiendo estas sencillas líneas me siento en cierto modo liberado, a salvo de la Moira.

»Siempre te recordaré, azul y delicada como aquella tarde en el hall del hotel. Eras la viva reencarnación de la mujer de la canción "*Blue Velvet*":
«*She wore blue velvet / Bluer than velvet was the night / Softer than satin was the ligth/ From the stars/ She wore blue velvet.*»

Cuando acabó de escribir, don Augusto dobló la carta y la dejó dentro de su escritorio, mezclada con el resto de sus papeles. Las yemas de sus dedos estaban calientes, sus dedos hormigueaban, y las piernas se habían anquilosado por la falta de movimiento, pero él se sentía feliz. Feliz como el que ha avanzado con audacia, a ciegas pero con la firme voluntad de seguir avanzando.

Sin embargo, al poco tiempo, empezó a considerar que escribir aquella misiva había sido un error. La licencia, la idea trasnochada de un sesentón enamoradizo y ridículo. Sin detenerse a leerla por última vez, la cogió y la quemó allí mismo, sin sospechar que poco tiempo después alguien haría lo mismo con otro documento, la prueba legal de la cesión de una pequeña fortuna. Después apagó el botón regulador del aire acondicionado y fijó sus ojos en las nubes que se desplazaban lentas y redondas por el cielo, iluminadas como bombillas gigantes por la luz de la luna llena. A las tres de la mañana aún no se había dormido. Se había deshecho de aquel papel comprometedor, pero las notas de la vieja y entrañable canción *Blue Velvet* resonaban en su cabeza con una vibración melancólica que aumentaba su excitación, obligando a su corazón desprevenido a bombear con más fuerza.

Inmensos perros de ladridos estereofónicos acuchillaban la noche con sus quimeras. Era imposible conciliar el sueño, abstraerse a la sensación de que le quedaban tantas cosas por hacer y de que ahora –tal vez por poco tiempo– contaba con la energía necesaria para llevarlas a cabo.

Se levantó y fue en dirección a la ventana; desde allí podía observar una buena parte del jardín. En primer lugar se veía la silueta exuberante de la magnolia, cuya fragancia podía oler con sólo abrir la ventana. Las hojas del acebuche se agitaban arañando con suavidad los cristales de la ventana de la habitación de Augusto. El cerezo, su árbol predilecto, se hallaba un poco más lejos. Don Augusto apenas distinguía desde allí los frutos suspendidos como guirnaldas, pero los recordaba apetitosos y tardíos, como una promesa de placer aplazada. «Tengo que pedirle a Pedro que ponga una red para que los pájaros no se coman las cerezas», se dijo.

Salió del dormitorio y entró en su despacho. Allí abrió la caja fuerte donde guardaba la mayor parte de las joyas de la familia. Sorprendentemente, el brillo de las joyas, y esa forma de codicia o de ambición que obliga a esconderlas, le hacían sentirse obsceno, como si estuviera profanando un santuario. La mayoría de ellas pertenecieron a su bisabuela cupletista. Una tiara, cuatro dijes, un camafeo, collares de perlas menorquinas... Había también un anillo con una esmeralda que aún conservaba el misterio de su origen. Él había fantaseado siempre sobre su procedencia, movido por los rumores que vinculaban la joya con un aristócrata, pero también con un galán de cine, y con alguien emparentado con la realeza. En más de una ocasión se había quedado, como ahora, embobado, mirando centellear las alhajas. Especulaba entonces sobre cómo sería la siguiente generación que las heredaría; tenía serias dudas sobre el valor que concedía su hijo a las joyas y a cualquier otro bien que caía en sus manos como maná llovido del cielo. ¡Qué difícil desprenderse de las cosas! Se había acostumbrado demasiado a la vida, y la vida requería de todos esos detalles para que valiera la pena. En ese momento se sentía como si tuviera que donar piel para ser injertada en el cuerpo ingrato de su hijo, el receptor. ¡Y cómo dolía! Al dolor de la renuncia se unía la rabia por el inevitable traspaso de riqueza, que en el fondo era casi un traspaso de poder. Sin embargo, el receptor es el débil, se dijo, el que necesita que lo rescaten. «Es ley de vida», comentó en voz alta mientras tomaba al azar unas cuantas joyas. Fue pasando las yemas de los dedos sobre las piedras preciosas, las cadenas de oro y de plata, las cuentas de los collares. Estas últimas eran suaves, nacaradas, de una redondez exquisita y resbaladiza que él asociaba, de forma imprecisa y bobalicona, con las caderas de las tres muchachas cuando se movían, ligeras y perezosas, para cambiar de postura en la toalla playera. Entre las alhajas había también una sortija con el centro rematado por un diamante en forma de estrella de seis picos. Las aristas de carbono puro cristalizado eran punzantes como el recuerdo de un amor malogrado. Había corales rugosos o puntiagudos que eran como virtudes arrancadas a la fuerza. Zambullirse entre joyas era como arañar las entrañas salvajes de Mozambique, o la piel áspera y dulce de Sudáfrica. Acariciarlas era tan estimulante como sentir en la mano la fuerza de una fuente al brotar. ¡Ah, las joyas! En su conjunto, o una por una, poseían muchas de las claves de las pasiones, de los sentimientos más profundos, de la esperanza de merecer y la alegría de recompensar. Algunas representaban la casta intención de una vida en común sin sobresaltos ungida por el sacramento del matrimonio; otras estaban impregnadas de un voraz apetito carnal, otras vencieron férreas resistencias, otras cayeron como polvo de estrellas sobre la piel enardecida, otras sellaron vínculos vergonzosos, algunas segaron débiles voluntades, o bien resistieron en el Monte de Piedad mientras las calamidades y hambrunas asediaban a sus dueños, hasta que la buena fortuna las restituyó a las viejas arcas. Por todo ello, don Augusto estaba convencido de que aquellas alhajas eran únicas, pues estaban hechas con una materia prima diferente en cada caso: la ilusión con que fueron compradas, regaladas o recibidas las convertía en especiales. La fascinación que despertaban era semejante a una hipnosis colectiva: los brillos, aquellas luces intermitentes sobre los hermosos cuellos, escotes o extremidades, provocaban la rendición a unos encantos menos perecederos, sin duda, que los encantos naturales de sus dueñas.

Mientras hacía este recorrido histórico por el pasado más lujoso de los Maldonado, los Perich o los Bernard, no dejaba de preguntarse: «¿Cómo le sentará esta pieza a Lucía?» La pregunta que se hacía apenas era un juego, una elucubración que ni siquiera alcanzaba la categoría de pensamiento nítido, y ondeaba ligera como una cinta que se trenzaba entre el grueso de las reflexiones que le mantenían ocupado.

Sin embargo, cuando salió de la habitación, el vago, informal deseo ya había cristalizado en la firme decisión de regalar las joyas a Lucía, en secreto y sin previo consejo o asesoramiento o parecer de su hijo. Su única preocupación a partir de entonces sería la manera de llevarlo a cabo.

10

La luz de la cocina estaba encendida. Lucía abrió la puerta y vio a don Augusto desde su posición privilegiada en lo alto de la escalera. El magistrado sostenía un vaso vacío en el aire y lo miraba con atención, como si intentara descifrar algún mensaje escrito sobre la superficie refulgente del vidrio. Después lo alejaba de sí y lo volvía a mantener en el aire, igual que haría un sacerdote con el cáliz en el momento de la consagración. De pronto alzó la vista hacia ella:

—Me relaja —le dijo, a modo de explicación.

Lucía se sorprendió por los rápidos reflejos de don Augusto:

—¿Qué puede tener de relajante mirar un vaso vacío a las tres de la mañana?

—Todo lo que brilla me fascina. El efecto hipnótico es casi inmediato —suspiró— hasta el punto de que, bueno, estaba a punto de dormirme. Mientras llegaba el sueño, pensaba: para un bebedor, un vaso lleno es un objeto de culto y un vaso vacío, una simple pieza de vajilla. Así de complicada es la vida.

—Cierto —dijo Lucía. Y luego confesó, sentándose a su lado—: Tampoco yo podía dormir.

Don Augusto enarcó las cejas, incrédulo. Su párpado izquierdo tembló como una ajada cortinilla de baño:

—Acércate un poco. Soy un entusiasta de la belleza —sin maquillaje ella le pareció más asequible más accesible, rectificó mentalmente—. ¿Qué ideas rondan esa cabecita, que no te dejan dormir?

—Augusto está algo raro últimamente.

—Lo sé —carraspeó don Augusto—. Pero tú ya le conocías bien, ¿de qué te extrañas?

Lucía sacó de la nevera un envase de *tetrabrick* con zumo de naranja y llenó el vaso de don Augusto, quien se lo agradeció con una sonrisa algo débil por culpa de su fatiga crepuscular. Sin "maquillaje" él era un viejo de ciento dos años. Su "maquillaje" consistía en su trabajo, su dinero, su pluma de oro, sus trajes-sastre – cuando estaba más gordo, más atlético o musculado–, sus coches, su visa oro –erotismo y tarjetas de crédito–, su oratoria, su pene en buena disposición. Ella bebió del mismo envase; estaba en casa. Bebió con avidez, pese a que el zumo embotellado le sabía a cáscara de naranja agria. Mientras pensaba en cómo responderle, precisamente ahora que notaba el alivio de una sinceridad incómoda, recordó un episodio de su vida que creía haber desterrado de su memoria.

Un día salió de la casa paterna con la intención firme y arriesgada –aunque entonces no lo supiera– de hacer autostop. Tenía catorce años, y por esa época se sentía arropada por el círculo de protección que su familia creó en torno a ella. Era una joven poco conflictiva que cumplía los sencillos actos diarios con naturalidad, pues aún palpitaba, serena, la infancia. Por lo general, salía de casa camino del instituto a las siete de la mañana y cogía el autobús diez minutos después; a las dos de la tarde comía en el restaurante del propio instituto, generalmente en compañía de otros alumnos. A las siete y media cogía el mismo autobús de la mañana y regresaba a casa. No había improvisación, todo estaba regido por los horarios y los caminos trazados por los adultos. Sin embargo, aquella mañana deseaba hacer un pequeño cambio, pues su curiosidad y su escasa valoración del riesgo la impelían a probar otras formas más emocionantes de empezar el día. A esa edad, los cuentos sobre bosques encantados y peligrosos, sobre ogros y otras especies depredadoras habían dejado de interesarle. O mejor dicho, le interesaban como método de exploración personal.

Eran las siete de la mañana, y el autobús aún tardaría unos veinte minutos en llegar. Las personas con las que se encontraba eran desconocidas para ella. No obstante, las miraba, convencida de que sabían la causa de su repentina impaciencia. Todo la delataba: la ropa, demasiado elegante para un día de clase, la cabeza, que procuraba mantener erguida, como si un orgullo desconocido hasta entonces empujara su cuello y lo estirara, en un claro rasgo de distinción. «He cambiado, ahora soy otra persona», parecían decir sus ojos, vivarachos y al borde de las lágrimas por la emoción. Necesitaba apartarse de aquella gente para hacerse notar, para resaltar su diferencia. Su progreso era implacable, su presencia era como una promesa de romance.

Al poco tiempo, un coche paró a su lado. Ni siquiera se sorprendió, era como si lo hubiera estado esperando y toda la alegría con la que preparó esa especie de fuga culminara con la irrupción de aquel vehículo, la carroza que esperaba a la futura princesa –seguía siendo una romántica empedernida-. El coche se había parado, y le parecía que el mundo entero se detenía en su honor. Se humedeció los labios, que se habían secado por la ansiedad. Se estiró los calcetines, se atusó el pelo y cuando se miró en el cristal de la ventana se vio extraña y hermosa, como si la osadía añadiera belleza a su cara.

En ese momento alguien abrió la puerta delantera para que entrara. Ella se paró a pensar. Fue apenas un segundo de oscilación, durante el cual se abrió ante sus ojos una franja de futuro por la que podía colarse, a condición, eso sí, de que renunciara a volver atrás. Era muy excitante tener en sus manos la oportunidad de elegir, y desde luego la aprovecharía. Pero no, pensó, todavía podía volver a la parada del autobús. Pronto estarían allí los rostros de siempre, salpicados de sueño, alguien explicaría una anécdota conocida, la misma del día anterior, con alguna pequeña variación en los detalles para despistar. Tal vez algún chico le prestara su bufanda por si tenía frío. Qué hermoso resultaba dejarse mecer por la ternura de esa imagen. Pero al fin y al cabo era algo ya vivido, ya había experimentado en otras ocasiones la gratitud de la amistad correspondida, y esta imagen no tenía el potencial suficiente para hacerla cambiar de planes. Así es que subió al coche.

Un hombre de unos treinta años le sonrió y le preguntó adónde quería que la llevara. Su aliento salió disparado hacia su cara, como el de un dragón expectante. Ella abrió la boca con intención de responder, pero no pudo. De pronto, toda su feminidad había cristalizado dejándola paralizada, sin escapatoria posible; se sentía presa de su propio perfume, de sus largas piernas. Quiso recoger su cabellera, como si aquella cascada que le llegaba hasta la cintura tirara de su cabeza y se enredara y se convirtiera en una improvisada guillotina que acabara seccionando el cuello. Todo esto apareció ante sus ojos en una fracción de segundo; supo que ya había atravesado la franja, y que no había escapatoria.

El coche arrancó con un brusco acelerón que la despertó del pánico. Notaba la mirada del hombre recorriéndola, mientras avanzaban por la calle casi desierta. «Esto es lo que querías», se repetía sin cesar, para darse ánimos. Y no se atrevía a mirar al conductor. Apenas recordaba ya sus rasgos, sólo la ancha sonrisa, la voz empalagosa, el aliento oscuro, cuando le abrió la puerta del coche para que entrara.

—Voy al instituto —le dijo—. Está cinco calles más arriba.

—¿Cuántos años tienes? —preguntó él, sin dejar de mirar sus piernas. Las manos sobre el volante temblaban, y para disimularlo, el hombre inició un repiqueteo odioso con los dedos.

—Tengo catorce años —dijo ella, al borde del llanto.

Un brusco frenazo desplazó su cuerpo hacia delante y luego lo devolvió a la posición inicial. El hombre se bajó rápidamente del coche y, sin darle tiempo siquiera a pensar lo que estaba pasando, le vio abriendo la puerta de forma brusca.

—Vamos, niña, puedes muy bien ir andando hasta el colegio.

Salió del coche y se quedó un buen rato mirando tontamente la calle, las casas de perfiles borrosos, las aceras llenas de manchas oscuras, los libros, que había arrimado sin darse cuenta al cobijo de su pecho, y cuyos bordes le hacían daño. Sin apenas percatarse, había sido víctima de su imprevisión y de un afán casi violento de libertad.

Aquel fue un corto e intenso viaje iniciático. Todos los preparativos estaban dirigidos a romper las ataduras que la mantenían sujeta y segura en la casa del padre. La vacilación, el miedo, el peligro, las señales manifiestas de su cuerpo que se protegía del cambio mientras lo proclamaba a voz en grito, era el precio que tenía que pagar por atreverse a soltar amarras. En todo aquel martirio, el hombre era el sumo sacerdote que oficiaba el sacrificio incruento de la inmolación de su niñez, el ritual previo a su consagración al mundo adulto.Pero no era a él a quien temía, precisamente, sino a la nueva fuerza que se adueñaba de ella, que la cogía desprevenida como si el viento cambiara de repente el rumbo en un incendio.

La pregunta del magistrado quedaba en el aire. («Tu ya le conocías, ¿de qué te extrañas?»)

—Tengo la sensación de que mi vida es una repetición intermitente de hechos y circunstancias que no manejo. En definitiva, que no aprendo. Es una fatalidad —dijo Lucía, y luego pensó que la conversación, que reflejaba sus miedos y preocupaciones, era demasiado seria para esas horas de la madrugada.

Pero don Augusto no la escuchaba. Pensaba en la carta que escribió y quemó a continuación. Junto a la carta, también destruyó la loca esperanza de poseer aquel cuerpo que estaba ahora tan próximo. Y tan lejano. Lo que más lamentaba era no poderle cantar al oído: «Y*ou are blue velvet. Bluer than velvet is the nigth*»… Hay canciones que nos ligan a un sentimiento y mientras sus notas resuenan en nuestros oídos o son entonadas por nuestras bocas, el sentimiento vibra de nuevo en el pecho y nos vuelve más nobles y aguerridos.

—Esta noche leí el cuento de Borges. Me gustó —dijo, al fin.

132

—Sabía que iba a gustarte.

—Te puedo asegurar que no he encontrado el disco; ni soy de la estirpe de Odín, ni cuando dicto una sentencia poseo, como dijiste, "el símbolo" —rió, sintiéndose halagado, porque deseaba fervientemente que ella le admirara.

—Pregúntale a los que van a prisión, a ver qué opinan —replicó ella, con la expresión de la cara cerrándose hacia un sentimiento de rencor y desánimo.

—Este Borges es un comecocos —continuó él, fingiendo no haberla escuchado—. Poco antes de que tú aparecieras miraba la palma de mi mano, pero no ví el disco, ja, ja –su propia risa le resultó fuera de lugar, ácida y ronca. Luego me puse a observar el vaso... que, en compensación, brillaba bastante—. En ese momento entraste en la cocina y yo me dije: «Vaya, me descubrieron. Me descubrieron interrogando a un vaso como si fuera la bola de cristal de una vidente sonámbula».

—¿Y esa bola de cristal, qué cuenta?

—Preferiría no saberlo —suspiró él—. Pero volviendo al cuento: al contrario que el leñador, yo no me empeño en seguir buscando —dijo. Pero su deseo era tan fuerte, tan oscura su necesidad de verlo cumplido, que le envolvió un sentido de tragedia—. Ahora me conformo con bien poco. Soy feliz si no me duelen las muelas o la rabadilla: ya ves que soy más simple de lo que imaginabas.

La llegada de Felisa interrumpió la conversación. Felisa, la mujer hecha de la materia dura de un mueble con filo de acero, la hermética Felisa, cuya presencia le resultaba tan desagradable a Lucía, quizás porque intuía que sólo ella acompañaría hasta la muerte a don Augusto; ella la cancerbera, y el ángel de la guarda.

Hacia las nueve de la mañana Felisa reinaba en el salón como una decadente bombilla de cuarenta vatios.Con sus mechones de pelo gris impecablemente recogidos con un lazo negro que sobresalía como una banderilla en el lomo de un toro, su bata de un blanco inmaculado y una seriedad sacerdotal, arrastraba el oscilómetro dirigiéndolo hacia don Augusto. Las mediciones pertinentes –presión arterial, tensión, temperatura, electrocardiograma, en ocasiones la extracción de sangre para enviar al laboratorio donde se realizaba el hemograma– la mantenían ocupada, diríase abstraída hasta el punto de que nada de lo que sucedía a su alrededor la preocupaba, nada salvo las constantes vitales de su paciente.

Si por casualidad Lucía se acercaba, curiosa, a comprobar las oscilaciones de la aguja en la esfera, o espiaba de reojo las anotaciones en la tablilla en la que escribía Felisa, hacía un movimiento brusco para esconderla o mostraba su malestar con un gruñido. Su tarea era tan secreta, tan concentrada, que cualquier irrupción suponía un pequeño desastre para ella.

—Pierde usted el tiempo conmigo —le dijo don Augusto—. Felisa le miró sorprendida—. No lo dude. Usted se pasa aquí el día entero. Tal vez estemos así cinco, diez años más, contando por alto. Pero soy un caso perdido de antemano. Y entre tanto, usted podría ser muy útil en la Seguridad Social, donde probablemente le pagarían peor, pero donde no le exigirían tanta dedicación—. En su rostro se dibujó una amarga sonrisa—. El personal sanitario es muy valioso, y esto que hace conmigo es un lujo que no sé si debo permitirme.

Felisa permaneció impasible. Ajustó el velcro de la correa de medir la presión en el brazo nervudo de don Augusto y bombeó aire hasta que la abrazadera alcanzó la presión adecuada. —Si su señoría quiere prescindir de mí, no tiene más que decirlo.

Don Augusto echó una ojeada a la tablilla, con la intención de provocarla. En efecto, Felisa retiró la tablilla de su vista de inmediato.

—¿Y cree que lo pasaría mejor que aquí? —prosiguió el magistrado—. Tal vez tendría que colocar sondas, o curar llagas. Tal vez un día, cuando fuera a ponerle una inyección a uno de sus pacientes, le encontraría muerto, y esto la haría sentir culpable. Por poca sensibilidad que se tenga, esas cosas duelen.

La enfermera guardó el equipo sanitario en un maletín. Su rostro no reflejaba tensión alguna.

—Ya he pasado por esas situaciones y por otras peores, y nunca me sentí culpable —dijo, con orgullo.

—¿Qué edad tiene, Felisa? —la asedió don Augusto—. Porque la vida es muy corta, y ya sabe lo que dicen, cuando uno se quiere dar cuenta, zas, se acabó.

—Permítame que me reserve ese dato— dijo ella. E hizo ademán de salir.

—Pero no se moleste, mujer, no quise ofenderla —le dijo, a gritos.

Ella le dejó con la palabra en la boca. Sin prisas, dignamente, salió del salón, y su mirada se cruzó con la de Lucía. Entonces pensó: «Seguro que todo lo hace para impresionar a esta gatita marrullera". Se fue directa a su habitación, donde esperó en vano a que sonara el teléfono. En otro momento habría marcado el número de su hermana y se habría distraído con los últimos chismes que le contara. Pero no tenía ánimos para llamarla, ni la suficiente imaginación para seguir contándole patrañas sobre su felicidad junto al hombre que la amaba, así es que abrió una de las cajas de galletas danesas que compró en Andorra y engulló media docena de aquellos dulces rebosantes de mantequilla. Era un desahogo tan válido como cualquier otro para desquitarse de la humillación que había sufrido. Luego vio uno de los capítulos de la teleserie *"Falcon Crest"*. Aunque le costó un poco acallar sus pensamientos, que giraban una y otra vez alrededor de la joven falsa como la falsa moneda y del simplón de su suegro. Su futuro suegro, rectificó, con un «ya veremos» que la tranquilizó bastante. Finalmente consiguió centrarse en el capítulo grabado. Era un triste consuelo, pero consuelo al fin y al cabo, hallarse frente a esa especie de animal sagrado –o diabólico– llamado Ángela Channing. Pura maldad herética. Bajita, peinada con un cardado permanente e inmóvil, la frente engalanada con el flequillo rastrero. Aquella tajada de carne mustia que era su cuerpo podía hacer temblar los cimientos económicos del sur de California con sus decisiones; cuando la línea de sus labios finos se abría o se cerraba, la suerte de muchas personas podía cambiar. El capítulo que había elegido transcurría entre las consabidas rencillas de los hermanos, la lucha por el poder, la frivolidad de la hija pequeña... En todos y cada uno de los personajes veía reflejada una faceta de su propia forma de ser. Incluso en el fiel Chu-Lin, aunque esto no la enorgullecía precisamente. Disfrutaba también con los paisajes luminosos, con el sol infatigable de California que caldeaba las pampas hinchadas de los viñedos y acariciaba las piedras que

135

incubaban huevos de alacranes. En la terraza de blancos muebles y mullidos cojines con fundas de seda, tomándose un cóctel en copa, frente a la inmensa extensión donde la riqueza brotaba de la misma tierra, estaba su heroína, proyectando su sombra de milano a punto de arrebatar la carne abrasada de las ofrendas.¡Cómo le gustaba su determinación, su apasionada sequedad! Sin embargo, seguía sin centrarse del todo en la historia, en la que se colaban sin sentido algunas de las palabras hirientes que don Augusto le acababa de dirigir. Tomó entonces una determinación. Apagó el televisor y bajó al salón; vio que la puerta estaba entreabierta, como la había dejado al salir; se apostó tras ella, con la intención de espiar a la pareja.

—Te deseo, pequeña niña tramposa —le decía en ese momento el magistrado a Lucía. Ella estaba sentada sobre las piernas del viejo Don Juan, la cara pegada a su cara, los brazos rodeando sus hombros, susurrándole al oído almibaradas palabras de amor. Don Augusto todavía tenía la manga de la camisa remangada, como cuando ella le miró la presión.

—No me llames tramposa —se revolvió ella entonces, entre mimosa y enfadada.

¡Cómo odiaba los brillantes morritos de muñeca obsequiosa!

—Perdona, mi vida, no quise… —él le dio un sonoro beso en los labios—. No quise ofenderte. Eres mi Susana bañándose en la fuente, desnuda, y yo soy el juez malo al que castigarán por su osadía.

No quiso seguir mirando. Le dolía tanto el estómago en ese momento que pensaba que lo mejor sería vomitar; sí, deseaba vomitar lo poco que había comido, vomitar hasta que Lucía saliera corriendo alarmada por el olor de su vómito, y tropezara en aquel charco de inmundicia y cayera dentro del magma de sus entrañas.

—¿No estás siendo muy duro con ella? —preguntó Lucía.

Don Augusto echó una ojeada a su alrededor, a las cajas de medicamentos, de viales, a toda esa química dañina, convencido de que conformaban una parábola sobre su irremediable inutilidad. Sin embargo, lleno de recato, evitó confesárselo a Lucía.

—Me divierto a mi manera —replicó—. Al menos me puedo permitir un momento de relax con Felisa. Como ves, nuestras conversaciones son muy entretenidas.

—¿Por eso no la despides, por las conversaciones entretenidas? —Lucía, expresaba vagamente un deseo que no se atrevía a formular con claridad. Felisa le crispaba los nervios, con sus sacrificadas atenciones y su victimismo.

—Lo último que esperaba de ti es que la defendieras. Y que fueras tan moralista —continuó el magistrado, con expresión mansa y dolorida.

—Como diría un cínico, mi única moralidad consiste en salirme con la mía —rio de buena gana, con una risa silbante y extraña parecida a un estertor.

A don Augusto le sorprendió la tristeza que había en esa risa.

—Respecto a lo que hablábamos antes de Felisa: es un juego, un desahogo que no tengo ni podré tener con otras personas —dijo, pensando en su figura escurridiza, de funcionaria de prisiones.

—Seguramente te permite ese "juego" porque es tu empleada. Pero si lo aguanta es por una razón de peso: ella te ama.

Lo soltó a bocajarro, pero su corazón oscilaba entre los celos y la compasión. Él se mostró azorado como si se hubiera visto un grano feo y purulento en plena nariz. Intuía lo que sentía la enfermera, aunque no le daba mucha importancia. En algún punto de su cerebro –programado por una especie de guionista travieso y falto de inventiva– todas las enfermeras se enamoraban de sus pacientes. Pese a todo, ¿por qué tenía esa necesidad de ser cruel con ella? La crueldad es mayor cuando se ejerce contra alguien que nos ama, se dijo, sin atreverse a levantar la vista hacia Lucía, que le había agraviado tantas veces.

—De modo que ahí tenemos dos buenos motivos para aguantar, ¿no te parece? —Lucía insistió, con encono.

—Así de injusta es la vida —pensó el juez en voz alta—. No se elige, se acepta o se rechaza-.Y la miró con más insistencia de la que hubiera deseado.

Entonces se fijó por primera vez en el traje de dormir de Lucía, que consistía en una camiseta de algodón con el dibujo de un desenfadado corazón que acusaba las oscilaciones rítmicas de su pecho al respirar, y en un pantalón corto que dejaba ver sus bonitas piernas bronceadas. El conjunto era práctico, sencillo, un traje de día con el que podía dar la vuelta a la manzana y regresar tan fresca, a tiempo para tomarse un buen desayuno. Y él, entretanto, peleándose con la noche, sobreponiéndose a su insomnio, su sed, sus secretas batallas.

—¿Por qué seguir con ese sistema tan trasnochado?

¡Ah, de modo que ella no le había entendido, o fingía no entenderle! Llevaba la conversación hacia aspectos sociales. Debía llevar puestas las gafas de sol para que la luz no la dañara, como cuando corría por el parque.

—Por inercia —respondió—. Tendemos a establecer escalas, a situarnos en los diferentes peldaños según las circunstancias de cada cual. La presión de los que están arriba es tan fuerte que cada uno debe aprovechar la fuerza del que está en la escala inferior para poder soportarlo.

—¡Pero nadie debería estar sometido! —exclamó Lucía, con una vehemencia que tenía algo de desgarro.

Cada vez que pensaba en esos términos se sentía como la revolucionaria heroína Rosa Luxemburgo, pero con menos proyección social. Acudían a su mente imágenes de su infancia en Priego, Córdoba; cuando esto ocurría, la tímida niña de los guardeses se alzaba, rebelde, para reclamar la atención que nunca tuvo cuando aún era boba, virgen, muda e influenciable.

Recordaba con precisión las dos casas, la señorial y la de los guardeses, cada una con sus distintas velocidades, sus aromas, sus mecanismos de defensa. La de sus padres era funcional, caótica, contaminada por todos aquellos olores domésticos y rancios, y de los fermentos del vino para la casa grande, de las toses de la madre, que padecía asma crónica, de cajones que no cerraban porque se habían salido de las vías, como vagonetas sin control... Suspendido de una de las barras del armario ropero estaba el traje de apicultor del padre, y su máscara-bozal-casco protector que su imaginario adolescente identificaba de forma sobrecogedora con la de Anthony Hopkins en su celda de *El silencio de los corderos*. Había también fotos en blanco y negro de los antepasados de sus padres: tíos, abuelos, bisabuelos, primos segundos o terceros; hombres y mujeres con ropas negras, cejas anchas, raya al medio –ellas–; de facciones duras como piedras talladas –ellos–, rodeados de un halo fúnebre, como si fueran víctimas de una maldición contra la que nada podían hacer, salvo resignarse. Contemplarlos la hacía sentir desdichada.

Y luego estaba la casa grande, la señorial, la de los señores Ribó, con su escudo labrado en piedra, que añadía un rosetón de filigranas de cantero al prestigio familiar, sus muebles de madera maciza, su capilla para los rezos de la señora, fervorosa creyente de la Virgen María, y su enigmático perro *husky*, tan ártico y esquivo; su olor a rosas fragantes, a pintura de paredes saneadas, a sofás de cuero y a whisky escocés. *Souvenirs* de aquí y de allá, adquiridos en sus viajes por Egipto, París, India, Venecia o Caracas, Nueva York o Praga, salpicaban la sala de estar y la de lecturas, como testimonio de una vida plena, que podría tal vez ser definida con adjetivos como soleado, hermoso, espectacular, infinito, maravilloso, espléndido, inimaginable, y todos los que figuran en los catálogos de las agencias de viajes bajo la foto de una puesta de sol, la aurora boreal, los acantilados y cuantos prodigios naturales o artificiales pueden ser contemplados en el ancho mundo. Sin embargo, estos objetos funcionaban también como una advertencia para ella: «Eres mío», parecían decir las máscaras africanas, las pequeñas pirámides de ónice, repitiendo las voces de sus dueños. «Se mira pero no se toca», decía aquel pisapapeles de Clichy que siempre soñó con poseer, un cristal redondo y pesado dentro del cual había un gran fresón rojo como la sangre, de aspecto tan exquisito que daban ganas de comérselo. ¡Cuántas veces estuvo a punto de estampar la brillante bola contra una piedra y comprobar que conservaba el aroma y el sabor de una fresa verdadera!

La casa grande, la de los amos, tenía un horno en el que se cocían panes, y una vitrina llena de libros de historia del arte, y una olivetti que tecleaba el señor Ribó con sus dedos de rey Midas, mientras en el otro extremo de la habitación uno de sus hijos, de la misma edad que ella, tocaba la flauta dulce mientras miraba por la ventana con sus ojos de perro braco. Este chico, el de los ojos de braco, sangraba a menudo por la nariz, y la perseguía por el jardín para levantarle las faldas. El de los ojos siempre brillantes como brasas la espiaba por la mirilla de su habitación de enfermo crónico, y el de los ojos de ratoncillo le dio un día un buen mordisco en el carrillo porque, apenas se descuidaba, ella le quitaba las patatas fritas del plato y se las comía. El mordisco le dolió, pero no tanto como para no volver a repetir esa acción, porque nunca unas patatas saben tan buenas como las robadas.

La hacienda fue construida en una finca de olivares, y servía de refugio y descanso en una época en la que las vacaciones de los señoritos –mejor dicho, de las mujeres de los señoritos– duraban más que el propio verano. Al señor Ribó le iban bien los negocios: los telares de su fábrica de Sabadell funcionaban a pleno rendimiento. Tenía tres hijos varones. Su mujer era una santa –o eso decían–. A él no le faltaba de nada. O tal vez sí. Tal vez le hubiera gustado tener una hija y ella, la niña de los guardeses, le hizo forjarse falsas ilusiones, ilusiones de padre que topa con un muro levantado entre el deseo y la realidad, o ilusiones de hombre que topa con muros, mitos, tabúes, etc. Quién sabe. La casa grande tenía un *office* y un *living*, pero las habitaciones olían a sudor de zapatillas deportivas, y la cocina, a perdiz escabechada. Todo lo demás, era armonía y limpieza. Una partitura descansaba sobre el piano de cola, los trofeos deportivos llenaban las repisas del despacho, las fotografías llenaban las paredes con sonrisas de dientes bien alineados, y el niño mediano, el más débil físicamente, logró vencer la enfermedad al entrar en la edad madura, se hizo ingeniero de minas y se fue a Madagascar, a buscar diamantes. En la mesa del despacho del señor Ribó había también una fotografía de la familia de Lucía, en segundo plano, todo un detalle por su parte, aunque su marco era de alpaca, en lugar de plata, como el resto de marcos. Pero esta foto representaba mucho para ella, y alimentaba de forma inconsciente sus expectativas. También ella deseaba formar parte algún día de aquella casa, pero no como mero objeto decorativo, sino participando directamente de su esplendor.

En aquella época nació su necesidad de denuncia social, que cristalizó en expresión artística. Alguien denominó sus fotografías como «poemas visuales sobre la justicia de la restitución». Era una etiqueta, al fin y al cabo, pero no era desacertada. Sus fotografías hablaban de su necesidad de ocupar el lugar que le correspondía en el mundo.

—Eso es lo que tú crees —dijo don Augusto, devolviéndola al presente- porque todavía estás incontaminada, y por lo tanto te crees libre. Pero para que exista vida social, es necesario este descarte. Todo lo inútil sobra, lo alto se aligera y florece gracias al sostén de lo bajo; por lo tanto, el equilibrio sólo existe cuando cada elemento representa la función que tiene asignada.

—¡Qué pena! —suspiró ella, tratando de disimular su decepción y su cólera-.

Don Augusto se dio cuenta de que estaba transmitiendo a Lucía una visión demoledora de la vida. Tenía la sensación de que estaba "perdiendo puntos" delante de ella, y enseguida quiso dar marcha atrás, aunque no sabía cómo hacerlo. Tal vez ella creyera que tenía las arterias endurecidas como las de un juez. Como lo que era.

—De modo que todo es previsible, todo está ya marcado por unas reglas inamovibles y por lo tanto debemos aceptarlo —exclamó Lucía, probándole, y se mordió una uña y se tragó un pedacito como si mordiera y tragara una ofensa.

—¡Oh, de ninguna forma! —exclamó don Augusto—. Deberíamos luchar por cambiar el sistema.

—Claro: si se quiebran las convenciones, si se crea otro modo de ser y de estar, entonces el mundo será más justo —añadió ella, con un sarcasmo que revelaba su falta de convicción.

Don Augusto se calló. Lo peor que le puede pasar a un idealista es que alguien le dé la razón, pensaba él. Y, pese a saberse atado a las convenciones, en ese momento creía detestarlas. El discurso revolucionario, tantas veces cuestionado por él, todas esas teorías que estructuran lo general pero se deshacen estrepitosamente cuando se llevan a lo particular, actuaba ahora como eje vertebrador de una verdad pura y sencilla, una especie de sencillo manual para rejuvenecer por dentro. Movilizarse, romper para crear: la consigna juvenil le deslumbraba con su rabiosa exaltación de la vida, con la plenitud de las cosas tiernas, acabadas de nacer. Se apropiaba de ella como el que se apropia de un descubrimiento ajeno y se impacienta por probarlo. Siempre ocurrió y siempre ocurrirá, pensaba. También se apropiaron de la *Novena Sinfonía* de Beethoven, que el músico compuso pero no pudo jamás escuchar debido a su sordera, y que en cambio fue consagrada como el himno de los himnos por regímenes totalmente opuestos. Algo así le ocurría a él. Él también adoptaba esa "melodía", esa fórmula que parecía la de los campeones olímpicos. Sin embargo, ni en su adolescencia ni en su juventud había tenido un estilo revolucionario, sino en todo caso salvaje, ineficaz y pobre. Se recordaba a sí mismo con esa gloria íntima con la que se contemplan los propios aciertos y errores, las ropas de otra época, las impresiones más fuertes. Veía entonces a aquel pillo que iba al estadio de futbol y lanzaba cualquier cosa que tuviera a mano contra el árbitro, no porque le enfadara que perjudicara a su equipo, sino por pura maldad o simple desahogo. El objeto lanzado era su estilo de vida, rabiosamente pacífica y aburrida, y el sujeto al que hubiera deseado alcanzar –porque también había sujeto– era su propio padre, un hombre de carácter mineralizado, un dandi que nunca se ensuciaba las uñas, un rentista al que había que echar de comer aparte. Los sociólogos que estudiaban el comportamiento de las masas solían llamar a esa actitud violenta «agresión sobre un objeto de reemplazo». Claro que él entonces lo ignoraba. Andaba entretenido en fabricar héroes a la medida de su existencia. Héroes que eran muy rápidos en responder al honor herido, justicieros del tres al cuatro, que además eran guapos y tenían el éxito que él hubiera deseado tener entre las mujeres.

La chispa de la rebelión prendió en él en alguna de las sesiones de tarde de aquel cine de la Gran Vía al que acudía a menudo. Claro que ese incendio se apagó muy rápido. Pero mucho antes de que las leyes golpearan su cabeza, mucho antes de que el Derecho Civil dejara semiinconsciente su imaginación, allí estaba él, dispuesto a aprender a ser valiente y rápido de reflejos, de la mano de toda aquella gente de mal vivir cuyos principios, dictados por la marginación y la desesperanza, admiraba profundamente. De los bandoleros, los piratas, el hampa neoyorquino, las cárceles de alta seguridad, la mafia siciliana, los fugitivos del oeste, los seguidores de Bonnie y Clyde, los mendigos de Buñuel, los raquíticos héroes de *La Colmena*, el huérfano, desheredado Lazarillo, copió modelos de superación que estaba dispuesto a imitar.

Pero en mitad de aquella confusa maraña entre realidad y ficción, entre las historias cerradas que ofrecía la gran pantalla y su propia historia abierta y difícil de encarrilar, se cruzó su madre. El ideal de su madre era el hombre recto, entregado al trabajo, un hombre bendecido por la virtud y el éxito mundano, ya que estaba plenamente convencida de que ambas cualidades –virtud y éxito– eran compatibles. Abogaba por un hombre de leyes, sensato y nada belicoso, situado en las antípodas de su marido. Pero es que el ideal de su madre, ay, representaba el polo opuesto de los héroes marginales a los que adoraba el Augusto adolescente. No tenía nada que objetar a esta visión –planificación de su futuro–, salvo un molesto rencor por haber sido ella, la matrona, quien se lo impusiera a base de amor y le creara así una deuda de afecto.

De modo que la época de callada sublevación desapareció casi al mismo tiempo que el acné. Tal vez porque comprendió que ni era valiente ni estaba capacitado para responder con prontitud a la provocación –lo cual era prácticamente lo mismo– don Augusto se preparó a conciencia para diseccionar, juzgar, reprimir, castigar o redimir las secuelas de la destemplanza y la temeridad. Y en un proceso paulatino, en un trayecto que duraba toda una vida, se fue acostumbrando, no por rectitud, sino por serena resignación, a odiar lo mismo que amaba. ¿Había contribuido él a que el mundo fuera más justo? Creía que no. Ahora bien, si existía esa velocidad de los afectos de la que hablaba Spinoza en su *Tractatus emendantione,* –y que era tan diferente de la lentitud del concepto– aún podía hacer algo para cambiar esta dinámica.

Se puso manos a la obra. Apenas salió Lucía, descolgó el teléfono y pidió cita con el notario. Deseaba añadir una cláusula a las disposiciones legales de la herencia. En dicha cláusula cedía libremente las alhajas de la familia a Lucía, su futura nuera. El notario, un viejo conocido suyo, le citó para la semana siguiente, coincidiendo con el día anterior a sus vacaciones. Era un favor personal, pues la notaría ya habría despachado para entonces todo el trabajo pendiente. Pero haría una excepción y resolvería el asunto antes de tomar el vuelo a las islas Fidji.Don Augusto dio un golpe seco con el puño en la mesa. Hubiera deseado finalizar cuanto antes, tener ya en sus manos el documento que legalizaba la cesión formal de esos bienes tan queridos. ¿Qué podía hacer? De nuevo se veía obligado a luchar contra el tiempo. Visto en conjunto, un plazo de siete días era insignificante, pero cuando pensaba en su enfermedad, en las posibles e indeseables recaídas, entonces la espera se le hacía inaguantable. Fue al despacho y redactó un documento de su puño y letra. A efectos legales, este papel serviría para evitar que alguien acusara de nuevo a Lucía de apropiación indebida. Sólo cuando lo hubo firmado se sintió más tranquilo.

Invadido por un mal presagio, pero dispuesto a seguir adelante, llamó a Felisa y le dio instrucciones precisas sobre lo que debía hacer en caso de que falleciera antes de haber puesto en orden sus últimas disposiciones ante notario.

11

Augusto se entregaba de lleno a la pintura y a una jornada sin horarios que le distraía de su creciente preocupación de que Lucía le abandonara.Acabado el cuadro inspirado en el sueño, comenzó una serie de pinturas con las que pretendía despertar esa parte de su alma que todavía se resistía a emerger. Ahora su temática había derivado hacia un primitivismo feroz, casi rabioso. Sus figuras más representadas –faunos, centauros, minotauros, sátiros, silenos, hidras, ogros y hombres-lobo– eran seres captados en plena naturaleza, arropados y al mismo tiempo víctimas de su propia fealdad, su naturaleza ambigua, atrapada entre lo animal y lo humano. La indefensión del ciervo protagonista del primer cuadro se había tornado en la intrépida amenaza del monstruo. Esos seres agrestes, dotados de una potencia erótica y una fuerza descomunal y sin domesticar, le fascinaban como le había fascinado en su momento la contemplación de "*El minotauro*", de George Watts.

Cuando no podía dormir subía al estudio; el olor de la trementina, la consistencia de los pigmentos o la simple contemplación de los bocetos en los que estaba trabajando le resultaba gratificante. A veces la madrugada le sorprendía preparando los lienzos, probando nuevas mezclas, limpiando con disolvente los pinceles o borrando con nuevos trazos las señales de una voluntad forzada y convencional, diurna. Pues era precisamente en la noche cuando brotaba con mayor intensidad el universo oculto de esos seres radicales, situados en la frontera de lo humano.

«No sé por qué no puedes comer con nosotros. Los días pasan, y Lucía...», le reprochaba su padre, sin atreverse a acabar la frase, de esa forma torpe y desesperada con la que se quejan los amantes cuando quieren retener lo que se les escapa sin remedio. Pero tenía razón. En contadas ocasiones se presentaba a la hora de comer. Si lo hacía, le suponía un gran esfuerzo participar de la conversación entre su padre, Lucía y los ocasionales invitados que hubiera a la mesa, y lo hacía más por educación que por placer. Como siempre le ocurría, la educación, los principios marcaban las pautas de una negociación no exenta de renuncia. Pero era la necesidad de ser aceptado, de seguir la estela de un espíritu tribal y protector, lo que le hacía más dócil que todas las doctrinas, que todos los hábitos aprendidos en internados de lujo. Una aparente flexibilidad le permitía adaptarse, conocer el deseo de los demás y cumplirlo. Mas su implicación era sólo superficial, pues en realidad Augusto se regía por un temor inconsciente a ser distinto de la mayoría, y a la segregación que llevaría aparejada esa diferencia. El hecho de ser hijo único no le había ayudado. El hecho de ser alto, de complexión fuerte y bien parecido, no le había ayudado. Conseguía su cuota de libertad por medios indirectos, pues sólo se sentía libre cuando no llamaba la atención, cuando era él mismo y a la vez se podía camuflar y acogerse en la seguridad del anonimato.

Un día, cuando uno de sus compañeros de clase le preguntó: «¿Por qué llevas esas mochilas tan grandes?», se quedó un rato parado sin saber qué responder. La capacidad de la mochila era lo de menos. El caso es que alguien había notado su diferencia o su rareza –era el niño con la mochila más grande de la clase– y este hecho le parecía tan grave como si le hubieran sorprendido cometiendo una falta. En la adolescencia, su época más rebelde, poco antes de morir su madre, ésta se sentó junto a él y le habló con total seriedad, haciéndole una propuesta que era casi una sentencia. Si quieres cambiar, le dijo, empieza por los pósters que tienes en las paredes de tu dormitorio.

Tal vez tenía razón su madre, y las imágenes de aquellos héroes deportivos o de sus ídolos musicales inclinaran momentáneamente sus elecciones, pues su capacidad de imitación era grande. Sin embargo, aunque hurgaba con ansiedad en el corazón de los mitos, acababa comprobando que ni siquiera ellos podían ofrecerle respuestas. Los iconos, como la Esfinge, ofrecen respuestas erróneas cuando uno se equivoca con las preguntas.

A veces Augusto despertaba de su febril apasionamiento por la pintura y se sentía culpable. En cierto modo, el tiempo dedicado a los pinceles era tiempo robado a Lucía. Lo cual tendría funestas consecuencias en el futuro, pensaba. Y entonces se entristecía, convencido de que era imposible conciliar dos mundos tan diferentes, y que exigían tanto de él. Por un lado, estaba él y su pintura, que le ofrecía felicidad y belleza a cambio de disciplina y de tiempo; por otro estaba Lucía, que exigía tiempo y entrega a cambio de felicidad. Tanto amor resultaba a veces intolerable, por eso negaba una cosa para tener otra, como si no mereciera ambas.

Al finalizar la tarde Augusto inventó una excusa para salir con Lucía. Aquellos días se celebraba un concurso de *sommeliers* denominado "Nas d'or" en el que se degustaban los mejores cavas, vinos y licores. En una caravana, a la puerta del hotel en el que se celebraba el concurso, se servían bebidas a buen precio. Era divertido observar la seriedad profesional del grupo de catadores. Las exquisitas narices aspirando esa amalgama de aromas destilados. Sus oscuros, excitados paladares, sus ojos embriagados por el centelleo del líquido en las copas. Toda esa concentración, toda esa paciencia para saborear ese fuego dulce, tan dulce y ardiente que recordaba al amor. Lucía, con sus largas pestañas oscuras delineando los ojos azules y profundos, con su disposición alerta, parecía una adolescente resabiada. «Quiero probarlo todo», dijo cuando estuvieron delante del puesto de bebidas. Sonreía con los ojos y con la boca, atrayendo las miradas masculinas con la tentación de su belleza, haciendo que su corazón latiera de orgullo, porque sólo él era su hombre.

Ah, sí, el verano estaba allí para salvarle. Tan hermoso como la brisa fresca que venía del mar, o como la gente que paseaba con trajes y perfumes ligeros, luciéndose como dioses paganos, o bien como monitores de los *boy-scouts*. En verano la vida privada era cada vez menos privada y más vida.

Al final tomaron licores helados y se divirtieron un buen rato mezclando Baileys con crema de café y otras exquisiteces que les soltaron pronto la lengua. Lucía hablaba como una charlatana, y confundía las palabras como si estuviera haciendo deberes de primer curso de primaria. Había comenzado a sudar a causa del alcohol; su piel olía escandalosamente a aroma de coco, que resultaba un poco mareante.Pidieron después una pizza para compartir y un granizado de limón –no importaba si lo que bebían o comían era sano, si las patatas congeladas y fritas eran sanas, porque comer era una fiesta; pensaban: «Soy joven, en este momento no me molestan ni los mosquitos que se ceban en las piernas en busca de sangre fresca ni los turistas que se pasean como divos bronceados ni los grupos que con el chisporroteo crispante de las lenguas extranjeras forman un peculiar gallinero lleno de especies exóticas».

Tomaron después un helado en copa, uno de esos postres contundentes, hipercalóricos y llenos de color que hacían las delicias de Lucía y le provocaban sentimiento de culpa después de haberlos devorado. Mientras tanto, Augusto se olvidaba poco a poco de la pulsera de oro que guardó en el bolsillo del pantalón con la intención de mostrársela a Lucía. La importancia de aquel momento, insustituible por cualquier otro, hacía fácil el perdón y el olvido.

Una orquesta contratada por el Ayuntamiento esparcía las notas de nuevos éxitos musicales, y las conversaciones se enredaban y confundían con los vibrantes sonidos amplificados hasta conformar una única voz bullanguera, barroca, que se elevaba por encima del enramado, de las sensibles y recias hojas de las melias. Lucía estaba algo achispada, y su risa convertida casi en cacareo abría un nuevo espacio de confianza y optimismo que parecía un estado permanente.

El momento de magia surgía de manera inesperada, al cantar los dos a la vez una estrofa sin haberse puesto antes de acuerdo. Sus cerebros parecían conectados, sus corazones, saciados. Todavía los sentidos permitían esas pequeñas concesiones en medio del gentío, de la invasión de lo público en lo privado. Luego dieron un paseo hasta la playa, cogidos de la mano y saludando a los viejos y nuevos conocidos. En un hotel, los turistas destapaban latas de cerveza, cantaban canciones de campaña o himnos de borrachos. Destapaban más latas de cerveza, reían y eructaban.

—Si un día, por las razones que sean, nos alejamos —dijo Augusto, y sus negras pupilas brillaron tristes -dime que recordarás siempre esta tarde.

—El "día de los *sommeliers*" —repuso ella con una voz que quería ser firme-. Claro, pero no te preocupes: tendremos muchas más tardes como ésta-. Luego, levantándose de un salto de la silla, le dijo: ¡Por Dios, Augusto, eres tan dramático! —Y tiró con fuerza de su mano como si deseara arrancarle del embeleso derrotista en el que se sumergía a veces.

Al volver a casa, Augusto le iba mostrando el pueblo a Lucía, que le escuchaba sin interrumpirle, sonriendo de forma amable y discreta, porque su entusiasmo había decaído para dar paso a esa placidez somnolienta que propician la bebida y las comidas copiosas. Augusto se paraba de pronto en medio de una calle y contemplaba con tristeza los estragos del progreso. El pequeño comercio de alimentación donde se abastecía antaño de golosinas era ahora un hipermercado en el que no podía permitirse el lujo de dejar nada a deber, pues para aquellas dependientas él era un cliente más, y no el hijo del juez Maldonado, tan venerable. Donde antes había un taller de reparación de calzado, habían abierto un pequeño establecimiento, una bodega atestada de garrafas de agua, vinos Don Simón, cajas de donuts y sangrías rancias de color morado que los turistas bebían como si se tratara de un elixir local que contuviera auténtica sangre de toro, botellas de cristal de diferentes colores y contenidos que se pasarían de mano en mano entre los integrantes de pandillas que reventaban la noche y luego dejaban por cualquier sitio sus escombros, junto con las vomitonas y las camisetas mojadas en la playa a primera hora de la mañana. A la puerta de la bodega había una máquina de la que salían esmirriados helados que parecían churros de nata. «Qué rápido cambia todo», le dijo a Lucía, con nostalgia. Ésta era una pequeña muestra del mundo que heredaba, del que heredarían sus hijos algún día, si antes él no conseguía darle otra forma. Y para ello, debía empezar por sí mismo, por reconstruir su interior.Siguieron caminando como dos alienígenas que aterrizaran por casualidad en un lugar habitado de la tierra. Con el negocio de la construcción en alza habían surgido y prosperado unas cuantas carpinterías de aluminio, con grandes portalones abiertos desde los que se veía trabajar a serios muchachos que manejaban con destreza las frías planchas de acero. Y un poco más lejos, en los límites actuales del pueblo, aquel campo rodeado de cañas tras las que jugaban a la guerra de niño había sucumbido bajo el peso del edificio de cuatro plantas en una de cuyas terrazas lucía, atemporal y orgullosa, la señera.

Echaba de menos a la gente corriente con la que se encontraba en el pasado. El panadero que madrugaba para dejar el barrio anestesiado con los efluvios del horno, el payés que llevaba los mejores tomates de su cosecha para que los probaran. Los conocía por sus nombres, y los apreciaba porque construían el pueblo sin prisas, jugando al ajedrez o al dominó en los bares, luciendo incómodos la corbata en la fiesta mayor, cruzando diversas razas de pájaros cantores, intercambiando semillas para plantar viveros.

Además, había algo que Augusto odiaba cordialmente, y eran todas esas agencias inmobiliarias nacidas al amparo de la fiebre especuladora. En sus aparadores mostraban fotos de casas que en la lejanía parecían clónicas, y de cerca resultaban aún peores: las viviendas de nueva construcción, moles de ladrillo uniformes cercadas por pulcras calles, y el previsible jardín central, los setos de *arizónicas*, las cursis sirenitas o el niño orinando en las fuentes. Y luego estaban las de segunda mano, cuya contemplación le resultaba penosa. Aquellos hogares abandonados a su suerte sin contemplaciones eran una metáfora de la vacuidad del hombre, de su sentido utilitario, de su desdén por la permanencia. Algunas habían sido reparadas y lucían como novias desvirgadas y recompuestas. Por poco que uno se esforzara, era fácil descubrir en ellas la oportunidad de negocio rápido camuflado bajo una capa de sentimentalismo y pintura antimoho.

Toda esa nostalgia plúmbea del recorrido acababa abrumando a Lucía, que creía tener ante sus ojos de nuevo el famoso pisapapeles de Clichy. Y es que la vida de los demás se entrelazaba oscuramente con la suya, pero no llegaba a fundirse. En su vida había luces parpadeantes como luciérnagas efímeras, y pesadas y luminosas bolas de cristal parecidas al pisapapeles de Clichy, un cristal duro como una roca que le impedía llegar al núcleo, donde se guardaba la verdadera joya. Por suerte para ella, a Augusto le entró de pronto prisa por regresar y comprobar por sí mismo que las cosas seguían en su lugar, que los objetos y los rincones amados no se habían transformado, que todavía en aquella casa podía seguir construyendo su biografía sin sobresaltos.

Y sin embargo, por el aspecto exterior nadie hubiera juzgado esa construcción y el predio que la rodeaba como un hogar confortable, ni siquiera hermoso en su conjunto. En realidad parecía un fortín, con aquella valla de dos metros que la rodeaba y con la orgullosa torre vigía rematada por cuatro pilares que acababan en puntas de lanza, como un pregón disuasorio de hierro forjado. Augusto pensaba que la casa debería representar la proyección exterior de su modo de concebir la vida. Ese lugar en concreto, le proporcionaba seguridad. Pero seguridad y confinamiento eran dos constantes que en su caso siempre iban de la mano. Por eso buscaba las habitaciones más oscuras. La energía sombría que desprendían sus paredes le aliviaba, la oscuridad ampliaba el margen de sus propias dimensiones, pues es en la oscuridad donde el espíritu se crece.

Sin embargo, él se limitaba a contribuir a su decoración con los cuadros que rechazaba el marchante, cuadros anodinos de paisajes, en su mayoría repartidos por las habitaciones sin sentido estético, semejantes a esos calendarios que regalan por Navidad los comerciantes del barrio y cuyas láminas, al menos, se renovaban cuando pasaban los meses. «¡Qué le vamos a hacer si no tienes ambición!», le había dicho una vez su padre. Pero él no se ofendió en aquella ocasión. Sabía que era cierto, al menos en aquella época, pero tampoco le preocupaba el futuro. Con veinticinco o veintiséis años el futuro no aparece como preocupación o búsqueda, sino como algo que viene, gozoso, a nuestro encuentro.

Esta falta de ambición o de previsión contrastaba con la audacia inversora del padre. Y es que fue el padre el que puso la primera piedra –y puede que también la última– de modo que la ostentosa vivienda era en realidad una proyección exterior del modo en que su padre concebía la vida.

A veces algún niño tocaba el timbre para reclamar una pelota que se había colado errando su trayectoria desde la cercana cancha de baloncesto. Mercè, la joven empleada de la limpieza, se mostraba azorada por tener que abrir la puerta a un desconocido, aunque éste midiera menos de metro y medio. Mercè era una joven rústica, trabajadora y ancha de caderas que desconfiaba de todo mundo. Se comportaba con recelo, como un perro guardián de picudas orejas y rabo erguido. Con su gruesa trenza recogida alrededor de la cabeza a modo de diadema, parecía haber atravesado el túnel del tiempo dejando atrás su castillo, rodeado por un oscuro foso de cocodrilos al que iban a parar los que osaban asaltarlo. Para escarmentar a los sudorosos muchachos, les devolvía el balón tras haberlo pinchado con una aguja de hacer calceta, aprovechando que éstos se entretenían espiando o cogiendo un puñado de las cerezas caídas en el suelo.

Y un buen día aparecieron unas pintadas en la valla encalada: «Maldonado, cobarde, abre tu fortaleza». Era un rótulo con la pintura todavía chorreante, como un arañazo líquido. Curiosamente don Augusto, que nunca toleró manifestaciones anónimas ni quejas públicas, se mostró indiferente en este asunto.

No ocurrió lo mismo con su hijo. Para Augusto, la pintada poseía una cualidad oculta que le tenía embelesado e inquieto. ¿Era un consejo, una amenaza, una frase con doble sentido, una filigrana expresiva de alguien que le conocía muy bien y le advertía de algo? ¿acaso era la triste queja de un desposeído, de un envidioso o un fanático de la igualdad social? Podía ser cualquiera de esas cosas, o tal vez ninguna de ellas, pero lo cierto es que aquel torpe grafiti pintado con nocturnidad y alevosía, parecía dirigido a él, que experimentaba cierto placer en la contención de la propia energía. Al margen de su estética o de la voluntad del pintor por trascenderla, lo cierto es que el mensaje le caló hondo. Cuanto más lo leía, más clara le parecía su intencionalidad.

«¿Qué haces?», le preguntó Lucía cuando le encontró un día mirando extasiado la valla de la casa, con las manos en los bolsillos del pantalón, la cabeza hacia un lado, pensativo, como si tratara de desentrañar el misterio desconcertante de un cuadro abstracto. «No sé a quién pudo ocurrírsele una cosa así. Aunque tampoco me importa eso», respondió él. «Yo no haría mucho caso», le advirtió Lucía, con los músculos de las piernas ya tensos y dispuestos para correr por la playa, y desde luego sin participar en la intriga.

No podía imaginar que su novio tomara esa pintada como una crítica encubierta contra su forma peculiar de situarse frente a los retos, que discurría así: primero pasaba por una fase de euforia que le llevaba a fantasear con superar cuanto se le pusiera por delante; en la segunda fase empezaban ya los descartes y las consideraciones sobre la dificultad de llevar a cabo el grueso del plan; la tercera fase era de acentuado pesimismo. Había llegado a cavilar tanto, a sopesar los pros y los contras, a valorar la ocasión como propicia o funesta, a calibrar tan obsesivamente sobre los posibles efectos o desajustes que pudiera ocasionar en él mismo o en otras personas, que en el trayecto había perdido la ilusión. Entonces caía rendido por el trabajo abrumador, por el larguísimo intervalo entre el desafío y la constatación de su impotencia para superarlo. Por eso tomó muy en serio la pintada. Y como a nadie le gusta mirarse en un espejo capaz de reflejar con fidelidad el interior de uno mismo, Augusto decidió borrarla pintando la valla de nuevo, mientras escuchaba en una radio portátil una canción de "Estopa". Enseguida se sintió invadido por la alegría humilde de los hombres que ejecutan trabajos manuales y útiles no sólo para el espíritu, sino también para la comunidad, o para uno mismo. Hombres que conducen furgonetas llenas de herramientas y visten monos de sarga azul con incrustaciones de yeso o de pintura, hombres que conviven en hermosa promiscuidad con el propio sudor, que escupen y silban mientras trabajan, que preparan barbacoas los domingos y beben cerveza negra y eructan y aúllan por el gol que acaba de clasificar a su equipo de fútbol en los octavos de final. De pronto, todo era armonioso y cargado de sentido, pensó, triunfante. Mientras pintaba la valla tomaba conciencia de que también derribaba un muro: el muro de su flaqueza y su cobardía, duro como el cemento, y que había estado siempre ahí.

Cuando llegaban del paseo vespertino, Lucía abría las contraventanas de madera para que penetrara el frescor de la noche cercana, para adaptar la casa a su idea del confort y el placer de vivir. Los batientes, los cerrojos, los goznes de hierro cedían en un clamor de alivio, y la casa anestesiada por el calor se sacudía lentamente como si extendiera los brazos hacia la placidez de lo oscuro. La humedad del jardín recién regado, la secreción morbosa de las frutas podridas en el suelo y en las ramas de los árboles, la avidez de supervivencia de las raíces; el amoniacal, pegajoso aroma de la tierra abonada con abono natural, ascendía hasta las habitaciones, impregnándolas de los mensajes secretos del jardín. A esa hora, el cerezo se embriagaba de la póstuma luz del día. Y ahí estaba don Augusto, hablando con Pedro el jardinero, señalando con el dedo su árbol predilecto. En algún momento de su vida todo hombre se aferra a una causa, a un amor, a una misión, ofreciéndole su tiempo y sus ilusiones. Pues bien, ese árbol que Lucía contemplaba mientras sus ramas se mecían al viento, representaba algo de cada una de esas cosas para don Augusto, quien en ese momento la saludó desde la base del tronco del cerezo adulto y fornido.

Lucía llenó los nichos de obra con macetas de plantas olorosas, especias y plantas suculentas, e hizo instalar una pérgola en la terraza del dormitorio que compartía con Augusto, una pérgola que ondeaba como las velas de las embarcaciones de recreo que surcaban el cercano mar. Construir un hogar es tarea muy seria, pensaba. Los hombres creen que basta con poner vigas y fabricar cemento en una cuba giratoria. Pero hay que vestir el vacío, atizar el fuego y curar los estragos del tiempo. Luego, cuando las semillas germinen y la fruta madure, se podrá recolectar, y todo aquello de lo que carecimos en el pasado nos será ofrecido generosamente como una merecida ofrenda.

Por la noche, un conjunto de melodías caía sobre el pueblo rompiendo la oscuridad en miles de notas que convertían la noche en un pasaje fácilmente transitable. Como si hubieran estado esperando el ocaso del sol, se alzaban de pronto las notas excitadas, rabaneras, lujuriosas, estridentes, amables, sobre las calles de asfalto ardiente, sobre las casas, cuyas terrazas se convertían en ocasiones en dormitorios improvisados, en comedores, en luengos salones donde la conversación flotaba perezosa.

Lucía sentía que se debilitaba ante la música. Era ésta una debilidad porosa, reparadora, semejante a la producida por el sueño. Cualquier compás, por simple que fuera, era capaz de rodearla como un cinturón de seda invisible con la fuerza centrífuga, absorbente, de un movimiento dirigido a transformarse hasta hacerse eternidad. Incluso aquellos sonidos que empleaban el recurso fácil de la repetición monótona y el regalo al oído y que parecían hechos para la rápida consumición, tenían la capacidad de influir en su estado de ánimo. La música era una arrebatadora promesa de desvanecimiento, de disolución, la mágica alfombra que le permitía volar y sentirse parte del aire. La ingravidez, la ausencia de peso, de vacilación, el disfrute del alma liberada. Salió al balcón del dormitorio presa del encantamiento musical y se quedó un buen rato suspendida en las vibraciones, en la alquimia instantánea de la sinfonía, esperando anhelante el familiar diálogo de los instrumentos, la batería final de las notas en cascada. Al llegar ese momento giraba sobre sí misma y volvía con el propósito de compartir con Augusto esos instantes. Pero Augusto estaba dormido, desnudo, bello como un Cristo yacente sin heridas en el costado. Con las manos crispadas protegiendo su sexo. Cuando dormía, Augusto ponía las manos descansando entre la almohada y su cara, y en ocasiones sobre su sexo. Sus zonas más vulnerables. Estuvo tentada de ir a buscar la cámara y hacerle una foto, pero se contuvo pensando que el flash le despertaría. Además, casi nadie quiere que le hagan fotos durmiendo. Tal vez esas fotografías despierten en algunos la repugnancia a la muerte.

La música, la fotografía... Lucía se dió cuenta de lo importante que era el arte en su vida. A veces como substituto, a veces como generador de una realidad más hermosa, que no desmiente sino que complementa esa otra realidad más palpable y más plana, por eso se obstinaba en trucos y malabarismos de estudiante de Bellas Artes. Sus composiciones fotográficas estaban repletas de objetos descontextualizados, de accesorios que venían a sustituir una realidad que le resultaba unas veces aburrida y en la mayoría de ocasiones, cruda. Detalles sorprendentes como los racimos de uvas, las alfombras, las plantas carnívoras, aparecían lejos de su hábitat natural y se propagaban de forma abundosa por hospitales, bocas de metro, autopistas, cielos, o gateando sobre lámparas, o suspendidas en el ancho mar. Buscaba proyectar una mirada fecunda y apasionada, sacada de contexto. Que era, en algunos aspectos, la mirada de una impostora, o la de una mulata. Su jugada era la ruptura formal de un elemento para crear un nuevo, íntimo espacio de unión de los opuestos. Lo cual estaba muy bien tratándose de arte, se dijo, pero en la práctica esta simbiosis era más difícil. Pensó entonces en la bisabuela Luisa, la del cuadro pintado por Casas, que debió abrirse paso con inteligencia y astucia para superar las barreras sociales. «Si ella lo consiguió, ¿por qué no puedo hacerlo yo?», se decía mientras pasaba los dedos suavemente sobre los cabellos rizados de Augusto. Le debía mucho a Augusto, ya que fue él quien le contagió su pasión por el arte. Durante su estancia en Berlín pasaron largas horas en el Museo Etnológico, admirando la exposición itinerante «700 años de arte persa». Entre las terracotas de Gilán, los bustos orantes de Shahdad, los metales de Luristán, entre las tablillas, los sellos, el legado fabuloso de Ciro el Grande, Lucía renovó su pasión por el detalle, por la voluntad de perseverar y de transmitir. Era la primera vez en su vida que se encontraba cómoda en un museo. Augusto, que nunca fue hombre de grandes discursos, parecía un predicador que trataba de explicarle e iluminarla acerca del arte arqueménida, de aquellas fastuosas figuras orientales, de la sensualidad y el esplendor de una estirpe. Y desde luego, consiguió despertarla de su letargo, de aquella tristeza que se cebaba en ella como la niebla en las fachadas neoclásicas berlinesas y en las calles transitadas por gente desconocida. Su Persépolis particular, ese pequeño imperio que todo artista aspira a conquistar, se empezó a construir allí.

Lucía miró a su novio, que descansaba en decúbito supino, dejando espacio en la cama para ella, como si la estuviera esperando y en la espera se hubiera quedado dormido. En ese momento, sus labios entreabiertos dejaron escapar un ligero gemido de placer o de dolor, y este suspiro fue acompañado por movimientos apenas perceptibles de los párpados que denotaban la fase REM de su sueño. Los pies, como siempre, estaban entre el colchón y el vacío. En ese momento era un hombre vulnerable y hacía nacer en ella un sentimiento protector. Su cuerpo desnudo confirmaba la sinceridad del abandono, la ingenuidad y el descuido. Se tendió a su lado y, al aproximarse, él giró el cuerpo hacia ella, la reconoció en la profundidad del sueño como se reconoce algo propio, amado; sus brazos ciñeron su cintura, el tronco y las piernas buscaron los espacios cóncavos y convexos en un acoplamiento que apenas le permitía moverse. Y tampoco lo deseaba. Lucía notaba la respiración de él, que acariciaba su cuello como una brisa ligera; luego acompasó su propia respiración a ese ritmo hasta ajustarse en un único, dulce sonido en el que se mecía, esponjándose en una calma tibia. La madrugada ya estaba próxima, la música había cesado y ahora podía escuchar a un pájaro que llamaba en la oscuridad a su hembra. Mientras tanto, ella fantaseaba con la posibilidad de que él despertara y la poseyera en silencio.Otras noches, cuando volvía al dormitorio, él estaba despierto, esperándola. «Ven», le decía, incorporándose en la cama y abriendo los brazos para recibirla. Ella se hacía de rogar, y en la insistencia de él certificaba la magnitud de su deseo. Se rezagaba también porque quería saborear los segundos de libertad que precedían a la entrega.

Todavía libre pero fatigada de pasión por él, miraba la luna recortada en la ventana, la luna vibrando como un centro luminoso. Ahí fuera quedaba la noche, como la celosía en la que se enredaban las notas musicales con la vocación de una yedra.

—Creí que no ibas a volver —decía Augusto.

—¿Por qué? —sonreía Lucía, con enorme placer.

Augusto se encogía de hombros. Sus ojos bizqueaban, embriagados. «No importa. Ven aquí», imploraba. Entonces ella iba a su encuentro. Se besaban, se reconocían, hallaban en sus besos la sutil armazón, el habitáculo ideal para resguardarse de la amargura de los desencuentros. De los zarpazos de la vida.

Las bocas unidas formaban un único espacio que los aislaba y les protegía como un iglú en el Polo Norte.

Luego, mientras hacían el amor, Lucía supo que algo suyo se desbarataba, que huía como un animal libre, agitando sus entrañas. En ese corazón en busca de otro corazón, en esa sangre en busca de otra sangre había siempre vaciado, exhalación, aliento y saliva.

156

Furtivamente miraba el rostro de Augusto. Una mezcla de súplica y excitación cubría ahora ese rostro en el que se veía reflejada. Lo que ella temía y deseaba al mismo tiempo era el desdoblamiento, la fusión que, en la intensidad del clímax, la obligaba a desaparecer hasta encontrar otro rumbo y emerger transformada. Como si no pudiera resistir el proceso, cerraba los ojos. Por la piel de sus párpados ardientes la vida se daba un baño de placer y semen.

12

Estaba muy claro que su vida había dado un quiebro. La sensatez lo había acompañado hasta entonces en forma de destino asumido –excepto cuando sufría repentinos ataques de celos–. Por lo general, Augusto calibraba las consecuencias de sus actos antes de llevarlos a cabo, de modo que los riesgos quedaran minimizados, relegados a la fortuita jugada del azar.

Los acontecimientos apenas le salpicaban con la inmediatez de las alegrías y las tristezas que no dejan poso, con la salvedad de la muerte prematura de su madre.

Pero los sentimientos son agua que fluye, unas veces con ímpetu y otras veces tranquila, y no siempre permiten quedarse al margen. A veces el acontecimiento se impone y obliga a actuar de forma rápida y sin modelos previos.

Uno de los sucesos de su pasado que recordaba con mayor tristeza fue la decisión de Lucía de romper la relación. Casi de la noche a la mañana se vio expulsado, confuso, sin un solo argumento convincente para evitar que ella lo dejara. ¿Se puede convencer a alguien que está fuera de sí de que en adelante no cometeremos los mismos errores que cometimos en el pasado? ¿Acaso no es cierto que los amantes se hacen promesas y luego se olvidan de cumplirlas, y no es cierto también que la compasión por uno mismo o la desesperación hacen que mintamos y pronunciemos hermosas palabras de arrepentimiento? Arrepentimiento, sí, pero nunca se aprende.

A Augusto le resultó imposible convencer a Lucía, tal vez porque ni siquiera él estaba seguro de que no iba a repetir esos errores. «Recuerda el cuento del escorpión y la rana» -le dijo ella, con las mejillas encarnadas y los ojos llorosos-. «Y recuerda las palabras del escorpión cuando le inyectó su veneno: no puedo evitarlo. Es mi naturaleza.» Augusto se sorprendió de que Lucía aplicara esta fábula a su relación, pero no dudó un momento sobre cuál de los papeles le era asignado. Era injusto, muy injusto, porque él era más rana que escorpión, y pensaba decírselo, pensaba decirle que era más sapo que escorpión, pero chocó con los ojos rojos de rabia y con las mandíbulas duras y apretadas de Lucía, y entonces no tuvo más remedio que agachar la cabeza y rezar por sus pecados.

El caso es que ella le dejó por un tiempo. Él no aprendió durante ese tiempo, pero los momentos compartidos invadieron su cabeza con su carga de felicidad irrepetible. Hasta entonces, el equilibrio de fuerzas había gobernado su relación. La alternancia entre debilidad y firmeza ocurría de manera natural. Ella, la débil, desubicada en Berlín, se sobrepuso con la ayuda de Augusto, quien a menudo resurgía de su letargo gracias al empuje, el estímulo de Lucía.

«¿Cómo puedo ser tan torpe?», se preguntaba Augusto mientras recordaba el portazo de Lucía, el mantel de *petit point* manchado de tomate, las velas brillando en los candelabros con una tristeza de Viernes Santo. Ella se fue, orgullosa y despiadada como un recaudador de impuestos, dejándole en la miseria y más colgado que nunca, mientras revolvía con una cucharilla el helado de tiramisú que se derretía poco a poco en el plato como la nieve pisoteada que deja charcos sucios.

Ocurrió tras sufrir un nuevo ataque de celos y la posterior escena, algo grotesca e insolente, caracterizada por la falta de piedad del celoso. Estaban en un céntrico restaurante. Acababan de pedir los postres cuando ella saludó a un viejo conocido y le apuntó su número de teléfono en una servilleta de papel. Se trataba de un hombre elegante, con el pelo entrecano y la tez clara. Un hombre maduro y seguro de sí mismo, que la miraba con sus cálidos ojos oscuros mientras le ofrecía fuego con un Zippo de plata grabado. Ella encendió el cigarro y luego le dio las gracias con una sonrisa tan deliciosa como una caricia clandestina. Augusto pensó que intercambiaban algo más que fuego y sonrisas. Lucía, mansa y alegre, con la boquilla del cigarrillo manchada de carmín entre sus largos dedos, sus uñas fuertes con la manicura francesa recién hecha; Lucía, con su melena rubia esponjada por la humedad, sostenía una conversación animada con su amigo. El corazón le latía descontrolado, y hasta tuvo una visión mitad cómica, mitad trágica, rescatada de la serie de dibujos animados que veía de pequeño. En esa imagen, su propio corazón salía disparado del pecho, sujetándose tan sólo con un muelle flexible, como el pajarillo de pega de los relojes de cuco. Ese dolor punzante tenía el sabor agridulce de una bofetada en mitad de un acto amoroso. Tenía la belleza extrema, ardiente, de la pasión. Pero esto no lo hacía más soportable. Entonces todo se precipitó: el animal oprimido que había hecho de su pecho refugio hizo añicos la jaula y salió enfurecido dando un puñetazo en la mesa. «Ya está bien de coqueteos», le gritó, con el cuello hinchado. Estaba siendo traicionado, y necesitaba testigos de su traición. Tenía su propio público, que aplaudiría o abuchearía su actuación. Y que la juzgarían, como él la había juzgado.

Cuando Lucía abandonó el restaurante con un portazo, ni siquiera se arrepintió de su conducta. Una corriente de sangre cálida y pujante golpeaba sus sienes. Bajó la vista hacia la copa de cava que brillaba como un espejo roto entre las manchas del vino bebido con alegría, las migas de pan, las servilletas sucias y el lavamanos con gotas de limón y pétalos de rosa. Las voces de los comensales cesaron, hasta que un murmullo de perplejidad y reprobación se abrió paso hasta llegar a sus oídos. Cuando miró a su alrededor, vio que el hombre del mechero se había ido también. ¿Tras ella? ¿Y qué iba a hacer ahora?, se preguntaba mientras escupía sin disimular los posos del vino que habían quedado pegados a su paladar. El Augusto desconfiado y furioso irradiaba una fuerza salvaje e insana, como la que tiempo después aparecería en sus cuadros sobre seres monstruosos. Quiso calmarse bebiendo dos, tres largos sorbos de cava helado, y lo único que consiguió fue un fuerte dolor de garganta.Puede que sufriera un brote de enajenación mental transitoria, porque perdió por momentos la noción de tiempo y de lugar, como si emprendiera un viaje hacia territorios secretos apenas percibidos en sueños, o en infames pesadillas. Cuando volvió a la realidad, vio el encendedor que el hombre se dejó olvidado en la mesa. Lo cogió, pidió la cuenta al camarero y se fue.

¡Aquel verano estaba resultando tan largo! La casa se volvió opresiva. Le parecía que había un harén de Lucías repetidas hasta la saciedad que yacían impunemente con cualquiera que las solicitara. Esas visiones desalentadoras le asaltaban en forma de pesadillas, y le provocaban sudores en mitad de la noche.

Tenía treinta y cinco años, una edad crucial, al parecer, y estaba resentido, aunque era incapaz de realizar un análisis profundo sobre el verdadero origen de su resentimiento. La insatisfacción y una prisa febril le empujaban por una corriente descontrolada de cambios y sobresaltos.

Sostenía, eso sí, una lucha civilizada con Lucía: «Cariño, no te preocupes, tú no tenías por qué saber lo que me gusta y lo que no». «Oh, no, no, no me molesta en absoluto», solía decir a menudo. Saldos de un amor que se agota y que agota. Ahora las cosas se insinuaban sin llegar a concretarse del todo, se ahogaban en la maraña de sobrentendidos, en el hondo cajón del absurdo. Los silencios expresaban más intenciones que las propias palabras. Augusto empezó a hacer gala de una irritante sensibilidad, de una fastidiosa fijación por el detalle. Algunas veces pensaba que Lucía era el trofeo de su padre, el coleccionista de casas, de coches, de criados, de sellos, y ahora también de electrocardiogramas. El emperador, con su toga de color púrpura, su corona de laurel y los demás atributos que corresponden a un verdadero César regresando de su periplo por Egipto.

Antes de salir para tomar el tren, Augusto se miró en el espejo del salón. Apenas se miraba en los espejos, sus espejos eran ahora sus cuadros. Retiró el pelo de la frente sudada e hizo una mueca infantil, ensayando una sonrisa forzada. Estaba impaciente, algo se estaba organizando en su interior y necesitaba comprender. Lo que vio en el espejo fue esto: su cara era la de un lebrel atento, un husmeador, reflejaba ese deseo de peligro que tienen los cazadores.

En los pueblos de la costa del Maresme los viajes en tren aún conservan ese matiz aventurero de los viajes marítimos. El mar visto desde la ventana parece un espejismo de viajero ávido de paisajes imposibles. Por eso, y a pesar de las molestias que ocasiona la aglomeración de personas en los transportes públicos en plena temporada alta, Augusto se sentía feliz viajando en tren. En el corto trayecto de Pineda a Barcelona, que duraba poco más de una hora, podía mezclarse con el resto de pasajeros y formar parte de una masa variopinta y amorfa. El ser gregario y sociable que había en él recuperaba entonces el gusto por la vida. Algunas veces viajaba apretujado en el pasillo, pero ese día tuvo suerte y se sentó cómodamente frente a dos inglesas con la piel rosa y brillante como el salmón ahumado. Ante la multitud que abarrotaba los vagones y se agarraban a la barra central intentando mantener el equilibrio, no tuvo más remedio que hacerse más pequeño en su asiento, como si tratara de diluirse o evaporarse, pues además el aire acondicionado no funcionaba a pleno rendimiento y a su lado se sentaba un hombre obeso que abría las piernas como una tijera para poder descansar entre ellas su descomunal barriga.

Las vías del tren eran una enorme cremallera que se deslizaba con sus dientes de hierro entre la carretera y el mar. La vieja tribu de los románticos, siempre renovada y siempre fiel a su estilo –los conoceréis porque hacen del viaje, del cambio, un modo de concebir la vida–, se mezclaba con los obreros, los funcionarios y los turistas que habían elegido ese modo de transporte que conserva aún la capacidad de evocar antiguas aventuras, superación de obstáculos y cierto sentimiento de solidaridad, de formar parte de algo más grande que uno mismo. Eso pensaba, mientras observaba la hilera de coches que transcurría paralela por la carretera de la costa, como una fila de hormigas gigantes dirigiéndose hacia el hormiguero en una tarde de julio en la que el termómetro marcaba los treinta y nueve grados. De pronto, sus nervios se calmaron, todo apareció ante él más sencillo, más fácil de transitar. Los conductores que atravesaban la carretera sabían esperar pacientes cuando alguno de los semáforos que jalonaban la entrada a los pueblos de la costa se ponía en rojo. En general, y pese al insufrible calor, la gente tenía la cabeza sobre los hombros.

¿De qué se quejaba, entonces? Era un niño de papá que vestía una camiseta Ralph Lauren, que escuchaba a Estopa en los auriculares que llevaba puestos en las orejas porque esas canciones le hacían sentir como debe sentirse un operario al terminar su trabajo. A su alrededor, podía observar una pequeña muestra del denominado "tejido social", desde el parlanchín que no paraba de hablar por el móvil, hasta el buscavidas, el que no tiene más remedio que vivir, o malvivir, de su arte, hasta el chaval que se esconde en el baño para fumarse un porro o el sudoroso padre de familia que se afloja el nudo de la corbata y posa su mirada triste y melancólica sobre las nalgas prietas de una chica con tejanos cortos. Después de todo, no tenía tan mala suerte. Podía estirar discretamente sus largas piernas y ocupar una parte del pasillo, o bien podía ceder su asiento a aquella señora mayor que esperaba ansiosa una plaza. No tenía mala suerte, pues no viajaba en transporte público por necesidad, sino por gusto.

Miró por la ventanilla. En el tren, las prisas se diluían en el tono suave del atardecer que coloreaba el agua con un esplendor somnoliento. Había que estar muy atento para descubrir el elemento perturbador, la china en el zapato, el espacio vacío entre los dientes, la fatiga y la ansiedad. Apenas una sombra en las miradas, apenas un movimiento oscilante, una palabra de queja o de duda daban la medida del enorme esfuerzo que supone la vida.

Augusto se mordió una uña, como quien indaga. Las preguntas difíciles resultaban más fáciles de responder cuando había suficiente distancia para reflexionar. Por eso se sentía enjaulado en casa.¿Quién era en realidad Lucía?, se interrogaba mientras inspiraba profundamente la brisa marina que se colaba por la puerta abierta cuando el tren paró en la estación de Sant Pol. ¿Era acaso la chica perdida en el cine como un náufrago que espera ser rescatado del exilio del corazón? Aquella idea le gustaba, entre otras cosas, porque a él lo convertía en su providencial rescatador. Pero seguramente no era así. Ella hablaba de Berlín con emoción, hablaba del azar, el azar que propició el encuentro de dos almas gemelas y todas esas ideas maravillosas que se aglutinan en torno al amor. Pero mientras hablaba había confusión en sus ojos y rigidez en su cuerpo, como si llevara una intrigante vida secreta.

La recordaba de nuevo en Berlín, en la Bauhaus, contemplando la silla de tubo de acero de Marcel Breuer con expresión de fastidio y desencanto. O asegurándose de que llevaba su pedazo de ladrillo en el bolso –nunca se deshizo de él, ni siquiera cuando regresó a España–, porque deseaba poseer un trozo de la Historia europea como cualquier extranjero esnob o "concienciado" que visitaba la ciudad tras la caída del muro. Y su risa sonora, que se alzaba de pronto entre las discretas voces de la gente que

162

ocupaba aquel restaurante del barrio de Nikolaiviertel, mientras entonaban a dúo la canción del verano –nada menos que la canción del verano– llenos de un amor patriotero y bondadoso que a falta de abanico, mantilla y peineta, aportaba una botellita de aceite de oliva que compraron en un supermercado a un precio exorbitante, y que solía llevar él en la mochila para condimentar algunos platos en ocasiones especiales.

Otras veces ella, con su vestido de cheviot y tejido granulado, o con su faldita negra de pana, cruzaba las piernas, daba una larga calada al cigarrillo y se quedaba en silencio, mirando a un punto perdido de la habitación, mientras el teléfono móvil sonaba inútilmente –había que ahorrar, y en las llamadas al extranjero los gastos eran compartidos– y en el trozo de cielo que divisaban desde el apartamento, de un gris insufrible, los aviones dejaban blancas estelas que se borraban poco a poco, como esas señales que deben ser interpretadas antes de que desaparezcan para siempre. Entonces él no se atrevía a preguntarle. Respetaba casi tanto como odiaba ese silencio, esa ausencia en la que parecía germinar el futuro.

Capítulo tercero

Versos dirigidos a Dios:
"No soy cristiano, pero es para amarte
mejor, pues te han convertido en tirano
y yo busco un padre."

"EPÍSTOLA A URANIA" (**Voltiere**)

1

Llevaba en la muñeca un reloj Citizen cuya esfera, curiosamente abombada, dejaba escapar un fluido perfumadoque cambiaba con el transcurrir del tiempo. Algunos segundos olían a incienso, otros a tomillo, había segundos con aroma de lavanda, y segundos con olor a peces muertos. Su padre le enseñaba el reloj con una mezcla de orgullo y avaricia. «Este reloj absorbe el tiempo y no deja que envejezcas», le dijo sonriendo como Joker, el payaso malo de Batman. Él estaba sentado sobre sobre las piedras de un antiguo puente romano y balanceaba sus pies sobre uno de los pilares mientras pensaba en la manera de apoderarse de aquel artefacto que poseía poderes mágicos. De pronto, notó un enorme peso sobre su espalda. Era su padre, y pesaba como un fardo; las manos fofas y húmedas colgaban sobre sus hombros. Una luz desteñida caía sobre el río de aguas turbias que corría bajo el puente. Cuando se agachó para mirar el barro que arrastraba la corriente, la joroba se agachó con él. Era incómodo y doloroso.

Augusto balbuceó palabras inconexas mientras se revolvía agitado en la cama. Braceó como un náufrago que divisa a lo lejos una isla y lucha ansioso por llegar a tierra. En su agitación, tiró al suelo la fina sábana de seda que lo cubría. Babeó un poco, y luego se sumergió de nuevo en aquel sueño pesado.

Ahora hablaba con su padre, pero él no le escuchaba, y su voz se perdía en el espacio como el humo de los hogares en una mañana de niebla. Mientras aleteaba con los pies en el vacío no sentía rabia, sólo un poderoso deseo homicida. Lloró, o soñó que lloraba, con un llanto quebrado, un llanto sin lágrimas, de los que dejan escozor en la garganta.

Ahora escuchaba el tictac del Citizen pegado a su oreja como una música que llegaba atravesando las paredes de estuco veneciano del dormitorio principal del piso del Ensanche. El padre, en otro giro del sueño, era treinta años más joven, llevaba las patillas largas y un sombrero de ala corta que parecía sacado del baúl de John Wayne y que le hacía parecer algo bizco, tal vez por la sombra del ala proyectada sobre su cara. «Hola, bribón», le dijo, guiñándole un ojo y pellizcándole en el carrillo como solía hacer las tardes de domingo cuando se aproximaba la hora del fútbol. Él estaba penosamente aburrido, sepultado en una montaña de juguetes, presenciando ese ritual dominical que incluía varoniles golpes en las mejillas con las manos rociadas de colonia: «Plas, plas, plas», y trajes-sastre y nerviosos tintineos de llaves mientras se alejaba por el pasillo, le acariciaba la coronilla y silbaba como un muchacho. De pronto, cuando iba a alcanzar la puerta su madre, surgida como un fantasma de alguno de los cuartos de la casa, le decía con voz triste y servil: «¡Augusto, que te dejas la bufanda!»

La esfera del reloj se abombaba. Una mezcolanza de aromas lo envolvía en el brumoso paraje de los sueños mientras sonaban los acordes del "Benedictus", de la *Missa in angustiis* de Haydn en los auriculares que su padre llevaba en las orejas.

—¿Te vas a morir ya? —le preguntó Augusto con una mezcla de terror y alegría.

—Cuando yo me muera, me moriré para toda la vida —le dijo su padre, acariciándole de nuevo la cabeza y borrándose de su sueño.

Así fue como despertó. Despidiéndose poco a poco de aquellos deliciosos monstruos que escenificaban su tragedia y sus cuitas como púgiles en un cuadrilátero que se desmantela poco a poco, dejando un rastro seco y espeso en la lengua, mientras los primeros rayos del sol invaden la habitación y se funden en los párpados pesados.

De ese sueño, como de la mayoría de los sueños quedaba muy poco, pues una buena parte había sido rastrillada eficazmente hacia el oscuro rincón del olvido. Y ahora sólo le quedaba, fresca e inestable como un flan de gelatina, la imagen de aquel niño que esperaba con paciencia la claudicación, el descuido o la muerte del padre para robarle su hermoso reloj de pulsera, y detalles en apariencia banales pero cargados de significado, como los zapatos lustrados, que brillaban con el fulgor repentino de los petardos de la víspera de San Juan, y el olor del prostíbulo en su ropa, y ese gesto familiar y tantas veces repetido de rascarse el dorso de las manos.

Pero ese sueño agitado dejó también un deseo básico, irreprimible, de hacerse mayor de una vez para siempre y de atravesar a pie sus particulares

Monegros, o Sáharas, o Sonoras. Deseo que persistió durante aquel verano, provocador e insistente.

Aquella fue una noche de muchas lecciones. Ahora debía llevarlas a la práctica. Se puso a dar órdenes aquí y allá. Hizo un listado de las tareas y resoluciones que consideraba prioritarias: racionar las invitaciones para las visitas que se habían acostumbrado a gorronear aprovechándose de la largueza de su padre, vender el Renault Laguna y el Audi que permanecían en el garaje como una muestra más de la indolencia con que éste derrochaba, contratar pintores que adecentaran la casa y por último, sondear la posibilidad de que el propietario de la finca que lindaba con su casa la vendiera. Aunque ya contaba con que su padre estaría de acuerdo en los primeros asuntos, no estaba tan seguro de que le entusiasmara este último. Precisamente era en el que tenía más empeño.

Lo que Augusto estaba haciendo –tal vez sin plena conciencia, aún– era sentar las bases de su reinado. Se disponía a administrar la hacienda, y lo hacía con la precisión de un gerente y con una voluntad de hierro. El futuro se deslizaba ante él en cada acto, en cada factura, en cada transferencia bancaria, en cada venta, exigiendo ser construido por su propia mano. La broma que su padre le gastó aquella noche respecto a su intención de vender había obrado como un bofetón en plena cara que le sacó de la cómoda inercia en la que se había instalado. Nunca más toleraría la humillación, nunca más la amenaza de despojo.

Augusto había cambiado. Un mechón de pelo caía sobre su frente y él lo apartaba con un ademán mecánico de la mano. Su rostro era hermoso, la crispación se había transformado en resuelta luminosidad, en movimiento, su expresión era la de alguien que se pone en marcha. La tierra bajo sus pies era firme; el verano estimulaba el placer de sentirse vivo. Llevado por la necesidad de pintar y por el placer del movimiento, repartía sus días entre el estudio y los largos paseos en bici para contemplar la primigenia geometría de sus amores más leales: el mar y la estación.

Él, recordaba con nostalgia, fue uno de aquellos niños que despedían embelesados a los viajeros que partían en el tren, y que le fascinaban en su múltiple uniformidad. Si el viaje, la partida, eran lo provisional, lo irrepetible, ahí estaba él, entregado a su afición como a un oficio, ofreciendo la plataforma de su infancia como una isla paradisíaca en medio de aquel océano cambiante. La gente así lo entendía –lo supo cuando él dejó de ser niño y otros le remplazaron en la amable tarea de saludar– y le devolvían el saludo con una gran sonrisa, y con la nostalgia de ver alejarse, con el trayecto, al niño que fueron.El mar y la estación, la estación y el mar... Los dos componían una metáfora esencial para Augusto: eran la confirmación de su propia transformación, la confirmación de su existencia.

Nunca se sintió tan vivo. Había aprendido a esquivar los golpes y ahora era él quien lanzaba. Miraba a aquella mujer, a su querida mujercita, pensaba con un dulce estremecimiento, sintiéndose protector al mismo tiempo que la humillaba con absurdos requerimientos o con desdeñosas palabras que parecían insultos dictados por alguien ajeno a él, pero que le fascinaban como si fuera un aprendiz de malas artes. Allí estaba Lucía, sumisa, todavía un poco sorprendida por su manera de exigir, pero sin duda dispuesta a complacerle. No necesitaba suplicar, rogar, no necesitaba permiso para saquear las casas. Ya no tenía miedo a los cataclismos, ni siquiera a las catástrofes que en el pasado diezmaban su alma. Algo se había liberado, el hombre monstruo llamaba con insistencia, las garras le nacían, y no necesitaba la aparición estelar de la luna llena. Exigía, es cierto, pues exigir era la forma de demostrarse y demostrar su nuevo talento y, donde antes había un corazón bañado en oscuridad, había ahora un corazón caliente como un puño que se cierra y se abre sobre el pecho, latiendo, latiendo. Qué gran provecho podía sacarse de la fortaleza, qué gran ventaja la de hacerse valer y tenerla pendiente de sus caprichos. Lo más curioso es que él sólo estaba probándola. Inventando una nueva y sutil perversión, apurando la crueldad de esos villanos cuyos pósters adornaron un día las paredes de su dormitorio.

Lucía le observaba entre divertida y asustada. Sabía que Augusto vivía por debajo de sus posibilidades económicas, aunque siempre creyó que esta actitud era una crítica inconsciente a la influencia del padre y no una señal de admirable desprendimiento. Sin embargo, dudaba de que pudiera llevar a cabo su proyecto de compra sin la participación de don Augusto. A menudo se paraba a observar a su novio, como si ese ser que se alzaba poderoso e intransigente fuera un extraño. Estaba acostumbrada a tratar a una persona que pasaba de manera discreta por la vida, que nunca se había sentido fascinado por el lujo y los oropeles, y que tenía un sentido de la propiedad poco acusado. No mostraba demasiado interés en retener las cosas, ni en conquistarlas, dando tal vez por hecho que la suerte le favorecería siempre. Y ahora, de repente, como un místico o como un loco, estaba lleno de secretos afanes. Lo cual no hacía sino agrandar las distancias entre ellos dos, que coexistían sin reconocerse.

La intimidad da lugar a todo tipo de obscenidades. Una playa, en verano, tal vez sea el lugar menos íntimo de todos los lugares, aunque la desnudez parcial de los cuerpos sugiera un estado de candidez y autocomplacencia previo a la hipocresía y al secretismo, previo al engaño. Esa tarde habían ido a la playa con una pareja amiga. Ella era finlandesa, una mujer albina, amable y soñadora. Entre la multitud de personas que ocupaban la playa, ella era única, con su piel de algodón expuesta parcialmente a los rayos de sol, con la protección máxima y resguardada bajo una sombrilla de propaganda de una conocida marca de cosméticos. Los demás, con sus cuerpos morenos o enrojecidos, o sus cuerpos pálidos con pretensiones, sesteaban y agradecían al sol y al mar sus dones, como *hippies* liberados del peso de la civilización. Los que estaban más próximos miraban a aquella mujer que parecía una estatua de mármol cuando estaba quieta, una joya única semejante a las que se exponen en una urna de cristal conectada a una alarma. Era un día radiante. Un hombre buscaba joyas perdidas en la arena con un utensilio que consistía en un disco ensartado en una especie de caña metálica. Lucía lo observaba con interés. «¿Os dais cuenta?», dijo a sus acompañantes. «Mientras todos estamos aquí ociosos, ese hombre se afana, sudando, buscando tesoros.» «No es para tanto», le contestó Augusto, con sequedad. Pero ella no estaba de acuerdo. A ella le parecía una especie de zahorí, de hombre del pasado, de buscador de oro con un cedazo en la mano y las botas de agua hundidas en un río promisorio. Creía que esa búsqueda era una forma de aventura trasnochada, de romanticismo, y también, cómo no, un asunto de fe. El azar, el descuido ajeno y la efectividad de la máquina se combinaban para dar una oportunidad a la suerte. ¡La suerte!, pensó con nostalgia: ese gato que se escapa durante temporadas enteras, que vuelve a veces a apurar el plato de leche que le dejó su amo en el portal. Y que un buen día desaparece de nuevo, tal vez para no volver jamás... Ufff, resopló, melancólica, y se dio media vuelta en la toalla.

Augusto parecía descansar plácidamente. Había llevado las palas para jugar con su amigo Joan, el marido de la albina, pero la calidad de los pensamientos que cruzaban su mente eran incompatibles con el juego. Como un mago algo siniestro, guardaba un as en la manga.

Por su parte Lucía miraba de reojo la revista *Cosmopolitan*, que le hacía guiños desde el cesto de la playa, con su portada lustrosa en la que aparecía un simpático Brendan Fraser y el calendario de los chicos Cosmopolitan. Al final, ni él jugó con las palas ni ella abrió la revista. Cualquier observador imparcial que los contemplara, creería que los dos se abandonaban sin tensión ni recelo al gran abrazo universal y veraniego de la Pereza, que acogía entre sus senos a todos los hijos del verano, esos hijos lanzados fuera de sus casas o de sus hoteles por el calor y la añoranza de una vida autocomplaciente y cándida. La Pereza los abrazaba a todos, incluso a los que fingían leer con interés, a los que resolvían crucigramas o sudokus mientras el sueño nublaba sus ojos y una dulce borrachera cálida y soporífera dejaba sus brazos lánguidos, sus dedos blanditos como la plastilina. Algunos se bañaban en el mar, pero la mayoría se bañaba en los rayos del sol como si cumpliera un rito de paso en el que todos sin excepción tenían cabida: desde el barrigón que ronca en ese ratito de siesta improvisada hasta la modelo de pechos siliconados, desde la anciana en su silla, con su sombrero de paja de cada año, hasta la chica albina cuyo cuerpo brillaba como el mármol de una tumba.

—Lo único que hace es buscar lo que otros han perdido. —Augusto se incorporó de pronto, y señaló con un gesto de la cabeza al "buscador de tesoros".

Lucía tardó en reaccionar, pues ya casi había olvidado al hombre de los imanes.

—Tiene que ser emocionante, ¿no crees? Nunca se sabe lo que se puede encontrar. La gente es muy descuidada, y más cuando llega el verano —le contestó, despreocupada.

—O cuando no le da importancia a lo que ha perdido. Total, una pieza más o menos...-La voz de Augusto le llegaba saltando como una chinche en el colchón de una vieja pensión de barrio, superando los gritos salvajes de los chiquillos, las risas hormonadas de los adolescentes, el vaciado de castañuelas de las olas, y el enmarañado eco de las voces extranjeras. «¿Por qué ese sarcasmo?», se preguntaba Lucía, aunque tampoco le daba demasiada importancia. Empezaba a acostumbrarse a sus salidas de tono, a su aspereza; y estaba llegando a ese nivel de despreocupación, de nihilismo, que precede a la extenuación. Era una catástrofe sin tragedia que se expresaba en las cosas más cercanas, en la naturaleza, en el aire, en la calva de un hombre que tenía casi al alcance de sus pies. Era un sueño del que comenzaba lentamente a despertar.

La brisa había cesado y con el calor y la proximidad los olores corporales eran más intensos, y se mezclaban hasta alcanzar la gama barata y popular de las cremas bronceadoras con olor a coco, las patatas fritas con sabor a barbacoa, el sudor, los bocadillos de atún, el humo de los cigarrillos, los esprays repelentes de insectos o de medusas. Todo ese refrito de aromas la incomodaba como una faja decimonónica, o como un insufrible corsé de ballenas. Sin embargo, de pronto todo cambió. Augusto hizo algo que no tenía nada que ver con el lugar en el que estaban ni con los pensamientos que la acababan de asaltar. Rebuscó en los bolsillos de la bolsa de playa y sacó un pequeño objeto envuelto en papel de regalo. «Es para ti cariño. Ábrelo», le dijo a Lucía.

Ésta se quedó mirando el minúsculo papel encerado de forma cuadrada. Los regalos por sorpresa le causaban una especie de vergüenza y reparo, como si no estuviera segura de merecerlos. Aunque finalmente acababa pensando que los merecía, pues la vanidad hacía bien las tareas, y ella se amaba a sí misma por encima de todas las cosas. Regalar viene del francés *régaler*, derretir, y era cierto que algo se derretía en su interior, en ese interior de Lucía que últimamente estaba como un piso asaltado por unos cacos. De repente todas las dudas se esfumaron, y a cambio, una esperanza audaz y estrepitosa la hizo suspirar. Dirigió a Augusto una gran sonrisa confiada. Había sido educada a base de castigos, y los pocos premios que recibió en su infancia eran como pequeños milagros que obraban maravillas en su alma anhelante.

Lo que importaba es que todo volvía a ser como aquel día en el cine, cuando dos desconocidos se encontraron al final de una película lacrimógena y a partir de entonces decidieron turnarse para llevar la mochila que les acompañó en todo aquel viaje –que les seguía acompañando– una mochila llena de las prendas de ambos, revueltas y sucias, algunas.

Mientras abría la cajita, Lucía seguía pensando en las diferentes acepciones de la palabra regalo: obsequio. Presente. Los regalos tienen mucho que ver con el momento presente. Acéptalo, vívelo y recuérdalo después, pero sobre todo, vívelo ahora, parecía decir aquel regalo. Reconoció su pulsera en cuanto abrió el estuche. Aparecía con todo su brillo rodeando una pequeña cima acolchada en color granate. Mientras comprobaba su tacto frío y suave se quedó con la boca abierta y el corazón confuso rebotando en su pecho como una pelota. En efecto, no se trataba de una pulsera nueva, sino de "su" pulsera, algo desgastada por la costumbre de girarla sobre la muñeca en un gesto mecánico, un ensimismado juego de rotación con el que se entretenía a menudo. Recordaba que la llevaba en el hotel, en aquella habitación horrible, con el padre de Augusto iniciando un juego de seducción que –lo recordaba con benevolencia y simpatía, a pesar de todo- acabó como esos fuegos hechos con leña húmeda, con más humo que fuego.

Una parte de ella se negaba a creer que fuera precisamente esa pulsera la que estaba viendo. Deseaba engañarse para poder regresar al estado de ánimo anterior, dominado por la alegría y la sorpresa, por la felicidad de sentirse amada. Pero finalmente la realidad se impuso como un flujo de sangre que brotara sin control de una herida abierta. Fue uno de esos momentos en los que los detalles cobran una importancia extraordinaria, como si la memoria necesitara una imagen o una música de fondo con los que en adelante se presentarían esos recuerdos. Una mujer que estaba un poco más abajo que ella tumbada en la arena, con las piernas abiertas, enseñaba unos caracolillos oscuros y finos que sobresalían de su pubis, rebasando la apretada franja del monoquini de color naranja. Esa mujer, a medio camino entre lo salvaje y lo funcional, lo localmente aceptado, hablaba de cosas antiestéticas, de flujos, de procacidad y desconcierto. Posiblemente, en adelante, asociaría esa visión perturbadora al recuerdo de aquella tarde nefasta.

Se quedó con la pulsera en la mano sin saber qué decir, sintiendo que lo que ahora se derretía no tenía nada que ver con la consistencia suave y apetitosa de la mantequilla, sino con algo mucho más gris, más feo y más grasiento que la mantequilla. Lo que se fundía en su interior era sebo, un sebo proletario y alimenticio, maloliente e indigesto.

—Gracias… — dijo Lucía, con la voz quebrada.

Augusto sonrió de forma enigmática. Lo cierto es que la compasión no era su fuerte. La compasión le impulsaba a rectificar, a mirar con ojos nuevos y, cuando estaba a punto de hacerlo, de acercarse a Lucía y pedirle disculpas, entonces aparecían el orgullo, el rencor, las facturas pendientes. Se comportaba como un malvado. Y, claro, para los malvados no había beso.

2

¡Qué distintas le parecían las habitaciones cuando se levantaba por la noche y encendía la luz! En ese momento, los objetos conocidos se le antojaban extraños huéspedes tomados por asalto. Las líneas suaves, tapizadas de azul del sofá, se perfilaban como barricadas tras los cuales acecharan las sombras. El asiento, otras veces tan cómodo, se reveló para don Augusto un profundo abismo cuando se sentó para reponerse del vértigo que sentía. Aquella noche cambió de postura en la cama una media docena de veces, al menos. Se acordaba de la recomendación de dormir sobre el lado derecho. Tal vez no era una mala idea, la de dejar el corazón en vilo, como un piloto encendido, o como un sensor capaz de captar las mínimas oscilaciones de la habitación donde dormía ella. Se frotó los ojos; por el hueco de la chimenea creyó descubrir ligeros movimientos, formas evanescentes que procedían de un espacio exterior y que ahora se instalaban aquí, para poner los cimientos de su nuevo reino.

Cerca de los pies, indecisa en su vibrante blandura negra, se movió lenta una cucaracha con su promesa de crujido, de mórbido despanzurramiento. Todavía con la alucinación de una noche insomne, el techo se le antojó a don Augusto una mole de granito, una losa suspendida sobre su cabeza. Dos pasos más allá, la jaula vacía del papagayo huido era una sucia prisión a la espera de un nuevo inquilino. Quiso observar más de cerca la pluma que *Súbito* perdió en su vuelo, y en su trayecto tropezó con la alfombra. Al tocar la piel de leopardo todavía creyó escuchar el quejido de la vertiginosa rabia salvaje, sacrificada y seca. Don Augusto sintió un temor primitivo que lo desconcertó. Por la noche los objetos parecían contarle una verdad siniestra que se desvanecía con la luz del día como la energía de un vampiro. Esta verdad tenía que ver con el tiempo y sus secuelas, pues la mayoría de aquellos objetos le sobrevivirán. El único consuelo que le quedaba era transformarlos en objetos personales, únicos. O también podía desgastarlos. Un arañazo, un muelle que se quiebra, un cristal con una pequeña muesca en la esquina que nunca consentirá en remplazar por otro nuevo, de diseño moderno y ecléctico… Pequeños guiños, secuelas de una vida que los poseyó, que se sirvió de ellos y nunca los tomó tan en serio como ahora, cuando la sabiduría de la edad le permite descubrir que casi nada es arbitrario, que el bargueño del siglo XVII decorado con taraceas hablará de su amor por la tradición, que su colección de carteles modernistas de los hermanos Beggarstaff hablarán de su romanticismo y su pasión por el cuerpo femenino. Y sabrán que amó su profesión cuando observen las colecciones de libros de leyes en su nutrida biblioteca, y sabrán de su manía de resaltar, de dividir estancias en niveles de distintas alturas gracias a los pedestales, las tarimas, las gradas que hizo construir aquí y allá, en diferentes lugares de la casa. Siempre habrá alguien que quiera encontrar un sentido a esa manía. ¿Tal vez es la proyección de su interés por separar también a las personas por categorías? Puede que así sea, o puede que no. Porque para él una casa grande, como una vida larga, necesita rincones donde pararse a descansar. Si, tal vez apego a lo material le llevara con frecuencia al despilfarro –empezando por su propia vida– tal como le reprochó alguna vez su hijo.

Pero también fue generoso con todo aquel que lo merecía o que, sin merecerlo tal vez, hacía que el mundo estuviera de fiesta durante unos cuantos minutos. En realidad, don Augusto, unas veces con humildad y otras con egoísmo, desea dejar una huella profunda de su paso por la tierra. Tal vez su idea de lo eterno no fuera muy acertada, pero él desearía transmitir su vitalidad, su genio y esa forma directa y sin rodeos de guiarse, y en las adquisiciones que realizó y realizará a lo largo de su existencia, siempre se hallará parte de su genuina personalidad.

Eran las cuatro de la mañana en el reloj del salón. Un murmullo de hojarasca en el jardín llamó la atención del magistrado. Algún ser vivo, nocturno, se deslizaba de forma sigilosa entre los setos. O tal vez era una simple ráfaga de viento, o un ladrón que se amparaba en la oscuridad. Decidió salir de dudas, pese a saber el riesgo que corría al poner a prueba su débil corazón.

Primero vio la brasa del cigarrillo destacando en la penumbra del jardín como el ojo fascinado de una lechuza. Luego vio a Lucía, enfundada en la bata larga de raso de color rojo cereza. Era como una aparición. Su cuerpo parecía flotar, como las imágenes de vírgenes con largas túnicas cuya tela apenas roza el suelo, apariciones celestiales que provisionalmente descienden a la tierra.

—Ya somos dos los que no podemos dormir —dijo don Augusto.

Lucía no contestó. Apagó el cigarrillo y echó a andar por el jardín, de forma que él no tuvo más remedio que seguirla. Se sentaron en un banco de madera. El agua que salía de la boca del gran pez de piedra de la fuente iluminada sonaba como una guitarra tocada por un amante nostálgico en aquella hora silenciosa. Don Augusto quiso hablar, pero no se le ocurría nada, no hallaba una sola frase brillante, ni siquiera convencional que rompiera el mutismo de Lucía. Finalmente dijo en voz muy baja, como si se avergonzara por mostrar su flaqueza:

—También yo pienso a menudo en la soledad. Pero en mi caso, creo que está justificado.

—¿Tal vez porque se considera ya viejo? —preguntó Lucía, con cierta inquina.

—Hasta cierto punto —reconoció, sintiéndose de pronto viudo como nunca se había sentido. Llorándose a sí mismo por quedarse solo—. Pero aquel día, en el hotel, me chocó que una joven como tú... En fin, tu sinceridad me cautivó, y también tu nobleza. Y pese a todo, es extraño…

Calló. Acababa de darse cuenta de que era la tercera vez que retomaba la misma conversación. Una charla que giraba siempre sobre el mismo tema, como un estribillo, como una nana para mecer a niños insomnes.

Don Augusto miraba a Lucía. Era evidente que su escote le atraía, que su boca le fascinaba, que caería rendido al menor parpadeo de sus ojos. Pero sobre todo, él corría tras ella como quien persigue la fotografía de un sueño. La captación rápida y eficaz de lo instantáneo, de lo que ella quisiera darle, ya fueran las migajas escasas de su atención o la leve estela de su perfume algo recargado de bergamota. No era inmune a aquel perfume astringente y dulzón, sensual y excitante. Ese aroma amplificaba el área de influencia de su cuerpo. Pero enseguida su nariz perdía el rastro aturdido como un alérgico ante una eclosión de polen. Después, cuando el perfume se esfumaba en el aire, él se veía abocado a un vacío intolerable, a los libros de jurisprudencia y al arroz abanda. Luego ella regresaba, y él se olvidaba enseguida de todo para centrarse únicamente en la contemplación minuciosa de la chica. Iba tras su misterio como el perro va tras su propio rabo; mientras ella, dura como una cáscara de nuez se escurría, muerta de tedio o de indiferencia. Pero a veces, sólo a veces, ella le escuchaba. Y con esto le bastaba: intuía que tendría que renunciar a unas cosas para tener otras, que entre todas las cualidades de Lucía, siempre podía rescatar aquella que le proporcionaba un gran placer: su disposición para retomar la conversación interrumpida. Entonces sentía que eran algo más que dos cuerpos, dos bocas torpes balbuceando palabras. Eran dos seres tratando de pasar a limpio su pasado.

Aunque su cara permanecía medio velada por la oscuridad, le pareció que Lucía había llorado. Le hubiera gustado ofrecerle algo, un libro de Dylan Thomas, un pañuelo de seda, una luna llena y jugosa, pero no tenía nada más que su presencia.

—«Tal vez ésta sea una hora especial en la que uno se pregunta el lugar que ocupa en el mundo», –citó de memoria don Augusto–. Situado tras ella, le tocó levemente los hombros, sin atreverse a abrazarla. El dolor los acercaba y al mismo tiempo, los alejaba en la manera de enfrentarlo.

—No deberías decir eso *ahora* —dijo ella, con amargura.

Pero él no captó el matiz. Estaba absorto, zambullido en el desarrollo de la eterna conversación que mantenían, incluso cuando no hablaban. Como si aún fuera primavera, y no estuviera prejubilado, ni su corazón diera bandazos de borracho.

—Yo no sé qué lugar ocupo, nunca lo he sabido —Y al decir esto cayó en la cuenta de que no podía saber el lugar que ocupaba porque le hubiera gustado ser otro sin dejar de ser él mismo, poseer identidades múltiples sin que peligrara su estado mental. Las identidades múltiples —dijo para sí, sonriendo— son como las navajas suizas, que al abrirse dejan ver esos pequeños artefactos prácticos que se parapetan tras un cuerpo sólido y bien diseñado—. Aún así, me preocupa que la soledad me acabe gustando. La soledad crea adicción. Y yo no quiero convertirme en un individuo idiotizado que va por ahí hablando en voz alta, con miedo a perderse, a dar tumbos por el Borne o por las Ramblas, sin conocer una sola cara, hasta que a alguien se le ocurra invitarme a un café con leche, por si no he comido en todo el día.

Lucía dejó escapar un suspiro. Se levantó del asiento y se puso a la altura del hombre.

—Lo que dices es muy dramático —reconoció—. Pero no has entendido nada —añadió, mirándole de frente—. Te lamentas y te lamentas sin pensar que tienes la solución al alcance de tu mano. La gente llega a la soledad cuando no hace el esfuerzo de conocer al otro, o cuando juzga sólo por las apariencias.

Y mientras decía esto pensaba en su propio pasado, y en las lecturas erróneas que los demás hacían de sus actos. «He vuelto a fallar», se decía a menudo. Los equívocos, la falta de entendimiento parecían una constante en su vida. Su vida, que era como una aburrida clase de historia del arte. ¿A quién le interesa una aburrida clase de historia del arte?: arquitectura complicada, profesores que no saben distinguir entre una iglesia bizantina, gótica, renacentista o rococó. Su vida: un pisapapeles de Clichy con una falsa fresa en su interior.

—¡Ven aquí! —dijo don Augusto de pronto, empujándola hacia un claro del jardín—. ¿No ves una sombra en la ventana de la habitación de Felisa? —la hizo girar en un ángulo de ochenta grados, con la mano empujando delicadamente la mandíbula para corregir la dirección de su cara.

—Sí, sí, la veo —dijo Lucía, extrañada.

—Ahí tienes un ejemplo de los estragos de la soledad.

—¡Nos está espiando, qué horror de mujer!

—¡Bah, es inofensiva! —se aprestó a decir don Augusto—. Satisfacer su curiosidad la relaja.

—¿Vacío existencial, tal vez?

—No creo que su vida interior dé para tanto —se rio con una risa extraña, que oscilaba entre la compasión y el desprecio—. Felisa vampiriza las vidas ajenas porque prácticamente carece de vida propia, y la que tiene no le gusta.

—A mí me cayó mal desde el principio.

—No se debe juzgar a la ligera. Son tus propias palabras —le recordó, de una manera gentil-. Pese a todo, me inspira confianza. Hasta el punto de que decidí encomendarle una labor importante —dijo don Augusto, en un tono de misteriosa confidencia.

Llegaron hasta el cerezo, que aparecía iluminado con una tenue luz que provenía de unos plafones cuadrados encerrados en pequeños nichos en el suelo.

—Mañana mismo mandaré cubrir este árbol —dijo don Augusto, alzando la cabeza para contemplar el exuberante manto vegetal y aéreo—. De lo contrario, los pájaros acabarán por dejarlo pelado. Y eso no sucederá de ningún modo. ¡Nos daremos un festín de cerezas!

Los ojos del magistrado brillaban en la oscuridad del jardín, y adquirieron de pronto la fijeza hipnótica de los de un búho. Se contenía porque tenía miedo de su pasión. Sus labios apretados manifestaban la violenta resistencia de su interior, su apego a la vida y a sus dones, que se ofrecían con aparente sencillez como los frutos maduros del árbol que se erguía robusto y concupiscente como el árbol del paraíso. Deseaba que ella hablara, que le diera la réplica para borrar la absurda tristeza que brotaba de lo hondo de su pecho.

Lucía asintió con la cabeza. El recuerdo del sabor dulce y carnoso de las cerezas le hizo tomar conciencia de su boca, del placer y la sensualidad que le brindó aquel verano en el que su vida se había transformado en una hermosa novela con inolvidables episodios de bendito dolor, que exigía un final lleno de grandeza y sentimiento. «Nos daremos un festín de cerezas.» La alegría con que fue anunciado este acontecimiento no hacía presagiar de ninguna manera la tragedia.

3

El día siguiente fue de una gran actividad. Antes de marchar, Lucía sembró un parterre de lirios, anémonas y narcisos. Recordó entonces que doña Leonor sembró tulipanes y que aunque ya aquellos bulbos se secaron y fueron sustituidos por otros más vigorosos, los tulipanes fueron el comienzo de algo bello, pensaba. Las flores siempre son el comienzo de algo hermoso. Sus semillas son promesas de esplendente felicidad. Además, deseaba que algo suyo continuara cuando ella se fuera, brillando y agitándose con el suave empuje de la brisa. Se miró las manos. Los músculos estaban tensos, los dedos ligeramente hinchados por el trabajo y la premura con que lo llevaba a cabo. La irredenta, orgullosa sangre del padre, latía en sus yemas y empujaba sus dedos con precisión, mientras que la impaciencia la hacía sudar como una campesina. Era tierra, y por eso la tierra no le era ajena en absoluto.

Decidió enterrar las cepas en un montículo pelado, en una discreta ladera dominada por un efebo de piedra.Cuando acabó de hacerlo, levantó la cabeza y respiró hondo. Frente a ella se encontraba Mercè, la asistenta, con su trenza a modo de corona ciñendo su pequeña cabeza.

—El jardín es del jardinero —dijo ésta, a modo de saludo—. Perdone que le diga, pero me resulta raro verla así.

—¿De qué se extraña? Doña Leonor sembró aquí tulipanes. Yo... yo puedo hacer lo que me plazca —respondió Lucía, sintiendo su orgullo herido. Había en ella una acusada tendencia a ser servicial, generosamente disponible, y se odiaba por ello. Pese a la capa de cultura con la que se protegía de cierta prevención hacia su origen proletario, a veces saltaba como una ardilla su vanidad acomplejada y la predisponía en contra de la servidumbre y de los que no tenían más remedio que ganarse el pan con el sudor de su frente.

—Se confunde, señorita. Ella tenía su coto particular. Se entretenía en el invernadero porque cultivar plantas era su *hobby*. Pero nunca la vimos trabajar, o agacharse. Sólo se divertía con sus cosas, como hacen los señores —juntó las manos sobre el vientre, como una humilde y sensata sirvienta.

—Pero los tulipanes…

—Pregúntele al jardinero —contestó, tajante.

Lucía, una vez más, se sentía como si navegase entre dos aguas. La tierra húmeda y la yerba fresca que ella tocara con manos temblorosas ya no serían más suyas, y esa fuerza impetuosa y triunfante del jardín que se derramaba en aromas sensuales pronto dejaría de acompañarla. La decisión de partir estaba tomada, y no se debía únicamente al proceder de Augusto. Ahora sabía que esas sordas emociones que en los últimos días la habían acompañado brotaban de la convicción de que ya no era imprescindible. Hasta entonces, esta idea siempre rondaba por su cabeza, y en cierto modo era el eje que vertebraba su relación con Augusto. Creerse imprescindible era tan maravilloso –y tan agotador, a un tiempo– que la mayoría de parejas que conocía se sustentaban en esta fantasía. Pero las ligaduras se hacen tan estrechas, los silencios tan opresivos, que acaban sumiéndolos en la apatía y el cansancio. Mientras tanto los amantes, fieles a esa fantasía, creen que el amor sobrevivirá a la torpeza con la que se manejan, sin pensar que tienen entre manos algo tan delicado como una rara pieza de porcelana.

Pero lo cierto es que Augusto se alejaba poco a poco de ella. Era autónomo y excluyente. Sostenía largas conversaciones telefónicas con un marchante de arte, tenía prevista una exposición en el MACBA para finales de otoño; le urgía acabar todo el catálogo de cuadros previsto; se dedicaba a planear su próximo futuro con propuestas pictóricas a lo Henri Rousseau, aunque él era menos ingenuo y contaba con mayor proyección que el pintor parisino, quien vivió en la pobreza, como ocurre con tantos y tantos artistas. Además, acababa de firmar las escrituras de compra del terreno colindante con la casa. El éxito le cercaba.

Y pese a todo, no necesitaba compartir con ella sus alegrías o sus triunfos. Había dejado de consultarla a la hora de pintar, pues ya no necesitaba ni sus consejos acerca de la disposición de los planos en el espacio ni el ojo crítico de una artista. Augusto se extraviaba adrede en su arte, y ella ya no podía recurrir al amparo de sus besos, sus caricias o sus mimos. Él la había sacrificado a sus dioses al óleo en el frío altar donde mueren desangrados los mortales.

«En resumen», se dijo, echando una ojeada a su trabajo recién acabado, apartando un mechón de cabello de la cara y secándose las gotas de sudor que le caían por la frente. «En resumen», dijo ahora en voz alta, sin saber qué añadir, como si en ese nimio discurso se aglutinara la vastedad de los días y las noches pasadas allí. Tenía veintisiete años, una matriz sin estrenar, una maleta roja, una pulsera desgastada y un corazón desdibujado, como todos los corazones que acaban de sufrir un atropello. Le parecía que quedaba muy lejos aquel día que jugaron a bodegueros y mezclaron los distintos tipos de vino y luego los fueron probando hasta sentir la chispa del alcohol revolotear en sus cabezas y soltar sus lenguas que se enredaron en una bacanal de alegría lujuriosa. Ese día ella le pidió, medio en serio, medio en broma, que se casaran. Sólo con la ayuda del alcohol consiguió hablar en un tono divertido de un tema tan serio. Augusto la miró sobresaltado, como si se hubiera vuelto loca. «Si quieres lo hablamos otro día, o espera al menos a que me duche y me despeje», dijo el controlador que llevaba dentro.Pero ya no hubo otra ocasión, y ambos debieron presentir que así sería. Por eso Lucía eligió aquel momento en el que todo parecía irreal, sencillo, vulgar o sincero como el vello que se escapa del biquini en un día radiante de playa.

Ahora sabía que si ocurrió lo que ocurrió era porque así debía ser. Sabía también que las cosas más elevadas están condenadas de antemano a alcanzar un sentido vulgar y utilitario. Y ellos no escaparían a esta dinámica: serían la típica pareja unida por las vacaciones, la hipoteca, el sexo, el arte, los niños, las sesiones de *jazz*, los resfriados, el licor de grosella y los paseos en bicicleta. Y aún así...La simpleza del corazón de los hombres la sorprendía. La simpleza del corazón de Augusto la sorprendía. Él quería estar siempre seguro. Seguro de estar sereno, limpio y aseado, seguro de estar seguro. Pero todo lo importante ocurre cuando uno menos lo espera. Y mientras tanto, ese amor generoso y gratuito se alejaba como el humo azulado de un cigarrillo se pierde en la noche oscura.

4

Cuando subió a hacer la maleta, Felisa la estaba esperando. Llevaba un juego de toallas blancas de rizo entre las manos. Lucía se extrañó al verla en la habitación, sustituyendo a la criada en su tarea. Por su semblante adivinó que trataba de decirle algo importante. Tenía la nuca rígida, los ojos huidizos y la determinación de acabar cuanto antes con una tarea que probablemente no realizaba de buen grado. Con gesto extasiado, como el de una diva operística que escondiera el puñal que acabaría con su propia vida, sacó de entre las toallas un estuche enrollado semejante al muestrario que utilizan los joyeros. Lo abrió para percatarse de que Lucía apreciaba su valioso contenido.

—Don Augusto me envía para que le entregue en mano estas joyas. Lo único que le pide a cambio es discreción. Nadie, ni siquiera su hijo, debe saberlo-. Hablaba con emoción contenida. Una fugaz sonrisa cruzó su rostro como un hachazo. A partir de ese momento, cualquier cosa que hiciera don Augusto carecería de importancia para ella. Tal era su decepción.

Pero no era una mujer que se dejara amilanar por aquella rival, la muchacha consentida y altanera. Cuando le entregó las joyas, la obsequió con un desafiante gesto de asco que se expresó en un "puaj" y un fruncimiento de labios que no solo no calmó su ira, sino que le dejó marcadas las feas arrugas de la infamia sobre los labios temblorosos. La felicidad reflejada en el rostro de Lucía determinó su venganza. Todavía como un concepto vago, como una sombra que cubriera por un momento su corazón. La necesidad estaba allí; sólo faltaba la oportunidad. En sus ojos oscuros brilló una diminuta llama morbosa. Era la esperanza en la redención, tal vez tardía, sí, pero redención al fin y al cabo. «Dicen que soy antisocial. Se burlan de mí, me humillan y degradan», pensó Felisa, y enseguida acudieron a su mente las duras palabras que le dirigía don Augusto, y el sarcasmo con que le hablaba cuando estaba en presencia de Lucía, como si necesitara demostrar su poder y su virilidad para conquistarla a costa de derribarla a ella. «¿Qué saben de mí, me conocen acaso? Yo curo por delegación, limpio heridas, relleno con vendas las escaras, me han contagiado virus y dolor… Yo soy la verónica a la que recurren los cristos enfermos… Sí, muy bien...», continuó hablando para sí misma, «pero, ¿quién se acuerda de las verónicas a estas alturas? Las verónicas han sido borradas de la faz de la tierra por las llamativas magdalenas.» Se frotó varias veces la punta de la nariz, gruesa y llena de pequeñas venitas rojas. «¡No saben lo que se pierden!», dio un respingo y se colocó frente a Lucía, con la frente dura y los ojos nublados. Sentía fluir en su interior lágrimas calientes y acusadoras que nunca derramaría por ella, desde luego, aunque ese dolor sin nobleza la dejara exhausta.

—¡Embaucadora! ¡Arpía! —le escupió al rostro los insultos como flechas ardientes.

Lucía despertó de su fascinación. Se secó la saliva con la punta de la toalla en la que venían envueltas las joyas.

—Esta guerra no es entre usted y yo —la advirtió, pero la enfermera ya había salido dando un portazo que dejó temblando por un momento la hoja de la puerta.

Aquel incidente no desanimó a Lucía. A la sorpresa inicial por el regalo inesperado le siguió una alegría clamorosa. Los oscuros presagios, el temor ante el futuro inmediato, se diluyeron como por arte de magia a la vista de aquel presente. Y cuando se quedó sola y pudo acariciar una por una aquellas alhajas, empezó a tomar conciencia de su verdadero valor y de las oportunidades que le brindarían. Recordó entonces el día de su llegada, cuando Augusto le enseñó el rincón de los tulipanes. «Los tulipanes son siempre un buen comienzo», recordaba haber dicho al observar las flores que se apilaban formando franjas horizontales como una bandera de colores estridentes. Ahora esta frase cobraba un nuevo sentido. Los comienzos con rubíes y amatistas serían menos duros, sin duda. Y podría comprar todos los pisapapeles de Clichy –aquel raro objeto que la fascinaba de pequeña– que quisiera.

Se asomó a la ventana de la habitación, orientada al noreste y desde la que se divisaba un extenso terreno sin labrar ni construir, más allá del cual se veía una pequeña porción de mar. La luz adquiría a esa hora el tono íntimo y amortiguado de un crepúsculo que se alarga y se expande en un cielo que va perdiendo el azul del estío a medida que la noche avanza con sigilosas sombras grises. Tenía que pensar como una triunfadora. Así es como sería en adelante. Sería como los dragoncillos que había visto la noche de su llegada en el *belvedere*, veloces y dichosos mientras escalaban hacia la luz para atrapar al vuelo su cena. «Madre, si pudieras verme ahora», exclamó en voz alta, frente al espejo, gimiendo y llorando de alegría y dejando que las lágrimas resbalaran por sus mejillas. «Si supieras de tu hija...», le habló a su madre muerta con más sentimiento y más dulzura de las que había tenido con ella en vida, pues necesitaba compartir con alguien su buena suerte.

Entretanto, don Augusto se paseaba por la biblioteca, nervioso. Sabía que a esas horas Lucía ya habría recibido las joyas, pero ignoraba el efecto que causarían en ella. Puesto que ya había anunciado su marcha, ¿pensaría acaso que pretendía retenerla, que con las joyas estaba comprando su voluntad, que la discreción, la humildad de la entrega no escondían en el fondo un chantaje afectivo? Prefería descartar estas ideas, aunque no podía negar que su amor tenaz y obstinado estaba contaminado por los celos y un afán obsesivo por ser mejor que los otros, más generoso. En definitiva, deseaba impresionarla y superar al señor Ribó con ese derroche de lujo. Pues de eso se trataba en realidad: de derribar a su otro rival, con cuyo recuerdo sólo podía competir a lo grande. «Es lo más sensato que he hecho en toda mi vida», se dijo, para acallar esas voces molestas que cuchicheaban en su cabeza. Y enseguida encontró un montón de razones por las cuales

Lucía era merecedora de las joyas: «Es bonita, es joven, la quiero, se merece un final "elegante"».

Dio un paseo por los alrededores de la casa. La gente paseaba feliz y sudorosa, un perro orinaba en el tronco de un árbol, un viejo conocido lo saludó con afecto y le dijo con mucha educación que lo encontraba un tanto desmejorado. Él lo achacó a la inoportuna pesadez de aquel verano, evitando dar detalles sobre su salud o su estado de ánimo. Pero cuando el hombre se alejó se sintió enormemente fatigado, como si su vida fuera un continuo desdoblamiento, como si fuera un actor que interpretara a diferentes personajes en la misma película. Uno de estos personajes era padre, y no podía sustraerse del todo a su función de padre. La decisión de regalar las joyas a Lucía a espaldas de su hijo le producía cierto malestar, pues sabía que cometía con él una injusticia. «Augusto, te has metido en un buen lío», le hablaba una vocecita que parecía brotar de un interior desértico en el que crecían, no obstante, hermosos cactus y alguna que otra planta de hojas suculentas que florecían de vez en cuando.

¿Qué podía hacer? Cuanto mayor se hacía, más se enredaba la madeja de su vida. Contrariamente a lo que creía, la vejez no le hizo más sabio, sino más pícaro, y el amor no le trajo serenidad, sino desesperación y sensualidad. Antes se regía por un mundo regido por normas, consistente y acotado. Respetaba a su madre y hasta cierto punto perdonaba el silencio y las motivaciones del padre ausente; vivía en un barrio abastecido de comercios, tenía el metro a dos pasos y luego, cuando ascendió en la jerarquía social, contrató a un chófer que le llevaba a todas partes. Era un urbanita que no necesitaba carta de navegación para ir por la ciudad. Pero ahora la ciudad le cansaba, la encontraba astuta y maliciosa, impersonal, desmadrada. «¿He cambiado yo, o es el mundo el que me da la espalda?», se preguntaba, pues tenía la sensación de que todo estaba patas arriba: las clases sociales se mezclaban en los barrios, los delincuentes eran presuntos, la política se había convertido en un circo mediático, los niños imponían su criterio a los padres, los jóvenes faltaban al respeto a los mayores... Hasta él había cambiado, su ojo izquierdo era cada vez más inútil a causa de la insidiosa catarata, llevaba el pelo teñido y engominado como el de un maniquí de escaparate y sus labios y su boca se iban retrayendo y torciendo ligeramente, mientras que su mandíbula había perdido la firmeza de antaño. Estaba en un delicado proceso de fusión, o de confusión, y vaya usted a saber adónde le llevaba este proceso.

5

«Creer es un acto de fe que nos libera del miedo a la pérdida del control, a saber que hay situaciones que nos sobrepasan, o personas que están fuera de nuestro influjo de manera transitoria o permanente. Creer es lo que se nos escapa y lo que retenemos, avanzando a ciegas aunque presintamos que nos dirigimos a la luz. No pidamos una prueba, porque no la necesitamos, no apelemos a la lógica, porque no acudirá en nuestra ayuda; saber que el día sucederá a la noche no exige una carga adicional de fe, puesto que hemos vivido los suficientes días y las suficientes noches para saberlo. La verdad aparecerá cuando estemos preparados para comprenderla». Augusto cerró el libro de filosofía después de doblar el borde de la página para marcarla. «La verdad aparecerá cuando estemos preparados para comprenderla.» Aquel párrafo parecía escrito expresamente para él, que al fin comprendía. Hasta entonces se había tomado la vida demasiado en serio, y esto le causaba serios descalabros. El milagro se había obrado, y a esa inminencia de desastre que le perseguía continuamente y que conseguía paralizarle, le sustituyó un valor sorprendente para encarar retos, para tomar posesión de su destino.

Miró desde la ventana del estudio. Desde allí se divisaba la riera en la que se acumulaban cañas, matojos de yerba seca y una solitaria palmera egipcia erguida como un centinela. Bordeando esa zona aparecía una espléndida huerta y una rudimentaria caseta para los aperos. El potente olor a estiércol natural se extendía como un manto sobre las matas trepadoras de judías, relucían de verdor los pimientos, y hermosos ejemplares de tomates de Montserrat exhibían una sonrosada piel que cubría una pulpa suculenta.

Siempre había fantaseado con la posibilidad de comprar esa huerta, y ahora estaba a punto de hacerlo. Allí construiría su propia casa, después de poner a la venta la de su padre en una de aquellas inmobiliarias que proliferaban por el pueblo. Edificaría un hogar mucho más sencillo, con líneas robustas y cuadradas, con una valla baja de ladrillos romboidales y una torreta de vigilancia, cómo no. La torre se levantaría siguiendo las directrices de aquellas que se construían en la antigüedad para avistar las naves berberiscas. Su casa, en conjunto, debería recordar a esas gigantas de gran busto, pelo rizado pegado a la frente y grandes ojos de yegua que sacaban a pasear en las fiestas de su infancia. «El que construye una casa construye algo más que una casa», había dicho su padre tiempo atrás, sentado en una butaca de rejilla blanca, en el jardín, con la pipa en la boca, un sombrero canotier y un traje de lino de color arena, un traje de dandi que recordaba al que lució Robert Redford en "*El Gran Gastby*". En aquel tiempo él le admiraba, le parecía que desprendía una fuerza especial, un orgullo y una tensión viriles y admirables, y confiaba en que un día él llegaría a ser así. Por suerte, su vida se había colmado de experiencias propias, y aquella confusa sombra proyectada sobre su destino había sido barrida y ahora tenía confianza plena en el mundo pero sobre todo, confianza en su propio poder.

Cuando subió al dormitorio encontró a Lucía preparando las maletas. O mejor dicho, llenando aquella maleta roja que engullía vestidos, prendas íntimas, neceseres y tres intensos meses de convivencia.

—¿Adónde piensas ir?

—A cualquier sitio —dijo ella, vagamente—. A encontrarme conmigo misma, o yo qué sé.

—¿No estás bien aquí? —le preguntó de forma retórica.

—Oh, sí, estoy estupendamente. Pero no pretendo eternizarme. Sería impropio de una "visita" educada. —Cuando remarcaron la palabra "visita", los labios de Lucía se contrajeron en una mueca burlona, y sus ojos azules relampaguearon brevemente por la cólera reprimida.

Augusto experimentaba sentimientos contradictorios. Éste era el momento que había temido desde hacía tiempo. Primero con angustia, después con resignación, y por último, con indiferencia. Pero cuando vio brillar en la muñeca de Lucía la pulsera de oro sintió que los celos, la traición de su padre y el sentimiento de pérdida, oscuro como una afrenta, le oprimían el pecho. Y también la compasión; compasión por ella, pero sobre todo por sí mismo, por la incertidumbre de una soltería que se inauguraba en ese preciso momento. Y al ver la maleta sobre la cama, grande como una delegación provincial del hogar de Lucía, pensó: «Las historias de amor son como esas maletas que recorren la cinta transportadora de los aeropuertos. Cuando llega nuestra maleta –grande, hermosa, ¡la nuestra!– nos llena de alegría. La espera mereció la pena. Porque el amor es un rencuentro con algo que nos perteneció y que perdimos temporalmente. Y esa maleta contiene todo lo que necesitamos: trajes que cubren nuestro desnudo, salvoconductos, complementos, bolsillos, un doble fondo, continuidad de vida y mudas limpias. Pero cuando el viaje llega al final, las maletas dejan de ser útiles, se vacían y acaban en un rincón del desván».

—¿Vas a quedarte mirando como un pasmarote? —inquirió Lucía, mientras doblaba el vestido de flores con fondo negro que tanto le gustaba. Ella solía decir que aquel vestido parecía un traje para casarse por lo civil. Un traje de novia pobre, aclaraba después, sonriendo con tristeza.

Augusto se dio la vuelta y entonces se encontró frente a frente con su padre, que observaba la maleta con expresión angustiada.

—De la maleta me encargo yo, no te preocupes —dijo Augusto, dejando a su padre con la palabra en la boca.

—Iba a mi cuarto, a buscar las gafas para leer—. Le sonrió con un poco de lástima, pues con su actitud, con esa tensión viril y afilada, le hizo pensar que todavía los hombres –algunos hombres– mantienen la fantasía de sostener algo, o de proyectar una fuerza suprema sin la cual el mundo dejaría de avanzar. Todavía suponen que la divisa de un hombre es la acción, que se es hombre en tanto en cuanto se ejecuta. Ojalá él pudiera alertarle de que se equivocaba, de que un día al mirar alrededor descubrirá que no hay gesta mayor que amar sin esperar nada a cambio.

Pero entonces sería demasiado tarde. Casi todo acontecía demasiado tarde. En su memoria retenía la imagen de su hijo bebiendo en una fuente de piedra, en Cadaqués, frente a la playa. Tenía diez años y una cara de furiosa felicidad; el gesto de la mano era vivo, rápido, mientras lanzaba el chorro de agua a una niña que pasaba cerca, el cuerpo arqueado en una doblez felina, las piernas llenas de cicatrices recientes, la cabecita con sus suaves rizos castaños: toda aquella fuerza disparando, toda aquella concentración de vaquero con el lazo. La contemplación del hijo como proyección de sí mismo le hizo feliz en aquella ocasión. Ni siquiera sentía nostalgia del relevo, ni la temible pérdida de vigor que empezaba a atormentarle ya en aquella época. Y justo ahora comprendía la similitud que existía entre el ademán de su hijo lanzando el agua a la niña que pasaba y su propio gesto de aquel día en la piscina, con las tres chicas asombradas. Ambos parecían querer atrapar una pieza que se les escapaba. Y, si es que ellas lo permitían, dejar memoria de sus genes.

—Me enteré por Felisa de que te ibas —se dirigió a Lucía—. Si puedo hacer algo por ti...

Su cuerpo avanzó unos pasos, sus brazos se abrieron para caer después como alas detenidas en un impulso malogrado, hasta que por fin su mente tomó el control de la situación y fue de nuevo el padre, el amigo, el confidente, el suegro y todo lo que no querría haber sido.

Entonces se escuchó la música de un bolero. Por la ventana abierta se colaban las voces nostálgicas de Los Panchos: «Ya no estás más a mi lado, corazón, en el alma sólo tengo soledad, y si ya no puedo verte, qué poder me hizo quererte para hacerme sufrir más...»

—¿De dónde diablos sale esa música? —preguntó Augusto.

—Del cuarto de Felisa —aventuró Lucía, con un gesto de cansancio.

—Qué manía le tienes. No es de su cuarto, sino de la cocina, seguro. La nueva cocinera es una forofa de los boleros.

—Cerremos la ventana y pongamos el aire acondicionado —propuso el magistrado, pues la letra de la canción, infinitamente melancólica, le llenaba de tristeza. Le parecía que todas las mujeres del mundo se alejaban, le daban la espalda y luego giraban por un momento sus cuellos y poniendo la punta de los dedos sobre sus labios palpitantes lanzaban besos al aire. Besos que no le alcanzaban.

—¿No ibas a buscar tus gafas?

—Es verdad. Yo sólo subí a buscar mis gafas de lectura —contestó con humildad, sintiendo que su alma se empapaba de un dolor profundo.

6

Don Augusto salió al jardín, paseó lentamente, con las manos en los bolsillos, mientras escuchaba sus propias pisadas por el sendero de arenisca; luego se volvió a mirar la casa. Aquel lugar depositario de tantas ilusiones en otros tiempos, le parecía ahora un simple capricho, fruto de una época en la que gozaba acumulando objetos y propiedades. Eran momentos que evocaba sin nostalgia, pese a reconocer que en cierta etapa de su vida le hicieron olvidar que era vulnerable; que su infatigable ambición por situarse en la inmensidad del mundo le hizo vanidoso, que se creyó una celebridad y que, como toda celebridad, requería su boato.

El equívoco estaba servido, pues era más fácil poner su fe en la arquitectura que luchar por causas perdidas, por ejemplo, por el amor por su esposa. Además, necesitaba urgentemente materializar sus sueños. Muchos hombres cifran sus esperanzas en la recia cualidad de la roca. La solidez de la piedra, la ductilidad del ladrillo, invitan a fantasear con la idea de eternidad. Por el mismo motivo, él compraba casas, yates o novias ficticias que le procuraban una satisfacción instantánea.

La gata *Remedios* paseaba a su alrededor, colándose entre las perneras del pantalón, reclamando con sus maullidos su tazón diario de leche. Los secos pezones colgaban de su tripa como uvas pasas. Dos gatitos seguían martirizándola, uno a cada lado de la tripa, su Rómulo y su Remo aún sin destetar. El resto ya sabía buscarse la vida. ¡Vaya, si sabían! Él mismo le llevó la leche, vertiéndola en el cuenco desportillado desde el *tetrabrick* que sacó de la nevera. «Todos acaban buscándose la vida», pensó mientras recorría el interminable pasillo en cuyas paredes se apiñaban algunos cuadros de su hijo mientras esperaban una oportunidad de lucimiento menos casera. Mientras se «buscaban la vida» lejos de allí. Le gustaba el que llevaba por título *Amanecer en la Costa Brava*. Los demás óleos no despertaban en él un excesivo entusiasmo. Llevaban mucho tiempo colgados pero siempre se sorprendía al pasar entre ellos como si desfilara ante media docena de generales. Su morosa permanencia, sus trazos abigarrados y densos sumían esa zona de la casa en una tristeza de santuario. Además ese día la casa tenía un ritmo extraño, melancólico, estaba poseída por el ritmo trágico y sincopado de las despedidas. Le pareció escuchar notas sueltas del saxo de Debussy, y hasta sus narices llegó alguna molécula dispersa que contenía la esencia cítrica de la bergamota.Todo: cuadros, música y perfume, las risas francas de las criadas, los tacones pisando el parqué, hicieron que el corazón le golpeara en la boca. «Está bien, lo que tenga que ser, será», se dijo, con resignación. Acto seguido, abrió el portón de hierro y miró con cierta solemnidad la calle. Las nubes navegaban por el cielo empujadas por un viento ligero, limpias como hermosos veleros blancos. Le pareció que el aire era cada vez más puro, casi tan puro como aquel día de lluvia, cuando Lucía le habló de soledades y pleitos mientras él contemplaba los balcones iluminados de la Casa Batlló y deslizaba sus dedos por las monedas que guardaba en los bolsillos. En ese momento pensaba, con más obstinación que esperanza, en la manera de conquistarla.

Habían vuelto a pintar el grafiti de la valla. Pero de alguna manera, su sugerencia o su mandato –si es que iba dirigido a él– ya se había cumplido. Entre él y la casa-fortaleza se intercalaba el divino tumulto del atardecer que avanzaba a buen paso. Era la gente que volvía de la playa cargada con sus bolsas de colores ácidos, sus sombrillas, que arrastraba las chancletas y lucía una espontánea sonrisa en la cara bañada en sal. Tras sus figuras, una ancha banda de azul brillante festoneaba al final de la calle. Olía a algas y a pescado. Era un olor familiar, que le reconciliaba con el mundo. Abriendo el plexo solar aspiró una bocanada de aire y notó casi de inmediato el bienestar del oxígeno que se incorporaba a sus pulmones. Se acordó entonces de aquellos versos de Borges: «Cuentan que Ulises, harto de prodigios, lloró de amor al divisar su Ítaca, verde y humilde». Pues también él, en ese preciso instante, tomaba posesión de su verdadera patria. Porque su primera y verdadera patria nada tenía que ver con la soledad. Su patria estaba formada por ese territorio abierto, misterioso y siempre en construcción que cobija mejor que cualquier casa. Sus dominios también incluían la "zona intocable" de la que habló con Lucía. En él cabían todas y cada una de aquellas personas que volvían gozosas y cansadas a sus propias casas.

Colocó la escalera bajo la copa del árbol. La yerba estaba todavía húmeda, protegida del sol por el ramaje. Las patas de la escalera se hundieron, uniéndose a la tierra con firmeza, como si enraizaran. Las hojas sobre su cabeza apenas se movían. Don Augusto las observó con verdadero interés, absorto en el apasionante mundo de la botánica. Entre los espacios vacíos se colaba el azul limpio del cielo. Las cerezas brillaban como granates comestibles.

Ahora se alegraba de no haber puesto una red, a pesar de que los pájaros se habían cebado en algunas zonas del árbol, dejando un rosario de huesos en las ramas como única huella del festín. ¡El festín de cerezas que le prometió a Lucía! –recordó–. Por suerte, todavía estaba a tiempo de recoger hermosos ejemplares de largos pedúnculos cuya visión despertaba en él la gula. Se fijó después en las ramas. Las más robustas se bifurcaban en otras mucho más delgadas y pequeñas, de las que pendían las cerezas brillando con su rojo suculento.

El recuerdo de Lucía le empujaba en su ascensión por los peldaños de la escalera. Subía como un gato que sigue el rastro de un pajarillo en el tejado. Flaco y nervioso, todavía ágil pese a las secuelas de la enfermedad, se aventuraba hacia las ramas más altas con una ilusión de cadete. Sacó de uno de los bolsillos del pantalón una bolsa de plástico, la colgó de una de las ramas y empezó su tarea. Mientras llenaba la bolsa, vio una mariposa volando ágilmente de una a otra hoja, impulsada por una urgencia que a él le pareció significativa, como si fuera la muestra del progreso al que se encamina la naturaleza, y cuya interrupción supondría una hecatombe. Esto es lo que deseaba entonces de forma un tanto caprichosa e infantil: deseaba que la presencia del lepidóptero fuera la señal que estaba esperando. ¿Esperando? ¿Por qué esperar? Pues ya había sobrepasado con creces la edad de los símbolos. El siglo veintiuno estaba a tan solo cinco meses de distancia, y por algún motivo que no tenía que ver con su edad, inaugurar un siglo le parecía excesivo.

Y, no obstante, seguía buscando un sentido oculto en las cosas más sencillas, porque la fugacidad del tiempo exigía un esfuerzo más grande que la mera voluntad para ser aceptada: exigía creer en algo más grande que uno mismo. En resumen, necesitaba y necesitó también ciertas dosis diarias de fantasía para soportar la vida, un método eficaz, una distracción, antes de pasar definitivamente al interior del reservado. Lo necesitó para dormir algunas noches –tolerar el paso de la vigilia al sueño no resultaba nada fácil si se piensa que dormir es morir un poco–, para ver la cara de su mujer al despertar, cuando ella aún vivía. A veces lo sobresaltaba esa cara, como si durmiera con una extraña. –para tolerar la corrupción oficial o la desidia, para creerse un gran seductor, para fornicar con algunas, para hacer el amor con otras, para tolerar estar dentro de su propia piel y no sucumbir a los sarpullidos o los picores.

La mariposa revoloteó describiendo un pequeño círculo que llenó el aire con la alegría de un abanico y luego se posó con gracia sobre una excrecencia. Los ojos cansados de don Augusto la contemplaron en reposo. El ciclo de la vida –luz, transformación, deterioro– parecía estar prendido en sus alas, formadas por un riguroso fondo de color negro y multitud de círculos anaranjados que recordaban pequeños soles africanos. Los soles, las mariposas, las trágicas novias de Lorca. Las bodas de sangre. La amargura de los idilios fracasados… Todo formaba una mezcla homogénea, una especie de drama cósmico. La mariposa batía ahora sus alas posándose con gracia a sólo unos centímetros de sus narices. Nabokov. Nabokov sentía pasión por las mariposas, que coleccionaba con verdadero deleite. Admiraba al Nabokov escritor, pero no tanto al entomólogo y a esa suerte de deslumbramiento de los coleccionistas de mariposas por lo macabro. Los coleccionistas de mariposas preparan concienzudamente las nupcias sangrientas, en las que la novia expira cada segundo, ahogada en su belleza. Pero, ¿por qué pensaba ahora en eso? Era perverso: la mariposa que se exhibe permanentemente ante su vista. El dolor, la agonía. Las oportunidades perdidas.

7

Felisa buscó las sábanas en el imponente armario de luna hecho con madera maciza. Un día más, le había pedido a la doncella que le dejase arreglar el dormitorio, pues disponía de mucho tiempo libre. Mercè, la doncella, accedió sin ningún reparo. Parecía importarle muy poco que ella fuera apropiándose de aquel reducto privado de su jefe con el pretexto de adecentarlo. Antes de cambiarlas, Felisa miró las sábanas usadas. Estaban bordadas a mano con las dobles iniciales de Leonor y Augusto. Las acarició, las olió sin reparo, rastreando en ellas aquel perfume tan familiar del tabaco de pipa y del sudor enfermo. La verónica manejaba con maestría las sábanas. Era su oficio. Pasó la mano por el hueco ligeramente húmedo que dejó la cabeza de don Augusto en la almohada y estiró la tela con una suavidad que sugería anhelos de caricias más carnales. Vio algunos cabellos teñidos y débiles pegados a la tela, y una mancha grisácea que podía ser de café, o de té, pues muchas veces su paciente tomaba el desayuno en la cama, y vio las gafas de lectura bajo la almohada, a punto de caer al suelo. Todo lo observaba con la concentración astuta de una urraca. Las huellas del desgaste, lejos de producirle asco, le provocaban una extraña excitación y un gran anhelo; sentía cosquillas en el corazón y dulces náuseas en el estómago. Tal vez se estaba haciendo vieja, tal vez ya era más vieja de lo que siempre se había sentido, viciada como estaba por el placer de asistir en directo al deterioro. Paliarlo o mejorarlo –lo reconocía sin escandalizarse– eran en su caso secundario. Con don Augusto, tal como le ocurría con muchos de sus pacientes, asistía a la derrota, a la pérdida progresiva del control sobre su cuerpo y, por extensión, de toda su persona. La semana anterior precisó una especial atención a causa de la fatiga, ocasionada por el ensanchamiento progresivo de la válvula mitral. Pasó parte de la noche agitado, dando vueltas por la habitación y escuchando música clásica, sin demasiados miramientos para el resto de los habitantes de la casa, por cierto. Fue una noche larga y difícil. La fatiga no cesaba y ella, en el cuarto contiguo, se debatía entre el deber de ayudarle y la seguridad de que reprobaría su irrupción en el dormitorio si antes no había sido llamada. Al fin, pudo más su vocación y su amor por él que el temor de ser reprendida. Entró y, tal como esperaba, don Augusto se enfadó muchísimo. «Puedo apañármelas solo», dijo, exhausto y jadeante, pero conservando un sorprendente orgullo gracias al cual su flaco esqueleto parecía recobrar peso y vida extra. Felisa pensaba que todo era una pose y que tras su rebeldía y su dureza se adivinaba una fatal desprotección.

«Son como niños», se decía, pensando en todos aquellos hombres a los que había visto finalmente ceder, llorar, moquear, orinarse, esputar, escupir sangre, tartamudear de miedo o temblar por la fiebre o el frío. Nada es más vulgar que el discurso de un cuerpo enfermo. ¿Y quién mejor que ella para comprenderlo? En cierto modo, ahí residía su triunfo: en conocer de antemano las fases de esa lucha por imponerse en una batalla desigual contra la propia naturaleza descompensada. Las conocía perfectamente, y por eso intuía en la actuación de don Augusto la resistencia inútil ante un enemigo que no puede ser derrotado. Era una adicta a la podredumbre, a la contemplación *in extremis* de la miseria de los cuerpos, en la que creía ver reflejada la flaqueza de las almas. Por eso entendía tan bien al magistrado, al menos en la etapa en que ella lo conoció. Y por eso la enternecía verle sentado bajo el retrato de la bisabuela Luisa, la cupletista, como ocurrió el día que ella llegó a la casa. Aquella mujer era como un mapamundi, un universo que se sujetaba con un par de alcayatas y que un buen día podía caer sobre él con toda su inmensa carga de mujer brava. Estaba don Augusto tan empequeñecido en relación con la bisabuela, que no podía sino compadecerle. Detrás del hombre rudo, cuyo comportamiento hacia ella rozaba la humillación, ella descubrió una persona llena de incertidumbres y deseos insatisfechos. ¡Ay, si se dejara ayudar por ella!

Necesitaba ser necesitada, y de esta necesidad surgió su sueño –y sus migrañas, y sus insomnios y su costumbre de espiar a los que se acercaban a su paciente con oscuras intenciones–. De esa necesidad surgió el engaño, del que acababa de salir después de entregar las joyas a Lucía. El ominoso encargo la desazonó tanto que pensó en dejar la casa. Pero dejar la casa significaba dejarle el campo libre a ella, a la embaucadora, a la arpía. Pues cada vez su poder era más y más fuerte, se instalaba entre los hombres y los desunía. Lo cual la llenaba de envidia y de un deseo obstinado por dañarla. «La envidia, como el rayo, prende fuego en las cumbres», recordó la frase de Juvenal, y no precisamente con alegría.Pero algo más se jugaba en la casa: su propia dignidad. Aquel apego a su paciente le estaba costando la fama. Ella, la prudente cotilla, estaba en boca de todos aunque guardaran silencio por respeto a sus canas. Tampoco le importaba demasiado, porque así era su condición, y hurgar en las vidas ajenas se le hacía irresistible. Sin embargo, su curiosidad era muy selectiva. Tan selectiva, que se concentraba con ahínco en Lucía. Por las noches, ella repasaba sus gestos, las palabras pronunciadas durante el día, las ropas que se ponía y se quitaba, un cambio en el peinado, en el color de la pintura de uñas, un grano delator. ¡Era tan joven! ¡Tan joven y deseada! Por si fuera poco, tenía ese aire de superioridad moral, de control sobre sí misma y sobre los demás que le hacía sentir como una vieja ardilla.

No obstante aquella mañana, mientras Lucía plantaba el macizo de flores, se entregaba al trabajo con pasión y con delicadeza. Sin guantes que protegieran sus manos, sudorosa y obstinada, parecía una humilde campesina atareada con las labores del campo. Sin duda se trataba de una pose, pero más de uno se la creyó. Su aspecto era tan vulnerable –¡pobrecita!– que don Augusto se olvidó de despachar la correspondencia y anduvo de la ceca a la meca y con los ojillos de carnero degollado hasta que salió por fin al jardín y luego nadó un buen rato en la piscina, con lo que al menos hizo algo sensato en todo el día.

Tal vez éste es mi verdadero problema –se dijo Felisa, con orgullo y resignación–: ser demasiado auténtica, no poder ocultar mi verdadera naturaleza. La gente va por ahí con la máscara puesta, como si siempre fuera carnaval. ¡Vaya necios!, dijo en voz baja, y luego se acabó de un sorbo el vino de Oporto que don Augusto dejó sin acabar en un vaso sobre la mesilla. Se relamió los labios con verdadero placer y continuó su soliloquio: «Claro que todos presumen de ser auténticos y genuinos, pero la mayoría se queda en las formas». Don Augusto, por ejemplo, se hacía traer el aceite de cosecha propia de una almazara de la provincia de Lérida; cada semana llegaban a la casa huevos de gallinas camperas. Un cierto nivel de bienestar requería elementos esenciales, productos en los que existiera la mínima manipulación. De esta forma, él presumía de consumir el mejor aceite de la comarca, y de comerse las mejores tortillas. Pero éstos no eran sino caprichos de señorito. En cambio ella se consideraba un producto "auténtico", un producto "bio" como los tomates o las judías de antaño, que se abonaban con boñiga de vaca o con otros abonos naturales, que brotaban con fuerza desde lo subterráneo, allí donde enraíza la vida y allí donde se pudre.

Estiró un poco las sábanas y se metió entre ellas, ideando nuevas tramas y nuevos motivos para hacerse querer por su paciente. Enseguida se quedó dormida, olvidada del mundo como una flor mustia.

Al despertar y ver a don Augusto subido en lo alto del cerezo, reprimió el grito que estaba a punto de salir de su garganta. Desde su perspectiva, la escalera apenas era un relámpago fugaz que se confundía con el resplandor y la esplendidez de la tupida yerba. Por momentos, le pareció que estaba suspendido en el aire, y temió por su vida. Pero luego le observó más detenidamente. Estaba sentado en una rama inclinada, alargándose para recoger los frutos. Hábil como un mono en busca de una banana. Un hombre ridículo haciendo equilibrios, intentando una conquista que, como las mejores cerezas, no estaba a su alcance.

Don Augusto la vio en la ventana y sin poderlo evitar, se azoró. E inmediatamente se arrepintió de haber confiado en ella. Le desazonaba aquella mujer –¿tendría cincuenta y tantos, sesenta años? –Su atractivo, si es que podía considerarse como tal, residía en su cualidad de pieza íntegra, sin desgaste, rígida como un pergamino o una Biblia forrada de cuero. Su piel era tan fina y estirada que le daba un poco de grima, porque le recordaba a las pieles lustrosas y resbaladizas de los ofidios. Hasta donde él había podido comprobar, carecía de vello corporal visible, como si éste fuera un exceso sensual. Nunca la consideró hospitalaria, aunque sí empalagosamente servicial, lo que le impedía sentirse cómodo a su lado. Por eso gozaba humillándola. ¿Qué habrá hecho con las joyas?, se preguntó. Y la pregunta le golpeó como un mal presentimiento. Desechando cualquier precaución, quiso confirmar o desmentir su sospecha. La llamó, angustiado pero también furioso, arrepintiéndose de forma tardía por haberla elegido como intermediaria. Aquella mirada furtiva, indiscreta, y el silencio rodeándolo como una amenaza, todo parecía estar cerrándose en torno a él, que se sentía en peligro, suspendido en el espacio y a merced de ella. Con la atención puesta en Felisa, apenas se apercibió de la fragilidad de la rama en la que apoyaba el peso de su cuerpo. Inseguro, aterrado al percibir la capacidad de aquella mujer para hacer daño, vaciló por un momento en el aire, y este movimiento desequilibró su postura de manera que cayó irremediablemente al suelo. Al mismo tiempo, rasgó la bolsa de las cerezas, que enseguida lo alfombraron de rojo.

Cuando vio aquel lecho púrpura que parecía llamarle con su fuego enojado, supo que moriría. Pues era su propia sangre escapando a borbotones de su cuerpo flaco, acompañado esta vez de su novia invisible, también flaca, y lánguida como una medusa.

El aleteo de las alas de la mariposa en sus oídos ratificó su idea. Pero aún no quería morir. Él sólo deseaba tener la suficiente energía para alcanzar la última cereza y llevársela a la boca, y estrujarla. Imaginó la lluvia de cerezas cayendo sobre Lucía, y su sorpresa, y su risa, como cuando se enfadó con ella y con sus amigas y le lanzó agua desde la piscina. Rememoró el martirio de San Sebastián pintado por Mantegna, y sintió que su destino se cumplía como una lluvia promiscua de flechas avanzando hacia su corazón y sus carnes… Mientras caía irremediablemente, mientras divisaba con horror la punta de la piedra con la que acabaría descalabrándose, pensaba en lo injusta que había sido su vida –una vida injusta para un juez que quiso ser justo– y en lo injustamente cómica, espectacular y breve y solitaria y sangrienta, y voluptuosa y viril y oscura y romántica y equivocada y accidental y prematura y cruel y hermosa y brutal y en cierto modo cerebral y sonora e indiscreta y rápida y sucia y heroica y banal que sería su muerte.

8

Don Augusto yacía en el suelo. Un pequeño hilo de sangre partía de las sienes y se bifurcaba entre su cuello y su rostro. Las cerezas, como canicas púrpuras esparcidas por el suelo, restaban trascendencia a la tragedia, y sugerían un atolondramiento, la pirueta grotesca del accidente, de lo imprevisible. Eran las dos y cuarto de la tarde, los manteles y los platos esperaban a los comensales, y el postre, las suculentas cerezas de la despedida, se había malogrado.

Augusto acudió cuando oyó el fuerte golpe en el jardín. Casualmente, en los instantes precedentes estaba entretenido en un enigma del que su padre formaba parte esencial. El enigma era éste: ¿sería su padre capaz de retener a Lucía? No era ésta una pregunta carente de sentido. Le había visto ponerse ropa cómoda, buscar una escalera y una bolsa de plástico, y antes de todo esto, le oyó dar órdenes en la cocina para que la comida se alargara lo máximo posible, con viandas ligeras y muy variadas. Y como colofón a estos platos, las sabrosas, arrebatadoras cerezas escogidas entre las mejores por él. Todo el empeño, la pasión y la dedicación que puso en estos actos estaban dedicados a un fin, y ese fin no era otro que la reconquista de Lucía, cuya ausencia no podía soportar.

En los primeros momentos de confusión, mientras todo el personal de servicio se arremolinaba y pedía a gritos un médico, mientras escuchaba a Felisa replicarles consternada que de poco servía ya, si no era para certificar su muerte, su mente se ponía en marcha a una velocidad sorprendente, como si sólo situado en el vértigo, en la electricidad de las ideas entrecruzándose, lograra sobreponerse a la nueva situación.

Un egoísmo feroz, exclusivo, se apoderaba de él, como defensa al agravio de la muerte. Pensaba que perder a su padre y a Lucía casi al mismo tiempo eran acontecimientos intolerables.De modo que miraba a su padre y, más allá del dolor, de lo instantáneo y enloquecedor del sentimiento de pérdida, le reprochaba su osadía, como si la muerte no hubiera sido por una causa absolutamente ajena a su voluntad, sino la consecuencia de una planificada y trágica y sublime escenificación de su pasión por Lucía. Había imaginado que su padre moriría viejo, que los paliativos a la enfermedad lo convertirían en longevo, que sería un anciano distraído o irritable o levemente chiflado, sorprendido por la madurez de su hijo, hasta el punto de que podía dejar en sus manos todo su patrimonio, pero también todas las responsabilidades que conllevaba. Había supuesto que en esa laxitud de tiempo cabrían la reconciliación y el perdón. Y ahora se encontraba con la interrupción brusca de sus planes a largo plazo. Era incapaz de sublimar su desengaño y sustituirlo por una compasión sincera por su padre, pues se aferraba a su propia desesperación y sentía que se cometía con él una injusticia. Se daba cuenta de que esa muerte prematura le provocaría inevitables remordimientos, pues la reconciliación era ya imposible.

¿Por qué remordimientos?, se preguntaba con rabia. ¿Por qué, si él fue engañado, agredido, humillado como nunca antes lo había sido? ¿Por qué, si en ese duelo sin espadas que comenzó con la llegada de Lucía, ninguno ganaba? «Porque yo necesitaba "matar" a mi padre, al otro Augusto, para ser el verdadero Augusto», se dijo a continuación, con una lucidez dolorosa, con la boca seca, huérfano de padre y madre. Pero todo un hombre.

9

En cuanto Felisa supo que ya nada podía hacerse por don Augusto, tomó una decisión que en cierto modo la compensaba de toda la ingratitud, la incomprensión o el desdén con que la habían tratado. Mientras los demás estaban aún bajo la impresión del accidente, ella entraba a hurtadillas en el despacho y cerraba la llave para poder actuar con más seguridad. Sabía que contaba con poco tiempo para llevar a cabo sus planes. Buscaba entre los papeles del magistrado, sin ignorar que la certeza de su muerte convertía su rapiña en algo mucho más terrible de lo que ella misma se había propuesto. ¿Dónde lo había guardado? Lamentaba profundamente que los nervios le jugaran una mala pasada, a ella, la memoriosa. Achacó su despiste al impacto de la muerte de don Augusto, aunque sabía muy bien que se trataba de algo mucho más profundo: estaba dominada por la pasión de herir.

Rebuscó entre los ficheros, ordenados con un rigor impoluto por orden alfabético o por asuntos: sentencias, autos, providencias, ejecutorias, etc. Su vista descartaba con precisión, centrándose en los documentos de carácter privado –cartas selladas, esquelas, postales, folios manuscritos–. Lamentaba no disponer del tiempo suficiente para analizar toda aquella hojarasca, susceptible de convertirse en sabrosa comidilla para su voraz apetito. De todos modos, guardó en el bolsillo de la bata unas muestras que eligió al azar para disfrutarlas en una intimidad menos agitada. Aún no había encontrado lo que buscaba, pero no estaba dispuesta a irse de aquella casa sin ejecutar su venganza. No pensaba llevar luto por alguien que nunca la amó. Don Augusto era uno más en su larga lista de amores imposibles, pero no había tiempo para lamentaciones. Esas cálidas oleadas de sangre ya no la atravesaban. Había soportado demasiado sufrimiento y sus carnes estaban secas, pero se había vuelto más segura, y no se dejaría atrapar en adelante por aquellos cantos de sirena: «Eres la persona más importante para mí. Después de mi madre, claro», o bien: «Soy un necio. No te merezco». Bla, bla, bla. Y no, no la merecían, era cierto. Abandono, rechazo, excusas, cartas de amor arrugadas y lanzadas a la chimenea, donde ardían con facilidad, se convertían en ceniza y más tarde en abono para los geranios o las hortensias. Plantas que eran como ella misma: duras, consideradas, bastante resistentes a las plagas y vulnerables a las heladas, sobre todo los geranios, que florecían cuando su corazón ya estaba empezando a cicatrizar.

Se dejó caer en el butacón preferido de don Augusto, que destacaba como un cetáceo varado en medio de la cercana biblioteca. Don Augusto se sentaba a menudo allí para escuchar música clásica. Dependiendo de su estado de ánimo, el magistrado se colocaba los auriculares o bien dejaba que la música se dispersara por las habitaciones de la casa como lluvia asperjada. Cuando hacía esto último, ella participaba activamente de esta delicia, sus oídos atentos captaban las notas de las piezas que previamente él eligió. Le resultaba especialmente agradable escuchar *Campanella,* de Franz Liszt, y el maravilloso repiqueteo de las teclas del piano, el alegre choque metálico que se alargaba alocado y un punto histérico hasta llenar el espacio, evocando en ella conmovedoras imágenes de atolondrados adolescentes a la salida del colegio. Los recuerdos de esos y otros momentos se agolpaban en su mente sin provocarle dolor, aunque persistía en ellos la certeza de haber sido menospreciada. Un día se sentó en ese mismo sofá desgastado para escuchar una grabación de Duke Ellington. Al regresar, el magistrado la sorprendió en el momento en que sus nalgas se fundían confiadas en el terciopelo de color granate-negruzco del sofá preferido de su paciente. Cuando alzó los ojos, se encontró con esa sonrisa de castigador que le hacía si cabe más atractivo: «Vaya, vaya, con que Duke Ellington le gusta; cualquiera lo diría». Ella le pidió disculpas con una humildad que ahora, con el paso del tiempo, le parecía excesiva. «Me caía de sueño», se excusó entonces. Mentira. Ni siquiera sabía por qué había dicho esa bobada. Quería escuchar a Duke Ellington, escuchar *In a sentimental mood* o *Take love easy*, mientras sus labios susurraban: «Duke, Duke, eres maravilloso», y quería sentarse en el mismo lugar donde él pasaba horas y horas, saltando sucesivamente del sueño a la música y de la música al sueño, o al menos eso es lo que sugerían su postura y sus ojos cerrados. La primera norma de una superviviente consiste en no dejarse notar, en disimular las virtudes y convertirlas en hallazgos fortuitos para otras personas. Como si acabara de aterrizar en un fragante campo de amapolas. Como si fuera una de esas "fans" de Julio Iglesias que gritaban en los conciertos: «Queremos un hijo tuyo».

Echó una ojeada a su alrededor. Tal vez fuera la frescura de la habitación, o la fugaz posesión de la butaca, que inmediatamente refrescaba sus recuerdos, pero lo cierto es que se sentía heroica, lanzando contra el mundo la maldad de Lucía. «¿Lo veis, lo veis?», diría, «os ha vuelto a estafar». Pues conocía muy bien su historia, y sabía que Augusto, tarde o temprano, reclamaría esa parte del patrimonio que le correspondía sólo a él. Ya se encargaría de abrirle los ojos.

Y en ese momento, misterios de la memoria, apareció ante ella la imagen del magistrado abriendo la sencilla caja de caudales de la que sacó las joyas para regalárselas a Lucía.En efecto, la caja estaba allí. Tal como recordaba, disponía de un doble fondo que se abría con dos llaves distintas que él guardó ante sus ojos en un cajón del bargueño que tenía ahora a su espalda. El magistrado depositó la carta manuscrita de cesión a Lucía tras rogarle que se la diera si a él le ocurría algo. ¡Qué detalle por su parte! El arisco, el desconsiderado, el canalla de don Augusto, recurriendo a ella *in extremis*, a la verónica, a la que nunca falla. Pero se equivocó, porque ella sentía una tenaz voluntad de herirle hiriendo a quien él más quería. Perdón: quiso.

Para acceder a la carta abrió el cajón más grande, que estaba vacío, y luego abrió y extrajo el papel del fondo del otro. A continuación, con una rapidez que desmentía su nerviosismo, sacó un mechero que llevaba preparado y prendió fuego a la hoja. El temblor de sus manos se calmó mientras veía arder el salvoconducto de Lucía. «Oh, sí», pensaba, «traicionar a un muerto puede ser indecente, o inmoral, pero sólo en el caso de que esa persona se hubiera ganado su respeto. No ya su afecto ni su amor sino, simplemente, su respeto».

Recogió las cenizas que cayeron al suelo desde el platillo donde quemó la hoja. La última operación consistió en deshacerse de todo rastro lanzando las cenizas por el sanitario. Cuando lo hacía, pensaba con tristeza en don Augusto, a sólo un paso del polvo, y en las paradojas que nos ofrece la vida.

Cuando se encontró con Lucía le dio el pésame. Cuando se encontró con Augusto, pronunció un pequeño discurso de loa de su paciente, el tipo de comentario que todo el mundo consideraba acertado: «Era un hombre que se vestía por los pies», dijo, tras el beso de condolencia. Augusto tenía los ojos enrojecidos. Lucía tenía la punta de la nariz como una zanahoria. La sangre roja de don Augusto se había resecado y con la oxidación estaba adquiriendo un desagradable color marrón que con el tiempo se convertiría en negro, como gran parte de la tela del sofá donde se sentaba para escuchar música clásica.

10

Lucía esperaba en la habitación la hora de partir. El tiempo transcurría lentamente para ella, pues sabía que estaba al final de un trayecto y se sentía ansiosa por concluirlo. El día anterior, en cambio, pasó muy veloz, tal vez porque fue una jornada cargada de impresiones difíciles de olvidar.

En las exequias de don Augusto, cada detalle era un hito, cada actitud, incluso el silencio de quienes le amaron alguna vez, tenían la peculiaridad de impresionarla vivamente. Para un observador imparcial o ajeno al acontecimiento, tal vez todos los entierros sean iguales. Para ella no. Hipnotizada por la lentitud resignada de la comitiva de la que formaba parte, por la fragancia crispada de los ramos de flores golpeados por el calor, por la violencia cromática del ocaso y de un cielo repujado de morados, grises y violetas, observaba la contundente, obsequiosa expresividad de la vida frente a la rígida severidad de la muerte, que la dejaba estupefacta. La muerte tiene que ser un error, pensaba, la excepción a una regla que marca la continuidad. Pero aquel día también ocurrió algo que tenía mucho que ver con su actual estado de ánimo: estaban en el panteón familiar y Augusto, que se mantuvo sereno durante el entierro, le dirigió una mirada significativa. Era una mirada dura, desalentadora, que explicaba todo lo que no se habían dicho desde hacía mucho tiempo pero que ambos ya sabían. En ese momento eran dos personas que, mirándose a los ojos con valentía, reconocían la distancia que los separaba. Apenas duró lo que dura un parpadeo, pero fue tan intenso, que determinó su futuro. Cada uno había evolucionado a espaldas, tal vez incluso a costa del otro, pero sin el otro. La marcha que emprendieron juntos concluía. Quedaban los recuerdos, las fotos, los mensajes de móvil, los cuadros que él le regaló –¿dónde los colgaría?–, una rosa del jardín seca y todavía olorosa, el anillo de compromiso –no pensaba devolvérselo ni pretendía que él le devolviera el suyo–, dos vestidos floreados más en la maleta y la impresión de haber desaprovechado un poco el tiempo, de haber sido tacaña, sobre todo con don Augusto. Sí, al fin y al cabo lo que uno da forma parte de lo que uno tiene, pero en ese instante tenía la penosa sensación de que ella se mantenía en la reserva, intacta, inviolable, cerrada con la austeridad de lo sagrado. Y en este punto se acercaba de manera sorprendente a la teoría del magistrado.

Y le quedaban, desde luego, las flamantes joyas que a la vez suponían, ay, un problema. Pensó que lo más adecuado sería esconderlas en la maleta, con naturalidad, como se esconden a veces los mayores tesoros. Luego creyó que debería tenerlas mucho más controladas, a salvo de accidentales aperturas. Y acordó que el lugar más adecuado era el bolso de mano, que era enorme y tenía una boca como la de buzón de correos. Así pues, sacó las alhajas de la maleta y las vació en el bolso. Luego lo cruzó sobre el pecho, en bandolera, y finalmente se miró al espejo y comprobó que causaba un efecto sospechoso. Se observó con su carga y se vio cómica, y ya le parecía que todas las miradas convergerían sobre ella, así es que decidió vaciar el bolso. No dejaba de pensar en la importancia que tenían para ella aquellos objetos preciosos. En poco tiempo había pasado de la incredulidad y la confusión a la más obstinada defensa de su derecho a poseerlos. «Se recoge lo que se siembra», se decía una y otra vez, con una alegría cautelosa, pues sabía que la obsesión por poseer lleva aparejada una esclavitud: el miedo de perderlo. De nuevo, la sensatez aconsejaba añadir todo aquel brillante cargamento a la maleta, donde no llamaría la atención. Y así lo hizo. Pero con las prisas, se escurrió de sus manos un collar de perlas cultivadas, que quedó parcialmente escondido bajo la cama.

Cuando iba a recogerlo escuchó a Augusto, que subía apresurado la escalera y la llamaba. La merienda estaba lista, avisó. Lucía cerró torpemente la maleta y recompuso su gesto alterado.

—¿Adónde ibas con "esto"? —Augusto recogió el collar del suelo. «Dios mío», pensó Lucía. «Ahí está, clavadita, la cara de su padre, el juez, mientras me interrogaba". Le temblaba el pulso, como aquel nefasto día del juicio. Encendió un cigarrillo y posó la mirada en las cortinas que ondeaban con la ligera brisa de poniente, sintiéndose una estúpida, una vulgar ladrona que fumaba de forma compulsiva.

—¿Te has quedado muda? —exclamó él, intentando reprimir su rabia. El collar le hacía recordar las vacaciones de verano en Madeira, cuando era un niño despreocupado que silbaba canciones y hablaba con los animales, incluso con los insulsos peces de colores de los acuarios, o de la enorme copa de *brandy* a la que fueron a parar los que le compraron en el verano del ochenta y cuatro. Y también aquel crucero por el Caribe, en el que su madre lo lucía con un extraño orgullo, con la dignidad de una reina destronada. ¡Su pobre, desaprovechada madre! Curiosamente, era lejos de su entorno donde le gustaba jactarse de su posición social. «Soy la mujer de un juez famoso», la oyó decir a una de sus eventuales amistades del crucero mientras tomaba un margarita y recolocaba sobre su cuello las perlas cultivadas con sus largas y cuidadas uñas rojas ¡Como si a alguien –ni siquiera a ella, en el fondo– le importara un bledo su posición social!

Lucía enrojeció hasta las cejas. No pensaba en nada concreto. Mejor dicho, pensaba de nuevo en el dichoso pisapapeles de Clichy. En todo lo que representaba para ella.

—¿Pensabas robarme? —le dijo Augusto, que se sentía cómodo en el papel de inspector de policía.

—Nunca se me hubiera pasado por la cabeza —contestó Lucía débilmente, sabiendo que le debía una verdad más difícil que cualquier mentira piadosa que se le ocurriera.

—Si deseabas tanto este collar podías habérmelo pedido. Ya sé —continuó, con sarcasmo—. Lo que se toma a la fuerza se disfruta más —se acercó a ella y le dijo esto último al oído, en un tono de excitante intimidación.

—¿Adónde quieres ir a parar? —le preguntó Lucía. Tenía la boca reseca y la piel de los labios se abría como la vaina cocida de una alubia. Fumaba, o mejor dicho, mordía el cigarrillo, que era como un hueso entre los dientes de un perro, un perro que va de un lado a otro sin soltar su tesoro, gruñendo y mordiendo, mordiendo y gruñendo y salivando de vez en cuando.

—Quiero cobrarme el botín.

—Eres…Eres… —dijo, apartándose de Augusto con aprensión.

Al ver de nuevo la maleta se sintió confusa. ¿Qué derecho tenía a quedarse con las joyas, y qué consecuencias tendría para ella si se las quedaba, ahora que don Augusto había muerto? Tenía todo el derecho, se contestó a sí misma, sin ningún tipo de remordimiento, contemplando en la ventana la quietud del crepúsculo, de su último crepúsculo en aquella casa. Santa Rita, Rita, Rita, lo que se da no se quita. Pues entregar las joyas era fracasar estrepitosamente, era como ver desinflarse uno a uno los globos de su infancia. Ahora entendía mejor que nunca a aquellos personajes patéticos y desheredados que se consumían con la desbordante pasión por el juego, al que sacrificaban su dignidad y su bienestar material, si era necesario. Y todo porque una vez fueron ganadores. ¡Hagan sus apuestas, señores! ¡Hagan sus apuestas y el azar hará el resto! Y así fue. Don Augusto, el señor Ribó, y dos épocas de su vida que convergían como si su destino fuera repetirse hasta la saciedad, como un disco rayado, como las estaciones del año y los amores que comienzan y terminan. Si tuviera que expresar con una obra de arte esta curiosa coincidencia, elegiría alguna pintura de Jackson Pollock. Por sus nudos de colores, por el incesante goteo, por el caos gobernado –eso es al menos lo que dicen los críticos–, por cierto orden interno.

Miró a Augusto, a su cara dominada por la furia y la pasión. Los músculos de su rostro se contraían involuntariamente, sus ojos brillaban con una furia ciega. Entonces todo se precipitó. Él la agarró fuertemente por el brazo y le dio un empujón, obligándola a tumbarse sobre la cama. Lucía se defendió como pudo, mientras por su mente pasaban como en el carrete antiguo de su primera Leika, las instantáneas aún sin revelar de aquellos tres meses hermosos, difíciles e irrepetibles. Forcejeó como una nadadora torpe, sintiendo la pinza de las manos de Augusto en su brazo y trepando mortalmente hacia su cuello; pero por mucho que forcejeara no lograría zafarse de aquel abrazo asfixiante, pues Augusto era mucho más fuerte que ella. Su corazón suplicaba clemencia, clemencia para esta pobre chica que sólo busca encontrar su lugar en el mundo. Le miró como un orgulloso cisne al que, por equivocación o pura maldad intentan retorcer el pescuezo. Tengo apego a la vida, aunque tal vez no soy una gran persona, decían sus grandes ojos azules, abiertos de par en par como la ventana por la que se colaba el crepúsculo vespertino.

—Eres un animal como ésos que pintas últimamente —logró decir.

Augusto aflojó poco a poco la presión, como si deseara aliviarse tanto como aliviarla. Se dio cuenta de que no estaban enfrentados, aunque la situación tendía de un modo particular al enfrentamiento. Se había dejado llevar por un impulso de dominio que le produjo una fugaz enajenación mental. No quería retenerla, puesto que ya no la necesitaba. Su ansia de libertad pesaba mucho más que esa correa atada a su cuello de la que estiraba Lucía. Ella era quien marcaba las pautas de su relación. Ella era quien la rompía y quien la reanudaba, hallándole siempre dispuesto, asequible. «Me lo debes», dijo entonces en voz baja, pero sus palabras eran una súplica, no un mandato. Se sentía un canalla descargando toda su rabia y su frustración con alguien con quien no podía –no debería– medir sus fuerzas. Por eso, cuando se escuchó a sí mismo pronunciando ese "me lo debes" tan debilitado, se dio cuenta de que no tenía ni el suficiente coraje para reclamar nada ni la suficiente vileza para tomarlo a la fuerza.

Lucía le miró a los ojos con miedo y repulsión. ¿Miedo de qué, de una bofetada, de una violación, un estrangulamiento, de sus palabras ofensivas? ¿Acaso este sentir no escondía el miedo a su propia malicia? No, no era maldad en estado puro, de la que dudaba que existiera siquiera, sino una maldad hecha de astucia e ingenuidad, de glándulas segregando hormonas, de adrenalina, de bilis, de vaya usted a saber. Así pues, de qué se asustaba. Uno sólo debe temer lo que no conoce, y ella se conocía lo suficiente. O eso creía.

—¿Qué nos ha pasado? —preguntó Augusto, profundamente arrepentido de su actitud.

— La vida…supongo —lo dijo como si otro hablara por ella alguien mucho más experimentado, más maduro y reflexivo—. De todas formas, creo que tú ya has encontrado tu lugar —continuó Lucía, dejándose llevar por la emoción y los recuerdos, imaginando que era a don Augusto a quien tenía enfrente y con quien reanudaba aquella conversación profunda y sincera en la que se enredaban siempre. Don Augusto, con su traje holgado, con sus manos delgadas y nerviosas, y aquella mirada de amor sacrificado y exultante. Se secó las lágrimas que resbalaban por sus mejillas, rápidamente, como cuando era una niña y se avergonzaba de que la creyeran demasiado sensible o vulnerable.

Lo que más dolía era despedirse. Pertenecía a ese grupo de personas a las que no les gustan las despedidas. Las asociaba con lágrimas y suspiros, abrazos rotos, estaciones con niebla, soledad e incertidumbre. También las asociaba –era algo personal, sin base alguna– con gatos de juguete chinos, de colores chillones y dorados rabiosos, que saludan o se despiden de forma incesante con música de campanillas. Y con cedés de Alejandro Sanz, Led Zeppelin, con boleros, con el DVD de la película "Sabrina", y tantos otros artefactos que se perdían por ahí, o que perdía adrede, con el propósito de empezar de nuevo, de desprenderse de lo antiguo, de hacer un hueco en su maleta y en su corazón.

En ese momento sonó el móvil de Augusto. Augusto miró la pantalla, luego apagó el teléfono y sonrió, triunfal: «Es mi marchante, luego le llamo».

—Me enamoré de tu ingenuidad, de tu nobleza —dijo Lucía—. Ahora sería capaz de enamorarme de tu vigor y de ese brillo peligroso que tienen ahora tus ojos.—Y desde lo hondo de su perdición, acertó a concluir—: Pero mejor pido un taxi.

A partir de ese momento, todo se suavizó. Los malentendidos, los celos, la ansiedad de la pérdida, toda esa basura que contamina el amor con una acidez insoportable fue deshaciéndose poco a poco, como esas nubes que empañan el cielo y viajan deprisa, arrastradas por un viento propicio.

—No es necesario. Aristide espera a que le digas cuándo quieres irte —Lucía puso cara de asombro—. Felisa me dijo que te ibas —aclaró Augusto.

La timidez, la preocupación de herirla de nuevo con sus palabras, apareció de nuevo en su cara, como una inclinación perenne que su nueva disposición no agotaba.

La frescura de la tarde los envolvió entonces. Los rayos de un sol tibio acariciaban y hacían brillar los cristales de los marcos y el gran espejo de forma ovalada en el que se reflejaban como dos amantes antiguos. Y el aire era redondo como una apetitosa sandía. Se besaron, se olfatearon por última vez con la insolencia de los que comparten intimidad. Luego Lucía se asomó a la ventana y su mirada se dirigió al cerezo, todavía cargado de frutos rojos. Un hombre dejó allí la vida por alcanzar su último deseo. Sin embargo, y pese a todo lo ocurrido, cuando pensaba en don Augusto no se sentía triste, su corazón ya no se sobresaltaba por no poder responder ante aquel amor incondicional e intenso. Además, aquel había sido "su" verano. Y ahora se disponía a mudar de camisa.

Augusto la siguió. Rodeó sus hombros con sus fuertes brazos dispuestos a todo, y miró en la misma dirección que ella miraba. ¿De dónde partía la fuerza que sentía ahora?, se preguntaba. Sin duda, del hecho de ser original. A cada nuevo problema, él encontraba una solución especial. Vivía de proyectar, de modelar la materia prima hacia una transformación serena, sin la torpeza, la crispación y el desarraigo antiguos.

—Esto es un pequeño paraíso —dijo ella con nostalgia.

—No lo creas. El paraíso se debe conquistar, no se regala ni se hereda. —Y le habló entonces de sus planes respecto a su futura casa—Ya ves, yo que odiaba las agencias inmobiliarias acabaré sirviéndome de ellas —añadió.

Rieron. El sudor de los dos se mezcló, sus olores corporales se confundieron en un íntimo olor oscuro.

—Me siento un poco *eraritjaritjaka* —dijo Lucía.

—También yo me siento *eraritjaritjaka* — respondió Augusto, dejando que aquella palabra llenara su boca como un manjar exótico.

En ese momento llamaron a la puerta con insistencia. La voz de Felisa, sus prisas, rompieron la magia de los recuerdos con los que se aprovisionaban para salvar lo hermoso de aquel amor. Un vendaval de ira cruzó como un rayo la habitación.

—¡No dejes que escape con las joyas de tu familia! Es una vulgar ladrona que camela a sus víctimas y luego se va con el botín.

—Vamos, Felisa, Lucía y yo hemos hablado todo lo que teníamos que hablar —dijo Augusto—. No tienes ningún derecho a entrometerte.

—Oh, claro que no, desde luego, además ya nadie me necesita aquí, ni tengo autoridad ni tengo trabajo. Ahora bien, para que lo sepas: por esa gata marrullera ha muerto un hombre bueno. Quería ofrecerle unas cerezas y acabó dándole su vida. —El rencor se derramó en su interior como un brebaje venenoso, pues comprendía que el amor de nuevo había pasado por su vida como un vendaval estéril—. Y tú no sólo consentiste que tu padre estuviera embobado con ella, sino que la dejas marchar sin más. —Puso los brazos en jarra, desafiante.

—¡Vete, te lo ruego!

—¿Ves esta página del periódico? —señaló Felisa—. Trata de su caso, apenas son unas líneas a doble columna, pero la foto no engaña. ¡Es ella! ¡Quién sabe lo que habrá conseguido de otras personas! Porque al parecer, su especialidad son las personas mayores, de cuya debilidad se aprovecha para cautivarlos y llevarse todo lo que puede.

—Leí la prensa. Ahora lárgate, no pienso tolerar tu mala educación, y menos aún tus celos.

—Bien, me voy. Ella se va también, por lo que veo. —Y la antigua animadversión, el permanente deseo de herirla, cuajó en una alegría insana, sombría—. Pero usted debería conocer otra versión menos edulcorada sobre la que ha sido su novia durante cinco años, y a la que al parecer no conocía del todo.

Salió dando un portazo. Ya no le interesaba dejar la puerta entreabierta para escuchar las conversaciones ajenas. Sabía demasiado, pero este conocimiento sólo le producía ardores estomacales.

—¿No quieres escuchar la verdadera historia de esta *matahari* que tienes delante? —se rió Lucía.

—Los detalles carecen a veces de importancia —respondió Augusto, disfrutando de una paz por la que había luchado a conciencia.

—Sin embargo, yo te la contaré. Te la cuento y me marcho. —Ella se llenó de valor. Todavía necesitaba la aprobación de los demás para sentirse bien. Necesitaba justificarse para defenderse, sobre todo de sí misma, de la imagen que tenía de sí misma, imagen que o bien se deformaba o se oscurecía, o bien aparecía nítida y llena de resplandeciente pureza cuando le era devuelta por la implacable mirada ajena—. En realidad, nuestro encuentro en Berlín no fue tan casual como siempre creíste. —Ante la cara de sorpresa de Augusto, añadió—: Todo comenzó cuando una compañera de facultad me telefoneó diciendo que fuera a ver una exposición de pintura de un tal Augusto Maldonado, quien desde luego no era un Paul Klee, ni un Modigliani –perdona, fue mi compañera quien lo dijo, se apresuró a matizar– pero que estaba muy bueno. Por algún motivo que ahora no recuerdo, no pude ir. Era una de tus primeras incursiones en las exposiciones temporales en las que se hace un hueco a una joven promesa del mundo de la pintura, y todo eso. Aunque no visité la sala de exposiciones, no pude olvidar tu apellido, puesto que era el mismo que el del juez que llevó tiempo atrás mi causa en el asunto de los Ribó. Siempre que me he dejado llevar por el instinto he acertado, y aquella vez volvió a ocurrir. Hice unas cuantas comprobaciones que me resultaron sencillas, ya que tu padre había alcanzado cierta fama en su carrera. Como resultado de mis pesquisas, averigüé que no teníais mucho en común, aparte de los lazos de sangre, el nombre y el apellido. Lo demás lo hizo el azar. Desconocía el lugar exacto de la muestra –debía ser un circuito de arte alternativo o extraoficial, pues no pude encontrar noticias del mismo. Así es que, a punto de agotar las reservas económicas y sobre todo, las esperanzas de encontrarte, me fui al cine donde hacían la película "*Central do Brasil*", y allí lancé aquella exclamación lastimera que debió salirme del alma, y que milagrosamente atendiste.

—¿Por qué me buscabas?

—Tú eras el hilo que me conduciría hasta tu padre.

—¿Para vengarte? —preguntó él, con cierta indiferencia. Fue preciso hacer una pausa antes de contestar a esa pregunta. La sinceridad puede producir efectos nocivos en el ego. La aparente facilidad con la que le abría su corazón era engañosa. Luchaba contra su tendencia a mostrarse conforme a la imagen que los demás debían hacerse de ella, a no dejar que su verdadero ser volara libre

—Bien… Al principio, era eso lo que buscaba. Pero poco a poco la venganza me pareció absurda; además, me enamoré de ti, y los sentimientos que albergaba contra tu padre cambiaron también. Al fin y al cabo, él sólo hacía su trabajo lo mejor que sabía. ¿No me preguntas si robé las joyas de la familia Ribó?

—¿Qué importancia tiene eso ahora?

—Ninguna —contestó ella, mirando de reojo la maleta y dando un suspiro.

—Somos lo que cada uno cree que somos.

—Tienes razón. A nadie, salvo a nosotros, debemos rendir cuentas.

—Adiós, mi amor, mi querida ladrona.

—Adiós, mi amor, que la inspiración y la suerte te sigan acompañando.

Y así fue como ella se fue. Y los niños rubios y pecosos a los que imaginó alguna vez correteando entre los tulipanes también se fueron con ella y su maleta roja. Con elegancia, sin prisas, bañada en la luz mediterránea de la tarde, como una de esas modelos de Sorolla que pasean por la playa con los vestidos enredados entre los muslos. Y el ocaso llegó después.

Índice

Printed in Great Britain
by Amazon

79860552R00130